DP BAC 3C

D1331932

CHRISTIAN BOURGOIS ÉDITEUR
8, rue Garancière - PARIS VIe

Du même auteur
chez Christian Bourgois éditeur

Orgueil et Préjugés
Raison et Sentiments
Mansfield Park
Persuasion
Northanger Abbey
Lady Susan / Les Watson / Sanditon

à paraître

Juvenilia Opera

EMMA

Tome I

PAR

JANE AUSTEN

Traduit de l'anglais
par Josette SALESSE-LAVERGNE

CHRISTIAN BOURGOIS ÉDITEUR

© Christian Bourgois Éditeur, 1982.

ISBN 2-264-00468-1

CHAPITRE PREMIER

Emma Woodhouse, belle, intelligente, riche, dotée d'un heureux caractère et pourvue d'une très confortable demeure, semblait jouir des dons les plus précieux de l'existence. Elle avait passé près de vingt et un ans sur cette terre et n'avait encore connu que bien peu de peines ou de contrariétés.

Fille cadette du père le plus affectionné et le plus indulgent du monde, elle s'était vu confier très tôt, du fait du mariage de sa sœur, le rôle de maîtresse de maison. Sa mère était morte depuis trop longtemps pour qu'Emma conservât de ses caresses plus qu'un souvenir vague. C'est une excellente gouvernante qui avait pris auprès des enfants la place de Mrs. Woodhouse, ne tardant guère à leur manifester une tendresse quasi maternelle.

Miss Taylor était restée seize ans dans la maison de Mr. Woodhouse, moins en qualité de gouvernante que d'amie. Elle aimait tendrement les deux filles mais chérissait tout particulièrement Emma. Entre elles s'était instaurée l'intimité de deux sœurs. Avant même qu'elle eût cessé de porter le titre de gouvernante, la douceur de son caractère n'avait en effet guère laissé à Miss Taylor le loisir d'imposer à l'enfant la moindre contrainte, et toute ombre d'autorité s'étant rapidement évanouie, les deux femmes en étaient arrivées à vivre ensemble comme deux amies tendrement attachées l'une à l'autre. Emma faisait absolument ce qu'elle voulait. Elle estimait certes beaucoup le jugement de Miss Taylor mais ne se laissait vraiment guider que par le sien propre.

En fait, les seuls écueils que présentât la situation d'Emma résidaient dans cette liberté excessive et dans la propension de la jeune fille à se voir sous un jour un peu trop flatteur. C'était là ce qui menaçait de ternir son bonheur, mais pour l'heure on ne pouvait parler de véritables problèmes, tant Emma était inconsciente du danger qu'elle courait.

Elle connut le chagrin — un doux chagrin, mais ce ne fut point sous la forme d'une douloureuse prise de conscience... non... Miss Taylor se maria, et c'est en la perdant qu'Emma éprouva sa première peine. C'est le jour du mariage de son amie bien-aimée que, pour la première fois, elle fut durablement assaillie de sombres pensées. Lorsque la cérémonie fut achevée et que les invités furent partis, Emma et son père demeurèrent seuls pour le dîner, sans la perspective d'un tiers pour égayer cette longue soirée. Comme d'habitude, après le dîner, son père s'installa pour faire un somme, et la jeune fille n'eut, dès lors, comme ressource, que de rester assise à songer à tout ce qu'elle avait perdu.

Ce mariage promettait à Miss Taylor tout le bonheur possible. Mr. Weston était un homme irréprochable. Il était assez fortuné, point trop âgé et tout à fait charmant. Emma éprouvait une certaine satisfaction à songer qu'en amie altruiste et généreuse elle avait toujours souhaité et encouragé cette union, mais il n'en demeurait pas moins vrai qu'elle en pâtirait grandement. Miss Taylor lui manquerait à chaque heure de chaque jour et la jeune fille se remémorait sa bonté... une bonté, une tendresse qui n'avaient jamais failli durant seize années. Elle se rappelait tout ce qu'elle avait appris d'elle depuis l'âge de cinq ans, tous leurs jeux, aussi. Elle pensait aux efforts qu'avait faits son amie pour l'amuser et pour se faire aimer d'elle quand tout allait bien, à son dévouement lors des diverses maladies de l'enfance. Emma lui devait pour cela beaucoup de gratitude, mais un souvenir lui était encore plus cher et plus doux, celui des sept dernières années passées, quand, après le mariage d'Isabelle et demeurées en tête à tête, elles avaient instauré des rapports d'égalité et de confiance absolue. Miss Taylor avait été une amie comme on en rencontre peu, intelligente, cultivée, serviable, douce, parfaitement instruite des habitudes de la famille, pleine d'intérêt pour tout ce qui concernait les Woodhouse et plus particulièrement Emma, ses plaisirs, ses projets ; une amie à qui la jeune fille pouvait dire sans hésiter tout ce qui lui passait par la tête et qui avait pour elle une tendresse qui l'empêchait de jamais la juger.

Comment Emma supporterait-elle le changement ? Mrs. Weston, il est vrai, n'habiterait qu'à un demi-mile de là, mais la jeune fille était consciente de la grande différence qu'il y aurait nécessairement entre une Mrs. Weston ne demeurant qu'à un demi-mile des Woodhouse et une Miss Taylor vivant sous leur toit. Voilà que malgré tous ses avantages personnels et sa situation, la jeune fille courait maintenant le risque de souffrir de solitude intellectuelle. Elle aimait tendrement son père mais il ne pouvait être pour elle une compagnie, car il était incapable de la suivre dans une conversation, qu'elle fût sérieuse ou amusante.

Le problème que posait leur différence d'âge (et Mr. Woodhouse ne s'était pas marié jeune) était encore accru par la mauvaise santé et les habitudes du vieux monsieur. Valétudinaire toute sa vie, il n'avait jamais exercé son esprit ou son corps et il était encore plus âgé par son mode de vie que par son âge même. En outre, bien que chacun l'aimât pour sa bonté et son amabilité, il n'avait jamais brillé par l'esprit.

Emma ne pouvait pas voir sa sœur tous les jours, bien que le mariage n'eût que relativement éloigné celle-ci de la maison paternelle, puisqu'elle habitait Londres, à onze miles à peine. Il faudrait surmonter l'ennui de tous les soirs d'octobre et de novembre avant que Noël n'amenât à Hartfield Isabelle, son mari et leurs trois enfants, pour emplir la maison et procurer de nouveau à Emma une société agréable.

Highbury, le grand et populeux village — presque une ville —, dont Hartfield dépendait en fait malgré ses communaux, ses bois et son nom, n'abritait point de gens du même rang que Miss Woodhouse. Les Woodhouse étaient les personnages les plus importants des environs. Tout le monde les respectait. Emma avait de nombreuses relations au village car son père se montrait toujours très poli envers chacun, mais il n'y avait personne qui pût remplacer Miss Taylor, ne fût-ce qu'une demi-journée. C'était un bien triste changement et la jeune fille ne put s'empêcher de soupirer et d'exhaler des souhaits irréalisables jusqu'au moment où son père se réveillant, elle fut obligée de manifester une certaine gaieté. Mr. Woodhouse avait besoin de réconfort. C'était un homme nerveux, facilement déprimé. Il aimait tous ceux auxquels il était habitué et détestait devoir se séparer d'eux. Il avait en horreur toute espèce de changement. Hostile au mariage en tant que source de bouleversements, il ne s'était toujours pas résigné à celui de sa fille aînée, et ne parlait de cette dernière qu'avec une grande compassion, bien qu'elle eût fait un mariage d'amour. Voilà qu'à présent il lui fallait aussi se séparer de Miss Taylor ! Ses habitudes d'égoïsme aimable et son incapacité à concevoir qu'on pût penser autrement que lui l'incitaient à croire qu'en se mariant, Miss Taylor avait commis une action funeste pour elle autant que pour ses amis, et qu'elle aurait été beaucoup plus heureuse si elle s'était fixée à Hartfield pour le restant de ses jours. Emma souriait et bavardait aussi joyeusement que possible pour faire oublier à son père ces tristes pensées, mais lorsqu'on apporta le thé, Mr. Woodhouse ne put s'empêcher de répéter ce qu'il avait déjà dit au cours du dîner :

— Pauvre Miss Taylor ! J'aimerais tant qu'elle fût encore parmi nous. Quel malheur que Mr. Weston soit allé songer à elle !

— Je ne suis pas d'accord avec vous, Papa. Vous savez que je ne puis partager votre avis. Mr. Weston est un homme si gentil, si charmant, si bon, qu'il mérite bien d'avoir une bonne épouse. Et puis vous n'auriez pas voulu que Miss Taylor passât toute sa vie avec nous, à supporter mes excentricités, quand elle avait la possibilité de posséder une maison bien à elle ?

— Une maison bien à elle ! Que gagne-t-elle à posséder une maison bien à elle ? La nôtre est trois fois plus grande... et puis, vous ne commettez jamais d'excentricités, ma chérie.

— Nous irons très souvent leur rendre visite, et ils viendront aussi ! Nous nous verrons constamment ! Il nous appartient de faire le premier pas, et il ne faudra pas tarder à nous rendre chez eux pour leur présenter nos félicitations.

— Mais ma chérie, comment voulez-vous que

j'aille là-bas ? Randalls est tellement loin ! Jamais je n'aurai la force d'y aller à pied.

— Certes non, et personne, Papa, ne songe à vous y faire aller à pied. Nous prendrons bien évidemment la voiture.

— La voiture ! Mais James sera extrêmement mécontent d'être obligé d'atteler pour si peu. Et que fera-t-on de ces pauvres bêtes pendant notre visite ?

— On les mettra dans l'écurie de Mr. Weston, Papa. Vous savez bien que nous avons déjà réglé tous ces détails, nous en avons parlé avec Mr. Weston l'autre soir. Quant à James, soyez certain qu'il sera toujours ravi d'aller à Randalls, puisque sa fille y est femme de chambre. Je me demande même s'il consentira désormais à nous conduire ailleurs. C'est votre œuvre, Papa. C'est vous qui avez trouvé cette très bonne place à Hannah. Personne ne songeait à elle, et c'est vous qui en avez parlé. James vous en est tellement obligé !

— Je suis ravi d'avoir pensé à cette enfant, et c'est une chance que je l'aie fait, car je n'aurais pour rien au monde voulu que James allât s'imaginer qu'on le méprisait. Je suis certain, de plus, que sa fille fera une servante parfaite. C'est une jeune fille polie et très bien élevée. J'ai beaucoup d'estime pour elle. A chaque fois que je la rencontre, elle me fait une révérence et me demande gracieusement des nouvelles de ma santé, et j'ai remarqué, quand vous l'aviez fait venir ici pour je ne sais quels travaux d'aiguille, qu'elle ne faisait jamais claquer les portes et en tournait toujours très doucement les poignées… Je suis certain qu'elle fera une servante parfaite. Ce sera pour la pauvre Miss Taylor un grand réconfort que d'avoir auprès d'elle quelqu'un qu'elle avait l'habitude de voir ici. Elle aura de nos nouvelles à chaque fois que James ira voir sa fille, et il pourra, lui, nous dire comment tout le monde se porte à Randalls.

Emma fit tout son possible pour entretenir cet heureux courant d'idée, espérant en outre que grâce au tric-trac, elle parviendrait à faire passer à son père une soirée à peu près supportable et ne serait pas assaillie d'autres regrets que les siens propres. On venait juste d'installer la table de jeu lorsqu'un visiteur arriva, rendant inutiles tous ces préparatifs.

Mr. Knightley, homme de grand bon sens qui avait trente-sept ou trente-huit ans, n'était pas simplement un très ancien et très intime ami des Woodhouse, il leur était également apparenté en tant que frère aîné du mari d'Isabelle. Il habitait à un mile environ d'Highbury et rendait fréquemment visite à ses amis de Hartfield qui le recevaient toujours avec plaisir. On l'accueillit ce soir-là avec encore plus de joie que d'ordinaire, car il arrivait juste de Londres où il était allé voir leurs parents communs. Après quelques jours d'absence, il était rentré chez lui assez tard, avait dîné, puis s'en était allé chez les Woodhouse à pied, afin de leur annoncer que tout le monde se portait bien à Brunswick Square. Cette visite créait une heureuse diversion, et Mr. Woodhouse en fut tout égayé pendant un bon moment. Mr. Knightley avait des façons enjouées qui réconfortaient toujours le vieil homme. Il répondit de manière tout à fait satisfaisante aux nombreuses questions qu'on lui posait sur la « pauvre Isabelle » et ses enfants, et lorsque cet interrogatoire fut terminé, Mr. Woodhouse fit remarquer avec beaucoup de reconnaissance :

— C'est très aimable à vous, Mr. Knightley, d'être sorti à une heure pareille pour nous rendre visite. Je crains que cette marche dans la nuit ne vous ait paru bien désagréable.

— Nullement, Monsieur. La nuit est très belle et le clair de lune splendide. Il fait si doux que je vais m'écarter un peu de ce grand feu.

— Mais vous avez dû souffrir de la boue et de l'humidité. J'espère que vous n'aurez pas pris froid.

— L'humidité, Monsieur ! Regardez mes chaussures, elles n'ont pas une tâche de boue.

— Eh bien, c'est extraordinaire, car nous avons eu beaucoup de pluie ici. Il a plu affreusement pendant une demi-heure au petit déjeuner. Je voulais même qu'on remît le mariage à plus tard.

— A propos, je ne vous ai pas encore félicité. Je me rends très bien compte du genre de satisfaction que vous devez éprouver et je ne me suis donc pas hâté de vous présenter mes félicitations... J'espère quand même que tout s'est bien passé. Comment vous êtes-vous tous comporté ? Qui a versé le plus de larmes ?

— Ah, cette pauvre Miss Taylor ! C'est vraiment une triste affaire.

— Dites plutôt « Pauvre Mr. Woodhouse et Pauvre Emma », s'il vous plaît. Je ne saurais parler de la « Pauvre Miss Taylor ». J'ai beaucoup d'estime pour vous et pour votre fille, mais lorsqu'on en vient à la question de l'indépendance... De toute manière, il est certainement préférable d'avoir une seule personne à contenter plutôt que deux.

— Surtout lorsque l'une d'entre elles est un être aussi capricieux et aussi exigeant ! dit Emma sur un ton de plaisanterie. C'est là votre pensée, je le sais, et c'est ce que vous auriez dit si mon père n'avait pas été présent.

— Je crains fort que ce ne soit vrai, ma chère, dit Mr. Woodhouse en soupirant. J'ai bien peur de me montrer parfois capricieux et très exigeant.

— Mon très cher Papa ! Vous ne pensez tout de

même pas que je parlais de vous, vous ne croyez pas que Mr. Knightley songeait à vous ! Quelle horrible idée ! Non, non, je parlais seulement de moi. Mr. Knightley, vous le savez, aime à me faire des reproches pour me taquiner. Tout cela n'est qu'une plaisanterie. Nous nous disons toujours ce qui nous passe par la tête...

En fait, Mr. Knightley était l'une des rares personnes capables de déceler des défauts chez Emma, et le seul à lui en parler jamais. Cela n'était pas spécialement du goût d'Emma, mais elle savait que son père en serait encore plus attristé qu'elle et ne voulait pas qu'il pût soupçonner que tout le monde ne jugeait pas sa fille parfaite.

— Emma sait très bien que je ne la flatte jamais, dit Mr. Knightley, mais en l'occurrence je ne songeais à blâmer personne. Miss Taylor est habituée à s'occuper de deux personnes et n'en aura désormais plus qu'une seule à satisfaire. Il y a donc toutes les chances pour qu'elle y gagne.

— Bon, dit Emma, désireuse de couper court, vous vouliez avoir des nouvelles du mariage, et je serai ravie de vous donner tous les détails. Nous avons tous été parfaits. Tout le monde était à l'heure, et tout le monde était très élégant. On n'a pas versé une larme, et c'est à peine si l'on a pu voir quelques visages tristes. Non, nous savions tous que nous ne serions séparés que d'un demi-mile, et nous avions tous la certitude de nous voir chaque jour.

— Notre Chère Emma a tant de force d'âme, dit Mr. Woodhouse, mais en réalité, Mr. Knightley, elle est absolument navrée de perdre cette pauvre Miss Taylor, et je suis certain que celle-ci lui manquera encore plus qu'elle ne le croit.

Emma détourna la tête, partagée entre les larmes et l'envie de sourire.

— Il est impossible qu'une telle amie ne manque pas à Emma, dit Mr. Knightley, et nous n'aimerions pas votre fille comme nous le faisons, Monsieur, si nous pouvions supposer une chose pareille. Elle n'ignore pas, cependant, tout ce que ce mariage apporte à Miss Taylor, elle sait combien il doit être agréable, à l'âge de son amie, de s'établir dans une maison bien à soi, et combien on doit apprécier d'être assuré de revenus très confortables. Emma ne peut donc se permettre d'éprouver plus de chagrin que de satisfaction. Tous les amis de Miss Taylor ne peuvent que se réjouir de lui voir faire un aussi beau mariage.

— Vous oubliez que j'ai une autre raison d'être satisfaite, dit Emma, et qu'elle a son importance : ce mariage est mon œuvre. Oui, j'ai fait ce mariage il y a quatre ans, et le voir maintenant conclu, tenir la preuve que j'avais raison alors que tant de gens disaient que Mr. Weston ne se remarierait jamais, suffirait à me consoler de tout.

Mr. Knightley hocha la tête, et Mr. Woodhouse, pour sa part, répondit tendrement :

— Ah, ma chère enfant, j'aimerais tant que vous ne fissiez pas tous ces mariages et toutes ces prédictions... ce que vous prévoyez finit toujours par arriver. Je vous en prie, ne vous occupez plus de mariages.

— Je vous promets de ne point m'en occuper pour moi-même, Papa, mais il faut bien que je pense aux autres... C'est vraiment le jeu le plus drôle du monde ! Et puis après un tel succès, vous savez !... Tout le monde disait que Mr. Weston ne se remarierait jamais. Oh, mon cher ! Mr. Weston qui était veuf et qui paraissait si bien se passer d'une épouse, qui était tellement pris par ses affaires à Londres ou ses amis chez lui, qui toujours et partout était le bien-

16

venu, qui avait toujours l'air si joyeux... Mr. Weston qui pouvait s'il le désirait, ne pas passer une seule soirée solitaire d'une année entière !... Non, oh non ! Mr. Weston ne se serait certainement jamais remarié... Certains parlaient même d'une promesse qu'il aurait faite à sa femme sur son lit de mort... d'autres prétendaient que son fils et Mr. Churchill s'opposaient à un remariage... On racontait très gravement toutes sortes d'absurdités, mais moi, je n'en ai jamais cru un mot. J'ai pris ma décision le jour — il y a quatre ans environ — où nous l'avons rencontré, Miss Taylor et moi, dans Broadway Lane. Comme il commençait à bruiner, il s'est en effet précipité très galamment chez Farmer pour nous acheter des parapluies, et dès cet instant j'ai projeté ce mariage. Quand un aussi beau succès m'est accordé, mon cher Papa, vous ne voudriez tout de même pas que je cesse de m'occuper de mariages !

— Je ne comprends pas ce que vous entendez par « succès », dit Mr. Knightley. Un succès implique des efforts, et si depuis quatre ans vous avez employé vos talents à fomenter cette union, vous avez trouvé là une jolie façon de passer votre temps ! Charmante occupation pour l'esprit d'une demoiselle ! Mais j'imagine plutôt que lorsque vous vous vantez être l'artisan de ce mariage, vous voulez dire simplement que vous l'avez souhaité, qu'un jour d'oisiveté vous vous êtes dit : « Je crois qu'il serait très bon pour Miss Taylor que Mr. Weston l'épousât », et que vous y avez repensé de temps à autre par la suite. Dans ce cas, je ne vois pas pourquoi vous parlez de « succès ». Où est donc votre mérite ? De quoi êtes-vous fière ? Vous avez eu de la chance dans vos prédictions, et c'est là tout ce qu'on peut dire.

— N'avez-vous donc jamais éprouvé le sentiment de plaisir et de triomphe que donne la certitude d'avoir vu juste ? En ce cas, je vous plains. Je vous croyais plus intelligent, car soyez certain qu'une prédiction exacte ne repose jamais seulement sur la chance, mais témoigne toujours d'un certain talent. Quant à ce pauvre terme de « succès » que vous me contestez, je ne suis pas aussi sûre que vous de n'avoir pas le droit de le revendiquer. Vous avez brossé deux charmants tableaux, mais je crois qu'on peut en imaginer un trosième, un moyen terme entre tout faire et ne rien faire. Si je n'avais pas favorisé les visites de Mr. Weston à Hartfield, si je ne lui avais pas donné mille petits encouragements, si je n'avais pas aplani mille petites difficultés, il ne se serait peut-être rien passé au bout du compte. Je crois que vous connaissez assez bien Harfield pour comprendre cela.

— Je pense que l'on peut sans crainte laisser un homme aussi franc et ouvert que Mr. Weston et une femme aussi raisonnable et naturelle que Miss Taylor régler eux-mêmes leurs affaires. En intervenant, vous vous êtes certainement fait plus de mal à vous-même que vous ne leur avez fait de bien.

— Emma ne songe jamais à elle lorsque le bonheur d'autrui est en jeu, déclara Mr. Woodhouse qui ne comprenait qu'à demi. Mais ma chère, je vous en prie, ne vous occupez plus de mariages. Ce sont des histoires stupides qui ne font jamais que briser tristement le cercle de famille.

— Encore un, Papa, un seul, pour Mr. Elton. Pauvre Mr. Elton ! Vous aimez bien Mr. Elton, Papa... Il faut absolument que je lui trouve une épouse. A Highbury, il n'y a pas une jeune fille qui soit digne de lui. Il est ici depuis plus d'un an et il a si confortablement installé sa maison qu'il serait vraiment honteux qu'il y vécût seul plus longtemps. D'ailleurs, aujourd'hui, lorsque Miss Taylor et

Mr. Weston ont uni leurs destinées, j'ai trouvé qu'il avait l'air fort désireux de bénéficier du même genre d'aide qu'eux. J'estime beaucoup Mr. Elton, et la seule manière dont je pourrais lui rendre service serait de lui trouver une épouse.

— Mr. Elton est certes un jeune homme très bien, oui, tout à fait charmant, et j'ai beaucoup de considération pour lui, mais si vous voulez lui témoigner des égards, ma chère enfant, priez-le plutôt de venir dîner avec nous un de ces jours, ce sera nettement préférable. J'espère que Mr. Knightley aura l'amabilité de se joindre à nous.

— Avec grand plaisir, Monsieur, quand vous voudrez, dit Mr. Knightley en riant. Et je suis tout à fait d'accord avec vous pour trouver cette solution nettement préférable. Invitez-le à dîner, Emma, et faites-lui servir les meilleures volailles et les poissons les plus exquis, mais de grâce, laissez-le choisir tout seul son épouse. Soyez assurée qu'un homme de vingt-six ou vingt-sept ans est assez grand pour prendre soin de lui-même.

CHAPITRE II

Natif de Highbury, Mr. Weston appartenait à une très respectable famille qui, au cours des deux ou trois générations précédentes, avait acquis une certaine aisance et s'était élevée jusqu'à la meilleure société. Il avait reçu une excellente éducation mais, ayant hérité assez tôt de petits revenus, s'était détourné des carrières plutôt bourgeoises dans lesquelles s'étaient lancés ses frères pour sacrifier à sa gaieté et à son goût de l'action et des mondanités en s'engageant dans la milice que l'on organisait alors dans le comté.

Tout le monde aimait le capitaine Weston, et lorsque les hasards de la vie militaire l'eurent amené à faire la connaissance de Miss Churchill, une demoiselle appartenant à une grande famille du Yorkshire, et que celle-ci se fut éprise de lui, il n'y eut pour s'en étonner que le frère et la belle-sœur de la jeune fille. Précisons qu'ils n'avaient jamais vu le jeune homme et qu'en êtres pleins d'orgueil et de vanité, ils ne pouvaient que se sentir grandement offensés d'un pareil mariage.

Miss Churchill étant cependant majeure et libre de disposer de sa fortune, d'ailleurs insignifiante en comparaison de celle dont jouissaient ses parents, le mariage eut lieu, au plus vif déplaisir d'un Mr. Churchill et d'une Mrs. Churchill qui se hâtèrent de rompre avec éclat toutes relations avec ladite demoiselle. Cette union, mal assortie, ne se révéla pas très heureuse. Mr. Weston aurait mérité mieux, car il faisait un mari que son bon cœur et sa douceur inclinaient à penser que tous les égards étaient dus à la femme qui avait eu l'infinie bonté de tomber amoureuse de lui. Hélas, pour n'être pas totalement dépourvue de force d'âme, son épouse n'avait point celle qu'il eût fallu : certes, elle avait eu suffisamment de volonté pour obéir, malgré son frère, à ses propres désirs, mais elle était trop faible pour réfréner les regrets stériles qu'éveillaient en elle l'absurde colère de ses parents ou le fait d'être privée du luxe de son ancienne demeure. Les Weston vivaient au-dessus de leurs moyens mais leur train de vie n'était rien comparé à celui d'Enscombe, et la jeune femme aimait son mari sans pouvoir cependant se résigner à n'être pas tout à la fois l'épouse du capitaine Weston et la demoiselle Churchill d'Enscombe.

On avait tout d'abord jugé, les Churchill surtout, que le capitaine Weston contractait une alliance inespérée, mais on s'aperçut en fin de compte qu'il était le principal perdant dans l'affaire. Lorsque sa femme mourut après trois ans de mariage, il se retrouva en effet plutôt appauvri et nanti de surcroît d'un petit garçon à élever. Il se vit pourtant bientôt libéré des frais qu'occasionnait l'entretien de son fils car la naissance de cet enfant, à laquelle était venue s'ajouter l'émotion que ne pouvait manquer de susciter la longue maladie de sa mère, avait été à l'origine d'une espèce de réconciliation avec les Churchill, et ces derniers n'ayant point d'enfant ou de petit parent aussi proche dont s'occuper, proposèrent de prendre entièrement à leur charge l'éducation du jeune Frank lorsque Mrs. Weston fut morte. On se doute que le veuf éprouva quelques scrupules et une certaine répugnance à se séparer de son fils, mais d'autres considérations vinrent contrebalancer ses hésitations et le petit garçon fut confié aux bons soins et à la fortune des Churchill, Mr. Weston n'ayant dès lors d'autre souci que d'assurer sa propre existence et d'améliorer autant que possible sa situation.

Un changement radical de mode de vie était devenu nécessaire. Il quitta la milice, et se mit au commerce car il avait à Londres des frères bien établis qui pouvaient l'aider à débuter. Ses affaires lui donnaient assez de travail mais pas trop, et comme il possédait encore une petite maison à Highbury, il y passait la plupart de ses moments de loisirs. Dix-huit ou vingt années s'écoulèrent ainsi très agréablement, entre des occupations utiles et les plaisirs de la société. A l'époque qui nous intéresse, Mr. Weston avait acquis une fortune assez coquette, suffisante en tout cas pour lui permettre d'acheter, à côté de Highbury, un petit domaine qu'il avait toujours rêvé de posséder, pour épouser une femme sans dot comme Miss Taylor et pour vivre en harmonie avec les désirs d'une aimable et sociable nature.

Il y avait à présent un certain temps que Miss Taylor influait sur ses projets. Oh ! il ne s'agissait point de la tyrannique influence que la jeunesse peut exercer sur la jeunesse, et Mr. Weston n'en avait point été ébranlé dans sa résolution d'acheter Randalls avant de jamais s'établir, bien que la vente de la petite propriété se fût fait attendre longtemps... non, il avait au contraire agi avec fermeté jusqu'à ce que les objectifs qu'il s'était fixés eussent été atteints. Il s'était constitué une fortune, avait acheté sa maison, et avait obtenu la main de Miss Taylor. Il entrait à présent dans une période de sa vie qui lui apporterait probablement plus de bonheur qu'il n'en avait jamais connu. Il n'avait jamais été malheureux, son caractère même l'en ayant toujours empêché, y compris lors de son premier mariage, mais cette seconde union lui apprendrait certainement combien peut être délicieuse une femme intelligente et profondément bonne et lui prouverait de la plus agréable manière qu'il est nettement préférable de choisir que d'être choisi et d'exciter la gratitude plutôt que de l'éprouver.

Le choix de sa deuxième épouse ne regardait que lui car il était absolument libre de disposer de sa fortune à son gré. En effet, on ne s'était pas contenté d'élever tacitement Frank comme l'héritier de son oncle mais son adoption avait récemment revêtu un caractère tellement officiel qu'à sa majorité le jeune homme avait dû prendre le nom de Churchill. Il était par conséquent fort improbable qu'il eût jamais besoin de l'aide de son père et ce dernier n'avait aucune crainte de ce côté-là. Mrs. Churchill était certes une femme très capricieuse qui dominait entièrement son mari, mais il n'était point dans la nature de Mr. Weston d'aller s'imaginer qu'un caprice, quel qu'il fût, pût influer sur le sort d'un être aussi tendrement chéri que Frank, et d'un garçon, pensait-il en outre, qui méritait si bien l'amour qu'on lui portait. Mr. Weston voyait son fils chaque année à Londres, et il était extrêmement fier de lui. Il en parlait avec tendresse, le décrivant comme un jeune homme très élégant et tout Highbury en ressentait une espèce d'orgueil. On estimait que ses liens avec le village suffisaient pour que ses mérites et ses espérances fussent un sujet d'intérêt pour chacun.

Mr. Frank Churchill était l'une des gloires locales et l'on témoignait envers lui d'une ardente curiosité, bien qu'il ne parût guère s'intéresser beaucoup lui-même à un village où il n'avait jamais daigné mettre les pieds. Il avait souvent parlé de faire une visite à son père mais il n'avait jamais mis son projet à exécution.

La plupart des gens pensaient que le jeune homme ne pourrait plus désormais repousser décemment sa visite puisque son père s'était marié. En pareilles circonstances, venir à Highbury était vraiment la moindre des choses et l'on en convint unanimement, aussi bien quand Mrs. Perry vint prendre le thé avec Mrs. Bates et Miss Bates que lorsque ces dernières se rendirent à leur tour chez Mrs. Perry. Il était grand temps que le jeune homme se présentât et l'espoir de le voir arriver s'accrût encore lorsqu'on apprit qu'il avait écrit à sa belle-mère. Pendant quelques jours, les habitants de Highbury ne purent passer un moment ensemble sans évoquer d'une manière ou d'une autre la lettre si gracieuse qu'avait reçue Mrs. Weston. « Je suppose que vous avez entendu parler de la charmante lettre que Mr. Frank Churchill a écrite à Mrs. Weston, disait-on, il paraît qu'elle est vraiment très belle. C'est Mr. Woodhouse qui me l'a dit. Il l'a lue, et prétend n'en avoir jamais vu d'aussi belle. »

En vérité, on faisait grand cas de cette lettre, et Mrs. Weston en avait elle-même conçu beaucoup d'estime pour le jeune homme. Cette charmante attention prouvait indéniablement l'intelligence de Frank et venait en outre ajouter agréablement à toutes les félicitations dont Mrs. Weston s'était déjà vu honorer depuis son mariage. Elle se jugeait très favorisée par le sort et avait trop vécu pour ne pas savoir qu'elle avait effectivement une chance extraordinaire quand le seul regret né de son nouvel état résidait dans une séparation relative d'avec des amis qui ne s'étaient jamais départis de leur tendresse à son égard et supportaient mal d'être privés de sa présence.

Elle n'ignorait pas qu'elle leur manquerait certainement et ne pouvait évoquer sans tristesse la possibilité qu'Emma fût privée d'un seul plaisir ou souffrît une heure d'ennui du fait de son absence. Emma, cependant, n'était pas une nature faible. Elle était mieux à même d'affronter sa situation que la plupart des jeunes filles et possédait un bon sens, une énergie et un courage qui lui permettraient, on pouvait l'espérer, de supporter sans trop de peine et sans trop de chagrin les petits problèmes et les privations que provoquerait le mariage de sa compagne. Il était d'autre part très réconfortant de songer que Randalls se trouvait si près de Hartfield que même une femme seule pouvait se risquer à faire le trajet, et que ni le caractère ni la situation de Mr. Weston ne viendraient s'opposer à ce que les deux amies passent ensemble la plupart de leurs soirées au cours des mois suivants.

Lorsqu'elle pensait à sa situation, Mrs. Weston passait des élans de gratitude aux regrets, mais la satisfaction qu'elle éprouvait — et ce terme de « satisfaction » était insuffisant car celui de bonheur eût certainement mieux convenu —, semblait si justifiée et tellement évidente qu'Emma, bien qu'elle connût parfaitement son père, ne laissait pas de s'étonner qu'il s'obstinât à plaindre cette « Pauvre Miss Taylor » quand ils quittaient Randalls, laissant leur hôtesse à tous ses plaisirs domestiques, ou quand ils la voyaient rentrer chez elle le soir, escortée jusqu'à sa voiture par le mari le plus charmant du monde. Mr. Woodhouse ne pouvait cependant s'empêcher de soupirer gentiment, quand il la voyait s'en aller :

— Ah ! cette pauvre Miss Taylor ! Elle serait tellement heureuse de pouvoir rester ici avec nous.

Miss Taylor était perdue à jamais, et il n'était guère probable que le vieil homme cessât un jour de la plaindre. Quelques semaines adoucirent quand même un peu le chagrin de Mr. Woodhouse. Les gens du voisinage en avaient enfin fini avec leurs compliments et on ne l'assaillait plus de vœux de bonheur lorsque ce mariage était un événement si triste. On avait aussi terminé ce maudit gâteau de noces qui lui avait causé tant de soucis. Mr. Woodhouse ne supportait aucune nourriture trop riche et il n'arrivait jamais à croire qu'il pût en être autrement pour les autres. Il estimait que tout ce qui lui faisait mal avait nécessairement les mêmes effets sur tous et avait en conséquence tenté de dissuader Miss Taylor de faire servir un gâteau le jour de son mariage. On ne l'avait malheureusement pas écouté et il s'était donc rabattu sur les convives, multipliant les efforts pour les convaincre de ne point goûter de ce poison. Il avait même pris la peine de consulter à ce sujet Mr. Perry, l'apothicaire. Mr. Perry était un monsieur fort intelligent dont les visites assez fréquentes constituaient l'un des grands plaisirs de l'existence de Mr. Woodhouse. Ce dernier s'étant adressé à lui à propos du problème qui le torturait, Mr. Perry s'était vu forcé d'avouer que bien que cela parût aller contre le goût commun, le gâteau de noces risquait en effet d'indisposer certaines personnes et même la plupart des gens si l'on n'en mangeait point avec modération. Fort de cette opinion qui confirmait la sienne, Mr. Woodhouse avait espéré pouvoir influencer les invités des jeunes mariés, mais on avait tout de même mangé du gâteau, et le charitable vieillard n'avait point connu de repos tant que ce fléau n'avait pas entièrement disparu.

Il courut dans Highbury une étrange rumeur selon laquelle on avait vu les petits Perry avec chacun une tranche du gâteau de noces de Mrs. Weston, mais Mr. Woodhouse ne consentit jamais à le croire.

CHAPITRE III

Mr. Woodhouse aimait le monde à sa manière. Il se plaisait à recevoir ses amis chez lui, et pour diverses raisons — son statut de vieil habitant de Hartfield, sa bonté, sa fortune, sa maison, sa fille aussi —, avait à sa disposition un petit cercle d'amis qui venaient le voir à peu près quand il le désirait. Il n'entretenait guère de relations en dehors de ce cercle d'élus, son horreur des couchers tardifs et des grands dîners ne lui permettant d'avoir de rapports qu'avec ceux qui respectaient ses habitudes. Heureusement pour lui, Highbury, Randalls, dans la même paroisse, et Donwell Abbey, demeure de Mr. Knightley sise dans la paroisse voisine, réunissaient suffisamment de ces personnes-là. Il n'était pas rare que sur les conseils d'Emma Mr. Woodhouse invitât ses amis les plus chers à dîner en sa compagnie, mais il préférait passer simplement la soirée avec eux et il n'était guère de jours où Emma ne réussît à lui trouver des partenaires au jeu, hormis quand le vieil homme s'imaginait trop faible pour recevoir la moindre visite.

C'est une estime sincère et très ancienne qui poussait les Weston et Mr. Knightley à venir à Hartfield, et pour Mr. Elton, un jeune homme qui vivait seul bien malgré lui, il ne risquait guère de négliger le privilège de pouvoir troquer la morne solitude d'une soirée libre contre la société raffinée que lui offrait le salon de Mr. Woodhouse et les sourires de la délicieuse fille du maître de maison.

Venaient ensuite des relations, parmi lesquelles les personnes les plus fréquemment invitées étaient Mrs. Bates, Miss Bates et Mrs. Goddard. Ces dames étaient presque toujours prêtes à se rendre à Hartfield lorsqu'on les en priait, et l'on allait si souvent les prendre chez elles et les ramener que Mr. Woodhouse en oubliait que cela pouvait fatiguer James ou les chevaux. Si cela ne s'était produit qu'une fois par an, le vieux monsieur aurait certainement cru commettre un abus.

Mrs. Bates était la veuve d'un ancien vicaire de Highbury. C'était une très vieille dame, plus antique, presque, que tout au monde, hormis le thé et le quadrille. Elle vivait très modestement avec sa fille qui était restée célibataire, et on lui témoignait tout le respect dû à une vieille dame qui se trouve dans une situation aussi difficile. Sa fille jouissait d'une extrême popularité pour une femme qui n'était ni jeune, ni belle, ni riche, ni mariée. Elle était, pour s'assurer les bonnes grâces du monde, dans la pire des positions imaginables. Elle n'était point dotée de cette intelligence supérieure qui lui eût permis de se racheter aux yeux d'autrui ou d'intimider des ennemis éventuels qui se seraient alors vus dans l'obligation de lui témoigner du respect. Jamais elle n'avait pu se vanter d'être belle ou d'avoir de l'esprit, et après une jeunesse sans éclat, elle consacrait à présent les années de sa maturité à soigner une mère dont la santé déclinait et à gérer du mieux possible des revenus extrêmement modestes. C'était pourtant une femme heureuse et on ne parlait d'elle qu'avec bienveillance. C'est sa gaieté et la bonté dont elle faisait elle-même preuve envers chacun qui avaient accompli ces merveilles. Elle aimait tout le monde, se souciait toujours du bonheur d'autrui et se montrait perspicace à découvrir les mérites de ses amis. Elle se considérait comme un être très favorisé par la chance et comblé de bénédictions. N'avait-elle pas une mère adorable, nombre d'excellents voisins et de relations charmantes, une maison où rien ne manquait ? Sa simplicité, sa gaieté, son caractère heureux et sa gentillesse étaient pour elle une mine de félicités et lui assuraient la bienveillance de tous. Elle adorait parler de mille futilités, et cela convenait parfaitement à Mr. Woodhouse qui était féru de ces petites nouvelles que fournit la vie quotidienne et appréciait beaucoup ces bavardages inoffensifs.

Mrs. Goddard dirigeait une école. Ce n'était pas un collège, une institution, l'un de ces établissements où en de grandes phrases aussi délicates qu'absurdes on prétend, au nom de principes et systèmes nouveaux, concilier un apprentissage sans partis pris de toutes les sciences et les règles de la morale mondaine, et où, contre des sommes exorbitantes, on vole leur santé à des jeunes filles avec pour seul résultat de les rendre extrêmement vaniteuses. Non, l'école de Mrs. Goddard était une véritable, une honnête pension à l'ancienne manière où l'on vendait à un prix raisonnable un savoir suffisant et où l'on pouvait envoyer une jeune personne quand on voulait en faire un être équilibré et lui permettre de recevoir une excellente éducation sans lui faire courir le risque de se transformer en petit prodige. La bonne réputation dont jouissait l'école de Mrs. Goddard était pleinement justifiée, car, si Highbury était déjà un endroit particulièrement salubre, Mrs. Goddard possédait en outre une grande maison avec un jardin et donnait aux enfants une nourriture saine et abondante. Elle leur faisait également faire beaucoup de promenades et soignait elle-même leurs engelures en hiver. Il n'était donc nullement étonnant qu'on pût la voir à présent se rendre à l'église escortée d'une quarantaine de fillettes en rang par deux. C'était une femme simple et maternelle qui avait travaillé dur dans sa jeunesse et pensait avoir gagné le privilège de s'accorder de temps en temps une heure de détente chez des amis. Elle avait eu autrefois l'occasion d'éprouver la bonté de Mr. Woodhouse et lui reconnaissait le droit de l'arracher à son petit salon douillet où se trouvaient exposés une multitude d'ouvrages d'agrément, pour lui faire perdre ou gagner quelques pièces de six pence au coin du feu, à Hartfield.

C'étaient donc là les dames qu'Emma avait la possibilité d'inviter fréquemment. Elle était certes heureuse de pouvoir le faire pour son père, mais en ce qui la concernait elle-même, elle n'arrivait pas à voir dans cette compagnie un remède à l'absence de Mrs. Weston. Son père était content, ce qui la ravissait, et elle se sentait fière de ses talents de maîtresse de maison, mais en écoutant le paisible bavardage de ces trois femmes, elle prenait conscience que toutes les soirées passées de la sorte n'étaient que l'une de celles qu'elle avait tant appréhendées.

Un matin, elle se tenait au salon à se dire que cette journée qui commençait se terminerait exactement comme toutes les autres quand on lui remit un billet de Mrs. Goddard. Celle-ci lui demandait dans les termes les plus respectueux de bien vouloir lui permettre d'amener Miss Smith à Hartfield. Emma fut ravie de se voir adresser cette requête car Miss Smith était une jeune fille de dix-sept ans qu'elle connaissait bien de vue et dont elle avait depuis longtemps remarqué la beauté. Elle répondit donc à Mrs. Goddard par une gracieuse invitation et notre belle maîtresse de maison n'appréhenda plus la soirée à venir.

Harriet était une enfant naturelle dont on ne connaissait pas les parents. Plusieurs années auparavant, quelqu'un l'avait placée dans l'école de Mrs. Goddard et ce quelqu'un l'avait récemment élevée du rang d'écolière à celui de pensionnaire privée de la directrice. C'était là tout ce que l'on savait de son histoire. Elle n'avait point d'amis hors ceux qu'elle s'était faits à Highbury et rentrait juste d'un séjour à la campagne chez d'anciennes camarades de pension.

C'était une très jolie jeune fille, et il se trouvait que sa beauté était précisément de celles qu'Emma prisait entre toutes. Elle était en effet petite, potelée et gracieuse, avait un teint éclatant, des yeux bleus, des cheveux blonds, des traits réguliers et un regard d'une grande douceur. Bien avant la fin de la première soirée qu'elles passèrent ensemble, Emma fut séduite par les façons d'Harriet Smith comme elle l'avait déjà été par sa beauté et elle résolut de poursuivre ses relations avec elle.

La jeune fille ne lui sembla pas très intelligente mais elle se montrait en même temps si gentille — ni timide à l'excès, ni taciturne — et si discrète, si déférente, si reconnaissante d'avoir été admise à Hartfield et si naïvement impressionnée par l'élégance, toute nouvelle pour elle, du cadre où elle se trouvait, qu'il fallait bien, pensait Emma, qu'elle eût du bon sens et méritât des encouragements. Oui, on devait l'aider. Il ne fallait point que ces doux yeux bleus et tant de grâces naturelles fussent gaspillés dans la société inférieure des habitants de Highbury.

Les liens que la jeune fille y avait déjà tissés étaient indignes d'elle. Bien que ce fussent d'excellentes gens, les amis chez qui elle venait de passer quelques semaines ne pouvaient que lui nuire. C'étaient les Martin, qu'Emma connaissait fort bien de réputation car ils exploitaient une grande ferme appartenant à Mr. Knightley et résidaient dans la paroisse de Donwell. Ils étaient certainement honorables puisque Mr. Knightley les tenait en haute estime mais c'étaient sans doute des êtres frustes et grossiers, tout à fait indignes de figurer parmi les amis d'une jeune fille qui n'avait besoin que d'un peu plus d'instruction et d'élégance pour atteindre à la perfection. Emma, elle, pourrait conseiller Harriet, elle l'aiderait à se perfectionner, elle l'arracherait à ses détestables relations et l'introduirait dans la bonne société. Elle façonnerait son esprit et ses manières. Ce serait là une tâche passionnante et qui témoignerait certainement de beaucoup d'amabilité. D'ailleurs, elle convenait parfaitement à sa position sociale, à son existence oisive et à ses compétences.

Emma fut ce soir-là tellement occupée à contempler ces doux yeux bleus, à converser et à former tous ces beaux projets, que le temps lui parut passer à une vitesse inaccoutumée et qu'elle fut extrêmement surprise en constatant que l'on amenait près du feu la table du souper. D'ordinaire, Emma surveillait attentivement l'heure pour qu'on servît en temps voulu le repas qui concluait toujours leurs petites réunions amicales. Cette fois, elle mit à faire les honneurs de la table l'extrême bonne grâce d'un esprit content et un empressement encore supérieur à celui que lui dictait d'habitude le souci de mériter sa réputation de maîtresse de maison attentive et parfaite, et elle servit le hachis de poulet et les huîtres cuites avec une

33

célérité qui plairait, elle le savait bien, à des hôtes qui répugnaient à se coucher tard.

Ces repas provoquaient toujours chez le pauvre Mr. Woodhouse de terribles combats intérieurs. Il aimait qu'on dressât la table parce que c'était la mode au temps de sa jeunesse, mais il aurait voulu qu'on ne servît rien à manger tant il était certain que ces soupers étaient néfastes, et tandis que son sens de l'hospitalité lui ordonnait de faire le maximum pour ses invités, le souci qu'il avait de leur santé lui faisait déplorer tout ce qu'ils mangeaient.

Un petit bol de bouillie bien claire comme celle qu'on lui servait, voilà tout ce qu'en son âme et conscience il pouvait recommander, bien qu'il se forçât à dire, tandis que ces dames dévoraient tranquillement d'exquises nourritures :

— Permettez-moi de vous conseiller l'un de ces œufs, Mrs. Bates. Les œufs mollets ne font pas de mal s'ils sont cuits à point. Serle s'entend mieux que personne à faire les œufs mollets. Je ne vous conseillerais point d'en goûter si quelqu'un d'autre les avait préparés, mais n'ayez crainte... Ils sont très petits, vous le voyez. Vous ne serez pas malade avec l'un de nos petits œufs. Miss Bates, permettez qu'Emma vous serve un petit, un tout petit morceau de tarte. Nous ne faisons jamais que des tartes aux pommes. Vous n'avez pas à craindre qu'on vous serve ici de ces conserves si malsaines... Je ne vous conseillerai pas la crème. Que diriez-vous d'un demi-verre de vin, Mrs. Goddard ? Un petit demi-verre ? Avec beaucoup d'eau, n'est-ce pas ? Je ne pense pas que cela puisse vous faire le moindre mal.

Emma laissait parler son père mais elle servait ses invités d'une façon qui répondait mieux à leur attente et elle éprouva, le soir de sa rencontre avec Harriet, un plaisir tout particulier à les voir partir pleinement satisfaits. Le bonheur de Miss Smith répondait parfaitement aux efforts de son hôtesse. Miss Woodhouse était un personnage tellement important à Highbury que la perspective de lui être présentée avait éveillé chez la pauvre fille plus de peur panique que de plaisir, mais cette enfant modeste et douce prit congé avec la reconnaissance la plus vive, ravie de la gentillesse que Miss Woodhouse lui avait témoignée toute la soirée et de l'amabilité avec laquelle elle lui serrait maintenant la main.

CHAPITRE IV

Il fut bientôt établi qu'Harriet Smith était devenue l'une des intimes de Hartfield. Vive et résolue, Emma n'avait point perdu de temps et n'avait cessé de l'inviter ou de l'encourager, en actes comme en paroles, à venir la voir très souvent. L'amitié des deux jeunes filles n'avait fait que grandir au fur et à mesure qu'elles se connaissaient mieux. Emma avait tout de suite compris qu'Harriet lui serait fort utile comme compagne de promenade, le départ de Mrs. Weston s'étant révélé particulièrement catastrophique sur ce point précis. Mr. Woodhouse ne s'aventurait en effet jamais au-delà des bosquets, limitant au parc des promenades dont la longueur seule variait suivant les saisons, et notre héroïne n'était guère sortie depuis le mariage de Mrs. Weston. Elle s'était bien risquée une fois, toute seule, jusqu'à Randalls, mais ce n'était pas très satisfaisant et il serait certainement beaucoup plus agréable d'avoir à sa disposition une Harriet Smith à qui elle pourrait à tout moment proposer une promenade. Quoi qu'il en fût, plus elle connaissait la jeune fille et plus elle était séduite, ce qui la confortait encore dans son désir de mener à bien tous ses aimables projets.

Harriet n'avait certes pas beaucoup d'esprit mais

c'était une nature douce, docile et reconnaissante. Totalement dénuée de vanité, elle désirait seulement se laisser guider par un être qu'elle admirât. L'affection dont elle témoigna bientôt envers Miss Woodhouse ne manquait point de charme et l'attrait qu'elle manifestait pour la bonne société, ainsi que sa capacité d'apprécier l'élégance et l'esprit, prouvaient bien qu'elle ne manquait pas de goût si elle n'était pas très intelligente. Emma était absolument convaincue qu'Harriett Smith était la compagne même dont elle manquait à Hartfield. Il n'était pas question de remplacer une Mrs. Weston ; le ciel ne permettrait pas à Emma d'en rencontrer deux comme elle, et elle ne le désirait d'ailleurs pas. Non, ses relations avec ces deux femmes n'avaient rien de commun, et elle éprouvait à leur égard des sentiments totalement différents, sans aucun rapport. Elle ressentait pour Mrs. Weston un grand respect, fondé sur la gratitude et l'estime, alors qu'elle aimerait Harriet comme un être à qui elle pouvait être utile. Mrs. Weston n'avait besoin de rien, Harriet avait besoin de tout.

La première tâche qu'entreprit Emma fut de rechercher l'identité des parents de sa jeune amie mais elle ne put tirer d'Harriet le moindre renseignement. La pauvre enfant était certes tout à fait disposée à lui dire tout ce qu'elle savait, mais les questions d'Emma n'aboutirent à aucun résultat. Notre héroïne en fut réduite à imaginer ce qui lui plaisait, intimement convaincue pourtant que placée dans la même situation que Miss Smith, elle fût arrivée, elle, à découvrir la vérité. Harriet n'était guère perspicace et s'était contentée de croire ce que Mrs. Goddard avait bien voulu lui dire à ce propos, sans chercher à en savoir davantage.

Mrs. Goddard, les professeurs, les élèves et les

petites affaires de l'école tenaient habituellement le premier rôle dans la conversation des deux jeunes filles, et elles n'eussent parlé de rien d'autre s'il n'y avait eu les relations d'Harriet avec les Martin d'Abbey Mill Farm. Ces Martin paraissaient préoccuper grandement la nouvelle compagne d'Emma. Elle avait passé deux mois très agréables en leur compagnie et se plaisait à évoquer ce charmant séjour et à décrire les mille agréments et beautés de la ferme. Emma encourageait ces bavardages, amusée par ce tableau de gens si différents d'elle et ravie de la juvénile simplicité que mettait Harriet à s'enthousiasmer pour les deux salons de Mrs. Martin : « Oui, deux salons, et vraiment magnifiques ! L'un d'eux était aussi grand que la salle de réception de Mrs. Goddard ! Il y avait aussi à Abbey Mill Farm une servante qui était là depuis vingt-cinq ans, et ils avaient huit vaches, dont deux Alderney et une petite vache galloise, une bête adorable ! Mrs. Martin disait toujours qu'il fallait en parler comme de la vache d'Harriet, puisque la jeune fille l'aimait tant... Et le kiosque, dans le jardin ! Ils y prendraient le thé tous ensemble, l'année suivante... Il était ravissant, et une douzaine de personnes pouvaient s'y tenir à l'aise. »

Emma s'amusa pendant un certain temps à écouter tous ces détails sans trop y réfléchir, mais lorsqu'elle en vint à mieux connaître les Martin, elle changea radicalement d'attitude. Elle s'était en effet complètement trompée, croyant que Mrs. Martin vivait à Abbey Mill Farm avec sa fille, son fils et sa belle-fille, alors qu'en fait, le Mr. Martin qui apparaissait dans les récits d'Harriett et dont cette dernière vantait si souvent les mérites était bel et bien célibataire. Il n'existait pas de jeune Mrs. Martin, pas de jeune épouse... Emma devina les dangers que l'hospitalité de ces gens et toutes leurs amabilités faisaient courir à sa pauvre amie, et comprit que si l'on n'y prenait garde, cette affaire pouvait aboutir à la ruine irrémédiable de cette malheureuse.

En butte à ces soupçons, elle se mit à poser des questions plus nombreuses et mieux dirigées, incitant particulièrement Harriet à parler davantage de Mr. Martin, ce qui ne parut pas du tout déplaire à la jeune fille. Celle-ci se complaisait manifestement à évoquer la part que le jeune homme avait pu prendre à leurs promenades au clair de lune et à leurs jeux du soir, et elle insistait sur sa gaieté et sur son obligeance. Un jour, n'avait-il pas fait trois miles rien que pour aller lui chercher des noix et ce parce qu'elle avait dit en raffoler ? Il était toujours tellement aimable ! Un soir, il avait fait appeler le fils du berger et lui avait demandé de chanter en l'honneur de leur jeune invitée. Harriet aimait beaucoup le chant et lui-même chantait un peu. Elle le croyait très intelligent et extrêmement savant. Il possédait un troupeau magnifique, et lors du séjour d'Harriet, il était arrivé à vendre sa laine plus cher que tous les autres fermiers des environs. Tout le monde parlait de lui en termes élogieux et sa mère et ses sœurs l'aimaient beaucoup. Un jour, Mrs. Martin avait confié à Harriet (et celle-ci rougit en racontant cette anecdote) qu'il était impossible de trouver meilleur fils et qu'elle était de ce fait certaine qu'il se révélerait excellent époux lorsqu'il se marierait... Ce n'était point qu'elle désirât le voir marié, non, au contraire, même, elle n'était pas pressée, mais...

« Bien joué, Mrs. Martin », se dit Emma, « vous savez ce que vous faites ! »

Notre héroïne apprit ensuite que lorsque Harriet avait dû partir, Mrs. Martin avait eu la bonté d'envoyer à Mrs. Goddard une oie magnifique, la plus belle que la directrice eût jamais vue. On l'avait faite un dimanche, et à cette occasion, Mrs. Goddard avait invité les trois professeurs, Miss Nash, Miss Prince et Miss Richardson, à dîner en sa compagnie.

— Je suppose que Mr. Martin n'est guère savant dès que l'on sort des limites de son travail ? Est-ce qu'il lit ?

— Oh, oui ! Enfin... Non... Je ne sais pas, mais je crois qu'il a beaucoup lu... ce sont des livres qui vous paraîtraient sans intérêt. Il lit *le Bulletin de l'Agriculture,* et il y a toujours quelques livres qui traînent sur la banquette de la fenêtre. Cependant, il en parle rarement. Parfois, le soir, avant notre partie de cartes, il nous lisait à voix haute quelques extraits des *Meilleurs morceaux choisis.* C'est très amusant. Et puis je sais qu'il a lu *le Vicaire de Wakefield.* Il n'a pas lu *le Roman de la Forêt* ni *les Enfants de l'Abbaye,* et il n'avait même jamais entendu parler de ces romans avant de me connaître. Il est cependant décidé à se les procurer dès que possible.

Emma lui demanda ensuite :

— Comment est-il physiquement ?

— Oh, il n'est pas beau... Non, il n'a vraiment rien d'extraordinaire. Au début, je le trouvais même laid, mais j'ai changé d'avis. Avec le temps, vous savez, on ne voit plus ses défauts. Mais vous ne le connaissez donc pas ? Il vient parfois à Highbury, et il y passe systématiquement une fois par semaine pour se rendre à Kingston. Il lui arrive souvent de vous rencontrer.

— C'est possible, et je l'ai peut-être croisé cinquante fois sans savoir qu'il s'agissait de lui. Un jeune fermier, à cheval ou à pied, est bien la dernière personne susceptible d'éveiller ma curiosité. Ces gens-là font précisément partie de la classe avec laquelle je n'ai rien à faire. Je puis à la rigueur m'intéresser à des êtres vraiment très humbles s'ils me paraissent honorables, car je puis espérer leur être utile d'une manière ou d'une autre, mais un fermier n'a quant à lui nul besoin de mon aide. En bref, ce genre d'homme se trouve à la fois trop haut et trop bas dans l'échelle sociale pour que j'aie la moindre raison de le remarquer.

— Certes, il est en effet peu probable qu'il ait jamais attiré votre attention, mais lui vous connaît bien... enfin, je veux dire de vue.

— Je ne doute pas que ce jeune homme ne soit très respectable, je suis même certaine que c'est le cas et je ne lui veux que du bien... Quel âge a-t-il ?

— Il a eu vingt-quatre ans le huit juin dernier, et, n'est-ce pas curieux, mon anniversaire tombe le vingt-trois. Seulement seize jours de différence...

— Il n'a que vingt-quatre ans ! C'est trop jeune pour s'établir ! Sa mère a raison de ne pas être pressée de le voir se marier. Ils ont l'air très heureux comme cela, et si Mrs. Martin prenait actuellement le risque de trouver une épouse à son fils, elle ne tarderait certainement pas à s'en repentir. Ce jeune homme pourra songer au mariage d'ici cinq ou six ans, s'il arrive à connaître dans son milieu une gentille fille dotée de quelque argent.

— Six ans, Miss Woodhouse ! Mais il aura trente ans !

— Oui, et à moins d'être nés suffisamment riches, la plupart des hommes ne peuvent pas se permettre de s'établir plus tôt. J'imagine qu'en ce qui concerne Mr. Martin, sa fortune est encore à faire. Il est impossible qu'il soit délivré des soucis financiers. Quelle que soit la somme dont il a héritée à la mort de son père et quelle que soit sa part dans la propriété familiale, tout son avoir est certainement, et j'en suis même sûre, immobilisé en troupeaux et choses de ce genre, et même s'il peut un jour devenir riche à force de travail et de chance, il est pratiquement impossible qu'il ait déjà atteint le moindre résultat.

— Certes, il en est ainsi, mais ils vivent très confortablement. Ils n'ont qu'une servante, mais à part cela ils ne manquent de rien. Mrs. Martin parle même d'engager un garçon l'année prochaine.

— J'espère, Harriet, que vous ne vous laisserez pas prendre au piège s'il se marie… Je veux dire, en acceptant d'avoir des relations avec sa femme. Si l'on n'a point de reproches à formuler contre ses sœurs qui ont reçu une éducation soignée, cela ne signifie pas forcément qu'il saura trouver une épouse digne de votre attention. Le problème que pose votre naissance devrait vous inciter à vous montrer particulièrement prudente en ce qui concerne votre entourage. Il est absolument certain que vous êtes la fille d'un gentleman et vous devez constamment défendre vos droits à cette position sociale car sans cela, il se trouvera une foule de gens qui éprouveront un certain plaisir à vous humilier.

— Oui, je suppose qu'il s'en trouverait un certain nombre mais aussi longtemps que je viendrai à Hartfield et que vous serez aussi bonne pour moi, je ne craindrais personne, Miss Woodhouse.

— Vous vous rendez compte de l'importance que peuvent revêtir des appuis, Harriet, et j'en suis ravie, mais je voudrais vous voir si solidement implantée dans la bonne société que même Hartfield et Miss Woodhouse ne vous soient plus nécessaires. Je tiens à vous voir toujours entourée de la compagnie la plus choisie, et pour cela, il serait préférable d'éliminer autant que possible vos anciennes relations. Je vous conseillerais donc, au cas où vous seriez encore dans le pays lorsque Mr. Martin se mariera, de ne point vous laisser entraîner, par amitié pour ses sœurs, à vous lier avec une femme qui ne sera probablement qu'une grosse fille de fermier sans la moindre éducation.

— Je ne pense pas que Mr. Martin consentirait jamais à épouser une jeune fille qui ne fût cultivée et parfaitement élevée mais je ne veux pas vous contredire et je suis sûre que je n'aurai de toute façon jamais envie de me lier avec sa femme. J'aurai certes toujours beaucoup d'estime pour les demoiselles Martin, surtout Isabelle, car elles sont tout aussi bien élevées que moi, mais si Mr. Martin épousait une femme ignorante et vulgaire, je préférerais sans aucun doute n'avoir pas le moindre rapport avec elle, à moins d'y être forcée.

Emma n'avait cessé d'observer Harriet pendant tout le temps qu'elle parlait mais elle n'avait perçu aucun symptôme qui indiquât que la jeune fille fût sérieusement éprise. Mr. Martin avait été le premier a témoigner de l'admiration à cette naïve enfant mais Emma était persuadée qu'il n'avait point d'autre empire sur elle et qu'Harriet ne s'opposerait pas aux grands projets que lui dictait l'amitié.

Le lendemain même, elles rencontrèrent Mr. Martin sur la route de Donwell. Il était à pied, et après avoir très respectueusement salué Emma, il s'adressa à sa compagne avec une satisfaction évidente. Emma était ravie d'avoir cette occasion de juger directement de la situation. Elle les devança de quelques pas tandis qu'ils conversaient ensemble, et se retournant de temps à autre, ne tarda pas, avec sa perspicacité habituelle, à se faire une idée assez claire de Mr. Robert Martin. Sa mise était soignée et il avait l'air intelligent, mais c'étaient vraiment là ses seuls avantages physiques. Emma était persuadée qu'il reperdrait vite tout le terrain conquis dans le cœur d'Harriet lorsque celle-ci aurait eu l'occasion de le comparer à des gentlemen. La jeune fille n'était pas insensible à l'élégance. Elle n'avait eu besoin de personne pour remarquer la distinction de Mr. Woodhouse et en avait conçu autant d'admiration que d'étonnement. Mr. Martin, quant à lui, paraissait tout ignorer des bonnes manières.

Les jeunes gens, soucieux de ne pas faire attendre Miss Woodhouse, ne demeurèrent ensemble que quelques minutes. Harriet rejoignit Emma en courant. Toute souriante et manifestement très gaie, elle rayonnait d'un enthousiasme que sa compagne espéra pouvoir calmer rapidement.

— Quel hasard de l'avoir rencontré ! Comme c'est étrange ! D'après lui, c'est vraiment une chance qu'il ne soit pas passé par Randalls. Il ignorait que nous nous promenions parfois sur cette route. Il pensait que nous allions à Randalls presque chaque jour. Il n'a pas encore eu le loisir de se procurer *le Roman de la forêt*. Il n'a pas eu une minute à lui la dernière fois qu'il s'est rendu à Kingston, et il a complètement oublié de s'en occuper. Mais il y retourne demain. Quel hasard que nous l'ayons rencontré ! Eh bien, Miss Woodhouse, correspond-il à l'image que vous vous en faisiez ? Que pensez-vous de lui ? Le trouvez-vous si laid ?

— Il est laid, cela ne fait aucun doute, oui, extraordinairement laid... mais ce n'est rien en comparaison de son manque de distinction. Je n'avais aucune raison de m'attendre à mieux et je n'en espérais pas davantage mais je n'avais pas idée qu'il pût être aussi rustre et manquer d'élégance à ce point. Je dois avouer que je l'avais imaginé un peu plus distingué.

— Evidemment, dit Harriet extrêmement mortifiée, il n'a point les manières d'un homme du monde.

— Depuis que vous avez fait notre connaissance,

vous avez souvent eu l'occasion de rencontrer de vrais hommes du monde, Harriet, et je pense que la différence entre eux et ce Robert Martin a dû vous frapper. Vous fréquentez à Hartfield quelques beaux specimens d'hommes cultivés et bien élevés et je serais fort surprise qu'après les avoir côtoyés, vous pussiez vous retrouver en compagnie de Robert Martin sans vous rendre compte de sa médiocrité et sans vous étonner d'avoir jamais pu lui trouver le moindre charme. Est-ce que vous ne commencez pas à éprouver ce sentiment ? Est-ce que cela ne vous a pas frappée ? Je suis certaine que vous avez remarqué sa gaucherie, sa grossièreté, et cette étrange voix qui m'a paru tellement inharmonieuse tout à l'heure.

— Il ne ressemble pas à Mr. Knightley. Il n'a pas son élégance, il n'a pas sa démarche… Oui, je perçois assez clairement la différence, mais Mr. Knightley est un homme si distingué !

— Mr. Knightley a si grand air que votre comparaison ne me paraît pas équitable. Il n'est point un homme sur cent qui mérite autant que Mr. Knightley le nom de gentleman, mais ce n'est pas le seul homme du monde que vous ayez eu l'occasion de voir ces derniers temps. Que pensez-vous de Mr. Weston ou de Mr. Elton ? Essayez de comparer Mr. Martin à l'un ou l'autre d'entre eux, comparez leurs façons de se tenir, de marcher, de parler, de se taire… Vous ne pourrez vous empêcher de noter le contraste.

— Oui, c'est vrai, mais Mr. Weston est presque un vieillard. Il doit avoir entre quarante et cinquante ans.

— Il n'en a que plus de mérite. Plus on vieillit, Harriet, et plus il importe d'être raffiné. Avec l'âge, la moindre vulgarité, grossièreté ou gaucherie éclate au grand jour et devient véritablement odieuse. Ce qui est encore supportable chez un être jeune se révèle haïssable chez un vieillard. Pour l'instant, Mr. Martin n'est qu'assez rude et assez emprunté, mais comment sera-t-il à l'âge de Mr. Weston ?

— C'est impossible à dire, en vérité, répondit Harriet avec une certaine solennité.

— Mais c'est assez facile à deviner... Ce garçon deviendra un bon gros fermier affreusement grossier et vulgaire, qui ne se souciera plus le moins du monde des apparences et ne songera qu'à ses profits et pertes.

— Si vous voyez juste, ce sera vraiment horrible !

— Il est évident que son métier l'accapare déjà à un point extrême, l'histoire du livre que vous lui aviez recommandé d'acheter et qu'il a oublié de se procurer le prouve clairement. Il était bien trop préoccupé par son marché pour songer à quoi que ce fût d'autre... ce qui est parfaitement normal pour un homme ambitieux. Que lui importent les livres, après tout ? Je ne doute pas qu'il ne réussisse et ne soit riche un jour, et je pense que son ignorance et sa grossièreté ne devraient pas nous déranger comme elles le font.

— Je m'étonne fort qu'il ne se soit pas souvenu de ce livre, répondit Harriet avec une gravité qu'Emma crut plus prudent de ne pas relever. Elle garda donc le silence un moment puis dit à son amie :

— Sous un certain rapport, Mr. Elton a peut-être des manières plus agréables que Mr. Knightley ou Mr. Weston, car il a beaucoup plus de douceur. Je crois qu'on pourrait sans crainte le citer en exemple. Mr. Weston, lui, fait preuve d'une franchise, d'une vivacité, d'une brusquerie, pourrait-on presque dire, que tout le monde aime en lui parce qu'il s'y joint une extrême gaieté mais qu'il ne faudrait point imiter. De même pour les façons autoritaires et résolues de Mr. Knightley, bien qu'elles lui aillent à la perfection et s'accordent avec son grand air et sa position sociale. Si un jeune homme, cependant, se mettait jamais à les copier, il en deviendrait insupportable, alors qu'on pourrait au contraire lui conseiller de prendre Mr. Elton pour modèle. Mr. Elton est un être plein de gaieté, d'entrain, d'obligeance et de gentillesse. Il me semble d'ailleurs tout particulièrement aimable, ces derniers temps. Je ne sais s'il cherche à s'attirer les bonnes grâces de l'une ou l'autre d'entre nous, Harriet, mais j'ai remarqué qu'il était devenu encore plus gentil que d'ordinaire. Si cette attitude cache une quelconque intention, c'est à coup sûr celle de vous plaire. Ne vous ai-je pas répété ce qu'il m'a dit de vous, l'autre jour?

Et notre héroïne entreprit alors de lui rapporter les chaleureux éloges qu'elle avait soutirés à Mr. Elton, essayant de les faire valoir autant que possible. Harriet rougit, toute souriante, et déclara avoir toujours trouvé Mr. Elton charmant.

Mr. Elton était la personne même qu'Emma avait élue pour faire oublier à Harriet son jeune fermier. Elle pensait que ses deux amis feraient un très beau couple. Cette union n'avait pour défaut que d'être trop manifestement souhaitable, naturelle et prévisible pour que Miss Woodhouse pût un jour se flatter de l'avoir projetée. Elle craignait fort que tout le monde n'y eût déjà songé et ne l'eût déjà prédite. Heureusement, il n'était guère probable qu'on l'eût devancée, car cette idée lui avait traversé l'esprit le soir même où Harriet était venue pour la première fois à Hartfield. Plus elle y réfléchissait, et plus elle était convaincue de l'opportunité de ce mariage. La situation de Mr. Elton était idéale. C'était un gentleman qui fréquentait la meilleure société mais en même temps il n'appartenait pas à une famille qui pût réellement s'offusquer de la naissance irrégulière d'Harriet. Il offrirait à son épouse une maison confortable et jouissait certainement de revenus suffisants, car si la cure n'était pas très importante, le jeune homme, on le savait, possédait des biens personnels. Emma l'estimait beaucoup, le tenant pour un garçon aimable, bienveillant et respectable, qui ne manquait pas d'intelligence et connaissait assez bien le monde.

Elle ne doutait pas qu'il admirât beaucoup la beauté d'Harriet et espérait que cela suffirait pour qu'il s'éprît, étant donné la fréquence de ses rencontres avec la jeune fille. Pour cette dernière, on pouvait compter que la seule idée d'être aimée de cet homme aurait tout le poids et toute l'efficacité qui sont d'ordinaire l'apanage de ce genre d'arguments, Mr. Elton étant de plus un charmant jeune homme qui pouvait briguer le cœur de la plupart des femmes. On s'accordait à le trouver très beau et on l'admirait généralement pour sa grâce, bien qu'Emma ne partageât point cet avis, reprochant à ses traits un certain manque d'élégance. Une jeune fille qui s'était laissée émouvoir par le geste d'un Robert Martin courant le pays pour lui chercher des noix pouvait cependant tout aussi bien se montrer sensible à l'admiration de Mr. Elton.

CHAPITRE V

— Ma chère Mrs. Weston, j'ignore ce que vous pensez de l'intimité qui est en train de s'établir entre Emma et Harriet Smith, mais moi je ne l'approuve pas, dit un jour Mr. Knightley.

— Vraiment ? Est-ce que vous pensez réellement ce que vous dites ? Pourquoi êtes-vous hostile à cette amitié ?

— J'ai l'impression que ces deux jeunes filles ne peuvent se faire réciproquement le moindre bien.

— Vous m'étonnez ! Harriet a tout à gagner à ces relations, et l'on peut dire qu'en représentant pour Emma un nouveau centre d'intérêt, elle lui rend service. C'est avec le plus grand plaisir que j'ai vu cette amitié se développer et j'ai le sentiment que nos opinions divergent complètement sur ce point. Aller s'imaginer qu'elles vont se nuire ! Je prévois que ce sera là le point de départ de l'une de nos querelles sur Emma, Mr. Knightley.

— Vous pensez peut-être que je suis venu ici à seule fin de me disputer avec vous, sachant que Weston était sorti et que vous seriez donc obligée de mener seule votre combat ?

— S'il était là, Mr. Weston me soutiendrait sans aucun doute car nous sommes du même avis sur le

49

sujet qui nous intéresse. Nous en parlions hier encore et nous sommes convenus qu'Emma avait bien de la chance d'avoir trouvé à Highbury une compagne comme Harriet. D'ailleurs, je vous refuse le droit de juger de cette affaire, Mr. Knightley. Vous êtes tellement habitué à la solitude que vous méconnaissez l'importance de l'amitié, et peut-être n'est-il du reste point d'homme capable de comprendre le réconfort qu'une femme trouve dans la société de l'une de ses semblables lorsqu'elle a toujours été accoutumée à vivre en compagnie. Je vois ce que vous reprochez à Harriet Smith : elle n'est point la jeune fille supérieure que devrait être l'amie d'Emma... Mais d'un autre côté, nous ne devons pas oublier que cette dernière souhaite l'aider à s'instruire et risque de ce fait d'être poussée à lire davantage elle-même. Elles liront ensemble, Emma y est tout à fait résolue, je le sais.

— Depuis l'âge de douze ans, Emma ne cesse d'exprimer l'intention de consacrer plus de temps à la lecture. Je l'ai vue rédiger je ne sais combien de listes de livres qu'elle se proposait régulièrement de lire... Oh, ces listes étaient parfaites ! Les œuvres étaient bien choisies, c'était joliment présenté, par ordre alphabétique parfois et différemment d'autres fois. Elle a dressé l'un de ces catalogues alors qu'elle avait quatorze ans à peine, et je me rappelle l'avoir trouvé tellement ambitieux que je l'ai conservé un certain temps. Je suis sûr qu'elle a dû préparer maintenant quelque chose de très bien, mais j'ai cessé d'espérer qu'Emma se livre jamais sérieusement à la lecture. Elle est incapable de supporter une activité nécessitant de la patience, de la persévérance et la soumission de l'imagination à la raison, et je puis affirmer sans crainte de me tromper qu'Harriet Smith échouera là où Miss Taylor s'est avérée impuissante.

50

Vous n'avez jamais pu obtenir d'Emma qu'elle consacrât à la lecture la moitié du temps que vous jugiez nécessaire. C'est vrai, n'est-ce pas, et vous le savez fort bien.

— Je crois que c'était aussi mon avis, autrefois, répondit Mrs. Weston, mais depuis que nous sommes séparées, je n'arrive plus à me souvenir qu'Emma ait jamais omis de se plier à l'un de mes désirs.

— Qui voudrait vous rafraîchir la mémoire ? dit Mr. Knightley avec émotion, puis après une ou deux minutes de silence, il ajouta : Moi dont les sens ne sont point victimes d'un charme aussi puissant, je dois pourtant reconnaître que tout ce que j'entends ou vois et tout ce dont je me souviens me dit encore et toujours qu'Emma pâtit d'être le petit génie de la famille. A dix ans, elle avait le malheur de pouvoir répondre à des questions qui embarrassaient encore sa sœur à dix-sept, et elle a toujours été vive et sûre d'elle tandis qu'Isabelle était lente et timide. Depuis l'âge de douze ans, Emma règne sur Hartfield et tous ses habitants, et à la mort de sa mère, elle a perdu la seule personne capable de lui tenir tête. Elle a hérité des qualités de Mrs. Woodhouse mais celle-ci serait certainement parvenue à la dominer.

— Mon cher Mr. Knightley, j'aurais été vraiment navrée de dépendre de votre recommandation si j'avais dû quitter la maison de Mr. Woodhouse et me mettre en quête d'une autre place. J'ai l'impression que vous n'auriez pas prononcé un mot en ma faveur et je suis certaine que vous m'avez toujours jugée incapable d'assumer la tâche qui m'était confiée.

— Oui, répondit-il en souriant, vous êtes davantage à votre place à Randalls. Vous êtes faite pour le mariage et non pour le métier de gouvernante. Cependant, vous vous êtes préparée à devenir une épouse modèle pendant tout le temps que vous avez passé à Hartfield. Vous n'avez peut-être pas pu donner à Emma une éducation aussi achevée que celle que l'on était en droit d'espérer au vu de vos compétences, mais vous avez reçu, grâce à votre élève, une excellente formation à l'état de femme mariée. Ne vous a-t-on pas appris en effet à soumettre votre propre volonté à celle d'autrui et à faire ce que l'on vous demandait ? Ah, je dois avouer que si Mr. Weston m'avait prié de lui recommander une femme pour en faire son épouse, je lui aurais aussitôt nommé Miss Taylor.

— Merci, mais avec un mari comme Mr. Weston, je n'ai guère de mérite à faire une bonne épouse.

— A vrai dire, je crains en effet que vous ne soyez volée et que votre belle patience ne soit jamais mise à l'épreuve. Ne désespérons pourtant pas ! Après tout, le bonheur peut rendre Mr. Weston acariâtre ou son fils peut lui causer mille ennuis...

— Oh non, pas ça ! D'ailleurs, ce n'est guère probable. Non, Mr. Knightley, ne faites point de prédictions de ce genre !

— Ce n'étaient que des hypothèses, bien sûr. Je ne prétends pas avoir les talents d'Emma pour les prédictions et divinations et j'espère que ce garçon se révélera un Weston pour les mérites et un Churchill pour la fortune. Mais Harriet Smith, à propos ! Je n'ai pas dit à son sujet la moitié de ce que je voulais dire. Je crois que c'est la pire compagne qu'Emma pouvait trouver. Totalement inculte elle-même, elle considère Emma comme omnisciente, et tout en elle respire la flatterie, ce qui est d'autant plus grave que c'est inconscient. Son ignorance est déjà un éloge permanent aux mérites d'Emma et comment celle-ci peut-elle imaginer avoir quoi que ce soit à apprendre si on lui offre constamment l'image d'une si délicieuse infériorité ? Pour ce qui est d'Harriet, j'irai jusqu'à dire qu'elle n'a rien à gagner à cette amitié. Hartfield ne parviendra qu'à la dégoûter des endroits qu'elle est appelée à fréquenter et elle y acquerra juste assez de délicatesse pour se sentir mal à l'aise dans le milieu où sa naissance et sa position sociale la destinent à vivre. Je serais fort étonné que les doctrines d'Emma pussent affermir le moins du monde un caractère ou qu'elles tendent même à aider une jeune fille à s'adapter comme il convient à sa situation dans la vie. Pour tout dire, je les crois tout au plus capables de donner un léger verni.

— Ou je me fie plus que vous au bon sens d'Emma, ou je me soucie davantage de son bonheur présent, mais dans tous les cas, je n'arrive pas à déplorer cette amitié. Comme elle était belle, hier soir !

— Je vois, vous préférez parler de ses charmes, n'est-ce pas ? Très bien, je n'essaierai pas de nier qu'Emma soit jolie.

— Jolie ! Dites plutôt belle ! Pouvez-vous imaginer un être plus proche de la perfection ? Son visage et son corps sont également ravissants.

— Je cerne mal les limites de mon imagination, mais j'avoue n'avoir que rarement vu corps ou visage plus séduisants... Je ne suis néanmoins qu'un vieil ami très partial.

— Et ces yeux ! Ils ont la vraie couleur des noisettes et ils sont si brillants ! Elle a aussi des traits parfaitement réguliers, des manières franches et un teint, oh, un teint ! éclatant de fraîcheur et de santé ! Et cette taille délicieuse, ce corps si ferme et si droit ! Sa carnation, son air, son visage, son regard, tout en elle évoque la vie. On dit parfois d'un enfant qu'il est « l'image même de la santé », mais Emma me fait toujours l'impression d'être la représentation idéale de l'épanouissement de l'adulte. Elle est la beauté faite femme, n'est-ce pas, Mr. Knightley ?

— Je ne lui vois point de défaut et je la crois exactement telle que vous la décrivez, dit-il. J'aime à la regarder, et j'ajouterai pour sa louange qu'elle n'est point orgueilleuse de son physique. Si l'on songe à ses charmes, il est étonnant qu'elle s'en soucie aussi peu mais sa vanité s'exerce en d'autres domaines. Quoi qu'il en soit, Mrs. Weston, je ne veux plus vous importuner avec mes inquiétudes concernant son amitié pour Miss Smith et les effets fâcheux qu'elle risque d'avoir pour ces deux enfants.

— Et moi, Mr. Knightley, je demeure convaincue qu'il n'existe pas le moindre danger. Malgré ses petits défauts, notre chère Emma est absolument adorable. Connaissez-vous une fille plus attentionnée, une sœur plus aimable, une amie plus sincère ? Non, non, nous devons nous fier à ses qualités. Elle ne pervertira jamais personne et elle ne s'obstinera jamais bien longtemps dans l'erreur. Pour un cas où notre Emma se trompe, il en est cent où elle voit juste.

— Fort bien, je ne vous tourmenterai pas davantage. Admettons qu'Emma soit un ange et, pour moi, je n'évoquerai plus mes angoisses avant que Noël ne nous ramène Isabelle et John. John aime Emma d'une affection raisonnable, c'est-à-dire sans aveuglement, et sa femme est toujours du même avis que lui... Enfin, sauf quand il ne s'inquiète pas assez pour les enfants... En tout cas, je suis sûr qu'ils seront de mon avis.

— Je sais que vous aimez tous trop sincèrement Emma pour pouvoir être injustes ou cruels avec elle, mais permettez-moi, Mr. Knightley, de prendre la liberté (car je me crois un peu, vous le savez, le droit de parler comme l'eût fait la mère d'Emma), la liberté, donc, de vous suggérer qu'il serait peut-être dangereux de faire de cette amitié pour Miss Smith un sujet de conversation trop fréquent entre vous. Je vous prie de m'excuser, mais même en supposant que cette intimité n'aille point sans risque, on ne peut espérer qu'Emma, qui n'a de comptes à rendre à personne, sinon à un père pleinement favorable à cette amitié, puisse y mettre un terme aussi long-temps qu'elle y verra une source de plaisir. J'ai eu pour tâche durant tant d'années de donner des conseils, que vous voudrez bien ne point vous étonner de ce petit supplément de travail, Mr. Knightley.

— Certes, et je vous suis très obligé, s'écria-t-il. Votre conseil est excellent et je lui réserve un sort plus heureux que nombre de ceux que vous avez prodigués jusque-là, car moi, je le suivrai.

— Mrs. Knightley est prompte à s'alarmer et elle risquerait de s'inquiéter à l'excès.

— Soyez satisfaite, je ne dirai rien et je garderai pour moi ma mauvaise humeur. Je porte à Emma un intérêt sincère. Les liens qui m'unissent à Isabelle ne me semblent pas plus puissants, je n'ai jamais eu de préférence pour elle, au contraire même, peut-être. On éprouve toujours devant Emma une sorte d'inquiétude, de curiosité, et je me demande souvent ce qu'il adviendra d'elle.

— Moi aussi, dit Mrs. Weston avec beaucoup de douceur.

— Elle prétend qu'elle ne se mariera point, ce qui ne veut rien dire, bien sûr, mais je ne crois pas qu'un homme l'ait jamais séduite. Il ne serait pas mauvais qu'elle tombât amoureuse. Oui, j'aimerais la voir amoureuse, et il faudrait qu'elle ne fût pas sûre des sentiments du monsieur. Cela lui ferait du bien, mais hélas, il n'est dans les environs personne pour lui plaire et elle ne quitte que très rarement Hartfield.

— Il est exact qu'elle ne paraît point pour l'instant très tentée de changer d'avis sur cette question du mariage, mais tant qu'elle est heureuse à Hartfield, je ne souhaite point lui voir nouer des liens qui poseraient une foule de problèmes à cause de ce pauvre Mr. Woodhouse. Je ne conseillerais surtout pas à Emma de se marier actuellement, bien que je ne veuille en aucun cas passer pour une ennemie du mariage.

Mrs. Weston cherchait à dissimuler l'espoir que l'on caressait à Randalls quant à l'avenir d'Emma. Si Mr. et Mrs. Weston entretenaient en effet certains rêves, il valait mieux les tenir secrets et l'interlocutrice de Mr. Knightley fut enchantée de n'avoir plus à parler de Hartfield lorsque son vieil ami changea tout tranquillement de conversation pour lui demander :

— Et que pense Mr. Weston du temps ? Aurons-nous de la pluie ?

CHAPITRE VI

Emma s'aperçut bientôt qu'elle était arrivée à donner à l'imagination d'Harriet le tour qui convenait et qu'elle avait eu raison d'exciter sa jeune vanité car son amie lui semblait nettement plus sensible qu'autrefois à l'élégance et aux manières charmantes de Mr. Elton. N'hésitant pas en outre à exploiter la foi de Miss Smith en l'admiration du jeune homme par de flatteuses allusions, notre héroïne acquit vite la certitude de pouvoir éveiller dans le cœur de sa compagne l'inclination nécessaire. Quant à Mr. Elton, elle était absolument certaine qu'il était près de tomber amoureux s'il ne l'était déjà, et il n'y avait pas la moindre raison de s'inquiéter pour lui. Il ne cessait de louer chaleureusement les mérites d'Harriet et le temps suffirait sans nul doute à régler les problèmes qui pouvaient encore subsister de ce côté-là. Le jeune homme se plaisait à évoquer les progrès de Miss Smith depuis son introduction à Hartfield, et ce n'était point pour Emma l'une des preuves les moins agréables de son attachement croissant pour sa petite protégée.

— Vous avez permis à votre amie d'acquérir les seules qualités qui lui manquaient, la grâce et l'aisance. C'était une enfant ravissante quand vous l'avez connue, mais à mon avis, les charmes qu'elle vous doit sont infiniment supérieurs à ceux dont la nature l'a dotée.

— Je suis ravie que vous pensiez que j'ai pu lui être utile mais, en fait, Harriet n'avait besoin que d'être un peu mise en valeur. Elle avait déjà naturellement cette grâce que donnent la douceur et la simplicité et je n'ai pas fait grand-chose.

— S'il était permis de contredire une dame, dit galamment Mr. Elton.

— Peut-être a-t-elle acquis à mon contact un peu plus d'esprit de décision et peut-être lui ai-je appris à se forger une opinion sur des sujets auxquels elle n'avait jamais eu l'occasion de penser...

— En effet, et c'est ce qui m'étonne le plus. Elle a fait en ce domaine des progrès si spectaculaires ! Vous avez agi avec tant d'adresse !

— Cette tâche ne m'a donné que du plaisir, je vous l'assure. Jamais je n'ai rencontré un esprit plus souple.

— Je n'en doute pas, répondit-il avec une sorte de tristesse passionnée qui avait tout l'air de dénoncer l'homme amoureux.

Emma n'éprouva pas moins de plaisir le jour où, subitement prise du désir de posséder un portrait de son amie, elle vit Mr. Elton défendre ardemment son projet.

— N'a-t-on jamais fait votre portrait, Harriet ? demanda Emma. Ne vous est-il jamais arrivé de poser pour quelqu'un ?

Harriet était sur le point de quitter le salon et elle se retourna simplement pour répondre avec une délicieuse naïveté :

— Mais non, ma chère Miss Woodhouse, jamais.

Et elle sortit. A peine était-elle hors de vue qu'Emma s'écria :

— Comme j'aimerais avoir un bon portrait d'Harriet. Ce serait merveilleux, et je donnerais n'importe quoi pour cela ! J'ai presque envie de m'y essayer moi-même. Vous l'ignorez sans doute, mais il y a deux ou trois ans j'ai été prise d'une véritable passion pour l'art du portrait. J'ai fait plusieurs tentatives et l'on me prêtait en général un petit talent, mais je me suis lassée, je ne sais plus pour quelle raison. Je pourrais cependant me risquer de nouveau si Harriet voulait bien poser. J'aimerais tant avoir son portrait !

— Laissez-moi vous prier d'exercer vos talents de dessinatrice, s'écria Mr. Elton. Ce serait fantastique ! Oh, oui, je vous en prie, faites-le pour votre amie, Miss Woodhouse ! J'ai vu vos œuvres. Comment pouviez-vous en douter ? Ces murs ne sont-ils pas tapissés de vos paysages et de vos bouquets ? Et Mrs. Weston n'a-t-elle pas accroché dans son salon d'extraordinaires silhouettes dont vous êtes l'auteur ?

« Certes, cher Monsieur, se dit Emma, mais quel rapport avec les portraits ? Vous ignorez tout du dessin, ne prétendez donc pas être fasciné par les miens ! Contentez-vous plutôt d'admirer le visage d'Harriet. »

Puis elle reprit ensuite à voix haute :

— Eh bien, Mr. Elton, je crois que je vais tenter de faire de mon mieux puisque vous m'encouragez si gentiment. Harriet a des traits extrêmement délicats, ce qui ne me facilitera pas la tâche, mais la forme de l'œil et les contours de la bouche sont assez caractéristiques... Oui, on doit pouvoir saisir la ressemblance.

— Très juste... oui, la forme de l'œil et les contours de la bouche... Je suis certain que vous réussirez. Essayez, s'il vous plaît, essayez... Si vous le faites, cette œuvre sera vraiment, et pour user de vos propres termes, un objet qu'il sera merveilleux de posséder.

— Je crains seulement qu'Harriet ne refuse de poser, Mr. Elton. Elle a une si piètre opinion de sa propre beauté ! N'avez-vous pas remarqué sa façon de me répondre ? Elle signifiait en clair : « Mais pourquoi ferait-on mon portrait ? »

— Oh oui, je l'ai remarqué. Cela ne m'a pas échappé, croyez-moi, mais je suis sûr qu'elle se laissera convaincre.

Harriet revint bientôt et on lui soumit le problème. Ses quelques objections ne tinrent pas longtemps face à l'acharnement de ses compagnons et elle finit par céder. Voulant se mettre au travail sur-le-champ, Emma courut chercher la serviette qui contenait ses diverses ébauches — car elle n'avait pas achevé un seul des portraits entrepris —, afin qu'on pût décider ensemble du format qui convenait à l'œuvre qu'elle allait exécuter. Elle étala sur une table de nombreuses esquisses. Elle avait tour à tour essayé la miniature, les portraits en buste, en pied, le crayon, les pastels et l'aquarelle. Elle avait toujours été touche-à-tout et l'on pouvait s'étonner des progrès qu'elle avait accomplis en musique ou dessin lorsqu'on songeait à la piètre persévérance dont elle faisait preuve. Elle savait jouer du piano, chanter, et maîtrisait à peu près toutes les techniques picturales mais n'avait dans aucun domaine approché ce degré de perfection qu'elle eût aimé atteindre et auquel elle n'aurait jamais dû manquer de parvenir. Elle ne souffrait pas réellement de n'être point une grande artiste ou une grande musicienne mais elle ne tenait pas à ce que les autres eussent conscience de la médiocrité de ses talents et se réjouissait que sa réputation fût supérieure à celle qu'elle méritait en fait.

Ses dessins ne manquaient pas de qualités, et ils en avaient peut-être d'autant plus qu'ils étaient moins achevés. Emma avait un style assez vivant, et de toute manière, ses œuvres auraient pu être dix fois moins belles ou dix fois plus belles que l'enthousiasme de ses deux compagnons eût été exactement le même. Ils étaient en extase. Un portrait plaît toujours… et ce qui était de la main de Miss Woodhouse ne pouvait être qu'extraordinaire.

— Vous ne vous sentirez pas dépaysés, dit Emma, car je n'avais pour modèle que les membres de ma famille. Voici mon père… encore lui… Mais la simple idée de poser le rendait si nerveux que j'en étais presque réduite à travailler à son insu. Je ne suis donc pas arrivée à quelque chose de très ressemblant… Mrs. Weston, et la voici encore, et encore, vous le voyez. Chère Mrs. Weston ! La plus adorable des amies, quelles que soient les circonstances ! Elle posait dès que je le lui demandais ! Voici ma sœur, c'est tout à fait sa silhouette mignonne et tellement élégante… Le visage aussi est assez ressemblant. J'aurais pu faire là un bon portrait mais Isabelle était trop impatiente et ne tenait plus en place tant elle était pressée de me voir dessiner ses quatre enfants. Ensuite, ce sont des essais sur trois de mes neveux. Sur cette esquisse, on peut voir successivement Henry, John et Bella, mais il est impossible de les distinguer les uns des autres. Isabelle m'a tellement suppliée que je n'ai pu refuser de les dessiner, mais comment voulez-vous que des enfants de trois ou quatre ans se tiennent tranquilles ? Et puis, avec les petits, il est toujours difficile de saisir la ressemblance dès que l'on sort de l'expression et du teint… à moins, bien sûr, qu'ils n'aient les traits grossiers au point de n'en avoir plus figure humaine. Voici le quatrième de mes neveux. Ce n'était encore qu'un bébé à l'époque et il dormait sur le sofa lorsque j'ai réalisé cette ébauche. Sa cocarde est aussi ressemblante que possible! Ce cher ange avait pris soin d'enfouir sa tête dans les coussins, à ma plus vive satisfaction. Oui, c'est très ressemblant, et je suis assez fière du petit George. Le coin du sofa est parfait. Enfin, voici ma dernière tentative (elle désignait le charmant portrait d'un gentleman), la dernière et la meilleure à mon avis. Il s'agit de Mr. John Knightley, mon beau-frère. Ce travail était presque achevé quand je l'ai abandonné dans un accès de mauvaise humeur en me jurant bien de ne plus jamais faire de portraits. J'étais trop humiliée, car après mille efforts, après être arrivée à un résultat tout à fait convenable (Mrs. Weston et moi étions parfaitement d'accord pour trouver ce dessin ressemblant, quoiqu'un peu trop joli et trop flatteur, ce qui était un défaut finalement plutôt agréable), après tout cela, donc, je n'ai eu droit qu'à des compliments assez froids de la part de ma pauvre chère Isabelle : « Oui, c'était ressemblant, mais cela ne rendait pas justice à son mari. » Nous avions eu un mal fou à persuader Mr. Knightley de poser, il avait même fallu le lui demander comme une faveur, et la réaction de ma sœur a donc été plus que je n'en pouvais supporter : J'ai refusé d'achever le portrait. Je ne voulais pas le voir finir à Brunswick Square où Isabelle aurait déploré le manque de ressemblance devant chaque nouveau visiteur… Ensuite, et comme je vous l'ai déjà dit, je me suis juré de ne plus jamais m'exposer à ce genre de déboires. Je vais pourtant briser mon serment aujourd'hui, et si je le fais, c'est pour Harriet, ou plutôt pour moi. Je vous avouerai aussi que l'absence, momentanée du moins, de mari ou d'épouse dans cette affaire n'est pas sans me rassurer…

Comme on pouvait s'y attendre, Mr. Elton parut étonné et ravi des dernières paroles d'Emma :

— En effet, dit-il, comme vous le faisiez remarquer, il n'y a momentanément point de mari ni d'épouse dans cette affaire... Oui, c'est très juste, ni mari ni épouse...

Et Mr. Elton prononça ces mots avec une telle insistance qu'Emma se demanda si elle ne devait point laisser ses amis en tête à tête. Elle était cependant fort impatiente de se mettre au travail et décida que la déclaration attendrait.

Emma eut tôt fait de choisir le format et le genre de l'œuvre qu'elle allait entreprendre : Ce serait un portrait en pied, à l'aquarelle, comme celui de Mr. John Knightley, et s'il lui plaisait, il irait prendre place au-dessus de la cheminée.

La séance de pose commença. Harriet, souriante et toute rougissante, craignait de ne point toujours garder la même attitude et la même expression et présentait aux regards attentifs de l'artiste une image charmante de toutes les grâces de la jeunesse. Emma sentait pourtant qu'elle ne ferait rien tant que Mr. Elton s'agiterait dans son dos et observerait chaque coup de crayon. Au début, elle le laissa demeurer à l'endroit d'où il pouvait contempler tout son saoul le modèle sans qu'on pût y voir une offense, mais elle se vit finalement obligée de mettre un terme à son manège en lui demandant de s'éloigner. Il lui vint ensuite à l'esprit de l'occuper à faire la lecture :

« S'il avait la bonté de leur faire la lecture, cela la reposerait des difficultés de sa tâche et, de son côté, Miss Smith s'ennuierait moins. »

Mr. Elton se déclara trop heureux d'avoir l'occasion de leur faire plaisir, et il se mit à lire. Harriet écoutait et notre héroïne put enfin dessiner en paix.

Elle fut obligée, bien sûr, d'autoriser fréquemment Mr. Elton à venir jeter un coup d'œil. Pouvait-on faire moins avec un homme amoureux? Emma marquait donc de temps à autre un arrêt et il se levait pour constater les progrès accomplis, toujours prêt à s'extasier. Impossible d'en vouloir à un monsieur qui vous dispensait de tels encouragements! Sous l'empire de son extrême admiration, il en arriva même à saisir une ressemblance entre le portrait et son modèle avant que ce ne fût envisageable, et si Emma avait piètre opinion des compétences artistiques du jeune homme, elle dut s'avouer que l'amour et la complaisance dont il se montrait capable étaient vraiment exceptionnels.

Cette première séance de pose se déroula de manière satisfaisante. Emma était assez contente de sa première esquisse pour avoir envie de continuer. Elle était déjà parvenue à un petit résultat, ayant eu la chance de saisir assez bien l'attitude d'Harriet, et comme elle comptait en outre embellir son amie en la grandissant et en lui donnant plus d'élégance qu'elle n'en avait en réalité, elle espérait fort que cette charmante aquarelle irait prendre la place qu'elle lui avait destinée pour leur faire honneur, à elle et à sa compagne... Ce serait une sorte de mémorial à la beauté de l'une et au talent de l'autre, et elle célébrerait à jamais leur amitié réciproque. Peut-être d'autres souvenirs, comme les flatteuses attentions de Mr. Elton, s'y trouveraient-ils aussi un jour indissolublement liés...

Harriet devait poser de nouveau le lendemain et Mr. Elton demanda bien entendu qu'on lui permît de revenir faire la lecture aux deux jeunes filles.

— Je vous en prie, nous serons ravies de vous voir.

On se fit le lendemain les mêmes politesses, on déploya la même courtoisie, et tout le temps qu'Emma travailla au portrait d'Harriet, ce fut le même succès et le même bonheur. Tout allait vite et bien. Ceux qui voyaient l'aquarelle la trouvaient charmante, mais Mr. Elton éprouvait quant à lui une véritable fascination pour cette œuvre et la défendait contre toute critique.

— Miss Woodhouse a doté son amie du seul charme qui lui manque, fit observer un jour Mr. Weston à Mr. Elton sans se douter le moins du monde qu'il s'adressait à un homme amoureux, elle a fort bien rendu l'expression du regard, mais Miss Smith n'a malheureusement point ces sourcils ni ces cils. C'est du reste l'unique défaut de son visage…

— Vous le pensez vraiment ? répondit Mr. Elton. Je ne suis pas d'accord avec vous. Je trouve ce portrait tout à fait fidèle et je n'en ai jamais vu d'aussi beau. Il faut tenir compte des effets de l'ombre…

— Elle est trop grande, Emma, dit Mr. Knightley. Emma le savait fort bien mais ne voulut pas en convenir. Mr. Elton ajouta chaleureusement :

— Oh non, certes pas. Elle n'est pas trop grande ! Considérez qu'elle est assise ! Cela change tout, naturellement. En un mot, je trouve que Miss Woodhouse est arrivée à donner une idée parfaitement exacte de la taille réelle de Miss Smith… Et puis, vous savez, il faut prendre garde aux proportions… les proportions, le raccourci… Oh, non, ce portrait est absolument fidèle, oui, absolument…

— C'est charmant, dit Mr. Woodhouse, si joliment exécuté, comme tous vos dessins, d'ailleurs, ma chérie. A ma connaissance, personne ne dessine aussi bien que vous. La seule chose qui ne me satisfasse point entièrement dans votre travail est que votre modèle paraît assis dehors et ne porte malgré cela

65

qu'un léger châle sur les épaules... On ne peut s'empêcher de craindre qu'elle n'attrape froid.

— Mais non, mon cher papa, la scène est censée se passer en été par une journée très chaude. Regardez cet arbre !

— Mais il est toujours imprudent de rester assis dehors.

— Vous avez le droit de dire ce que bon vous semble, Monsieur, s'écria Mr. Elton, mais pour moi, je dois avouer que je trouve excellente cette idée de représenter Miss Smith en plein air... et l'arbre est exécuté avec un tel art ! Nul autre cadre n'eût convenu... Cette naïveté [1] de Miss Smith, et puis, tout... Oh, c'est absolument admirable ! Je ne puis détacher les yeux de ce portrait ! Je n'en ai jamais vu d'aussi beau.

Il restait à faire encadrer l'aquarelle et cela n'alla point sans poser quelques difficultés. Il fallait la faire encadrer sur-le-champ et à Londres, et l'on devait trouver, pour s'occuper de cette commande, une personne intelligente dont le gout fût très sûr. Il n'était pas question de faire appel à Isabelle à qui toutes ces commissions échoyaient d'ordinaire, car on était en décembre et Mr. Woodhouse n'aurait jamais pu supporter l'idée de faire sortir cette pauvre enfant par ces brouillards d'hiver. Cependant, on n'eut pas plus tôt informé Mr. Elton de cette affreuse situation que tous les problèmes se trouvèrent réglés. Toujours prêt à se montrer galant, le jeune homme déclara qu'il s'acquitterait avec le plus grand plaisir de cette mission si l'on consentait à la lui confier. Il pouvait se rendre à Londres n'importe quand et serait infiniment heureux qu'on le chargeât de cette course.

1. En français dans le texte.

« Il était trop bon... Emma ne pouvait lui causer pareil dérangement... Non, elle ne lui imposerait pour rien au monde une tâche aussi ennuyeuse. »

Il s'ensuivit des explications et des assurances réitérées... et l'affaire fut conclue en quelques minutes.

Mr. Elton devait porter le dessin à Londres, choisir le cadre et donner au marchand toutes les instructions nécessaires. Emma pensait pouvoir faire un paquet qui, tout en protégeant l'aquarelle, ne gênerait pas trop Mr. Elton, mais celui-ci parut au contraire craindre par-dessus tout de n'être point suffisamment embarrassé.

— Quel précieux dépôt, soupira-t-il lorsque Emma lui remit l'aquarelle.

— Cet homme est presque trop galant pour être véritablement amoureux, se dit Emma. Enfin, je suppose qu'il existe mille manières d'exprimer sa tendresse. C'est un charmant jeune homme, et il conviendra parfaitement à Harriet. Ce sera « tout à fait ça », pour user de son propre langage, mais les soupirs, la langueur et les compliments dont il m'accable sont excessifs. Je ne les supporterais même pas si j'étais l'héroïne de cette histoire d'amour, et dans la mesure où je ne joue qu'un rôle secondaire, cela devient véritablement agaçant... Enfin, sans doute veut-il me témoigner ainsi sa reconnaissance...

CHAPITRE VII

Emma eut une nouvelle occasion de rendre service à son amie le jour même où Mr. Elton partit pour Londres. Comme d'habitude, Harriet était venue à Hartfield peu après le petit déjeuner et elle était rentrée chez elle après avoir passé un moment avec Emma. Elle ne devait revenir que pour le dîner mais elle se présenta beaucoup plus tôt que prévu. Sa nervosité et son trouble indiquaient clairement qu'il s'était produit un événement extraordinaire qu'elle brûlait de raconter à Miss Woodhouse et celle-ci fut bientôt instruite de toute l'affaire : En arrivant chez Mrs. Goddard, Harriet avait appris que Mr. Martin était venu lui rendre visite une heure auparavant. La jeune fille étant absente et n'ayant point précisé l'heure de son retour, il avait décidé de déposer le paquet qu'il lui apportait de la part de sa sœur puis s'en était allé. En ouvrant le paquet, Harriet avait eu la surprise de découvrir une lettre entre les partitions qu'elle avait prêtées à Elisabeth et que celle-ci lui renvoyait. Cette lettre, destinée à Miss Smith, venait de lui, de Robert Martin, et contenait une demande en mariage des plus explicites ! Oui, il s'agissait bien d'une demande en mariage, et la lettre était fort belle, du moins était-ce l'avis de Miss Smith.

Mr. Martin avait l'air très amoureux, mais elle ne savait que faire, et elle était donc venue dès que possible demander conseil à Miss Woodhouse.

Son amie paraissait tellement ravie et tellement indécise qu'Emma en eut presque honte pour elle.

— Sur mon honneur, ce garçon semble vraiment décidé à ne pas laisser passer l'occasion de faire un beau mariage ! s'écria-t-elle.

— Voulez-vous lire sa lettre ? demanda Harriet. Faites-le, s'il vous plaît.

Emma ne se fit pas prier, et elle fut assez surprise car le style de Mr. Martin était supérieur à ce qu'elle attendait. Non seulement le jeune homme n'avait point commis la moindre faute de grammaire mais il avait de plus rédigé là une demande en mariage qui n'eût pas déshonoré un gentleman. L'expression, quoique simple, avait une certaine puissance et beaucoup de naturel, et les sentiments dont il était question faisaient honneur à ce garçon. La lettre était brève mais témoignait d'un grand bon sens, d'un amour sincère, de beaucoup de générosité, de correction, et même de délicatesse. Emma demeura pensive un moment, tandis qu'Harriet, impatiente de connaître son opinion, la pressait de « Eh bien ? Eh bien ? » pour se voir finalement obligée de lui demander franchement : « Alors, cette lettre vous plaît-elle ou la trouvez-vous trop courte ? »

— Certes, tout cela est charmant, répondit Emma avec une certaine lenteur, et c'est même si bien tourné que tout bien réfléchi, l'une des sœurs de Mr. Martin lui aura certainement prêté main-forte. Je n'arrive pas à croire que le fermier qui s'entretenait l'autre jour avec vous ait pu trouver tout seul le moyen de s'exprimer si bien. Pourtant, on ne reconnaît point là le style d'une femme... non, il y a trop de vigueur et de concision... Les dames sont plus prolixes. Nul doute que cet homme ne soit intelligent, et je suppose qu'il a une sorte de don pour… Oui, il pense avec vigueur et clarté, et quand il a une plume à la main, il trouve tout naturellement les mots qu'il faut. Certains êtres sont ainsi… oui, je vois à quel type d'esprits on peut le rattacher : puissant, résolu, avec des sentiments qui, jusqu'à un certain point en tout cas, ne sont pas ceux du vulgaire. Cette lettre, Harriet (et elle la lui rendit), est beaucoup mieux écrite que je ne m'y attendais.

— Soit, répondit Harriet qui attendait toujours, soit, mais… mais… que dois-je faire ?

— Ce que vous devez faire ? Qu'entendez-vous par là ? Voulez-vous dire par rapport à cette lettre ?

— Oui.

— Mais sur quoi portent donc vos hésitations ? Il faut répondre, bien sûr, et le plus rapidement possible.

— Oui, mais que dois-je faire ? Chère Miss Woodhouse, donnez-moi un conseil, je vous en prie.

— Oh non, surtout pas. Il est préférable que vous rédigiez vous-même cette réponse et je suis sûre que vous vous en tirerez très honorablement. L'essentiel est de vous faire clairement comprendre et je ne doute pas que vous n'y parveniez. Ne laissez pas subsister la moindre équivoque et n'ayez pas l'air de douter ou d'hésiter. Je suis certaine que vous trouverez aisément les mots qu'il faut pour exprimer à ce jeune homme toute votre gratitude et les regrets que vous cause la déception que vous êtes obligée de lui infliger. Je crois que vous n'aurez nullement besoin de faire semblant d'être navrée. Est-ce que je me trompe ?

— Vous pensez donc que je dois refuser ? demanda Harriet, les yeux baissés.

— Refuser ! Mais que voulez-vous dire, ma chère

70

Harriet ? Hésitez-vous le moins du monde ? Je pensais... mais je vous demande pardon, j'ai dû faire erreur. Je vous ai certes bien mal comprise si vous demeurez indécise quant au *sens* de votre réponse. Je croyais que vous me consultiez simplement sur la forme à donner à votre refus.

Harriet ne répondit pas et c'est avec une certaine froideur qu'Emma reprit :

— J'en conclus que vous avez l'intention d'accepter ?

— Non... c'est-à-dire... Je ne veux pas... Que dois-je faire ? Que me conseillez-vous ? Je vous en supplie, Miss Woodhouse, donnez-moi votre avis.

— Je ne vous donnerai pas le moindre conseil, Harriet. Je ne veux pas vous influencer. Dans cette affaire, vous ne devez écouter que vos sentiments personnels.

— Je n'imaginais pas lui plaire à ce point, dit Harriet en contemplant la lettre de Mr. Martin.

Emma resta silencieuse pendant un certain temps mais elle craignit bientôt que le charme ensorcelant de cette flatteuse demande en mariage ne fût décisif et elle reprit donc la parole :

— Je pose comme règle qu'une femme qui se *demande* si elle doit accepter ou non une offre de ce genre ferait certainement mieux de la refuser, Harriet. Si elle hésite un tant soit peu à dire « oui », c'est qu'elle doit dire « non ». Pour se marier, il faut être sûr de son cœur et de ses sentiments. Je pense qu'il est de mon devoir d'amie et d'aînée de vous donner cet avertissement, mais ne vous imaginez surtout pas que je veuille vous influencer.

— Oh non, je sais que vous êtes bien trop bonne pour... mais si vous consentiez seulement à m'aider, à me dire ce que je dois faire... Non, non, cela ne signifie pas que... Comme vous le dites, il faudrait être véritablement décidée et l'on ne devrait pas hésiter. C'est une affaire très sérieuse, et il serait certainement plus prudent de dire « non ». Pensez-vous que je doive dire « non » ?

— Je ne vous suggérerais pour rien au monde votre réponse, dit Emma en souriant très gracieusement. Vous êtes seul juge de votre bonheur et si vous préférez Mr. Martin à toute autre personne, si vous pensez n'avoir jamais rencontré jeune homme plus charmant, vous n'avez pas à hésiter. Vous rougissez, Harriet. Songeriez-vous par hasard à quelqu'un qui corresponde mieux que lui à cette définition ? Harriet, Harriet, ne vous abusez pas vous-même ! Ne vous laissez pas entraîner par la gratitude et la compassion. A qui pensez-vous en ce moment ?

La situation sembla prendre une tournure plus encourageante car au lieu de répondre, Harriet se détourna pour cacher son trouble et demeura près du feu, immobile et pensive. Elle avait toujours la lettre de Robert Martin dans les mains mais elle la triturait à présent sans le moindre égard. Emma attendit le résultat de cette méditation avec une certaine impatience mais non sans espoir. Harriet se décida enfin :

— Puisque vous ne voulez pas me donner votre avis, je me dois d'agir au mieux toute seule, Miss Woodhouse. Je viens donc de décider... Je suis presque tout à fait résolue à... refuser l'offre de Mr. Martin. Ai-je raison ?

— Oui, oui, parfaitement raison, ma chère Harriet ! C'est exactement ce qu'il convenait de faire. Je devais taire mes sentiments tant que vous demeuriez indécise, mais je n'hésite plus à vous approuver en vous voyant si nettement résolue. Chère Harriet, je suis vraiment ravie. J'aurais été tellement malheureuse de vous perdre ! Je ne vous ai rien dit tant que vous n'aviez pas pris de décision, car je ne voulais pas vous influencer, mais ce mariage nous aurait forcément séparées. Jamais je n'aurais pu aller rendre visite à une Mrs. Robert Martin d'Abbey Mill Farm, mais à présent, je suis assurée de vous garder toujours pour amie.

Harriet n'avait pas du tout soupçonné le danger qu'elle courait et elle fut bouleversée rien qu'en y songeant.

— Vous n'auriez pas pu venir me voir ! s'écriat-elle, stupéfaite. Non, bien sûr... Ç'aurait été impossible, mais je n'y avais pas pensé. Mon Dieu, ç'aurait été trop affreux ! Je l'ai échappé belle ! Chère Miss Woodhouse, je ne renoncerais pour rien au monde au plaisir et à l'honneur d'être de vos intimes.

— En vérité, Harriet, j'aurais terriblement souffert de cette rupture mais nous n'aurions pas pu l'éviter. Vous vous seriez vous-même exclue de la bonne société en contractant une alliance pareille, et j'aurais été forcée de vous abandonner.

— Dieu du ciel, comment aurais-je pu le supporter ? Je serais morte de chagrin !

— Chère et tendre enfant ! *Vous,* exilée à Abbey Mill Farm ! *Vous,* réduite à la société de gens incultes et vulgaires pour le restant de vos jours ! Je me demande comment ce garçon a pu avoir l'audace de vous faire une proposition pareille ! Il faut vraiment qu'il ait bonne opinion de lui !

— Oh non, je ne le crois pas vaniteux, dit Harriet dont la conscience se révoltait contre une telle accusation. Il est bon, et j'éprouverai toujours pour lui une grande reconnaissance et une immense estime. Mais cela n'a rien à voir avec... Ce n'est pas parce que je lui plais qu'il doit me plaire et je dois avouer que depuis que je fréquente Hartfield, j'ai rencontré des personnes qui... Bref, Mr. Martin ne supporte la comparaison ni physiquement ni sous le rapport des manières. *L'autre* est tellement charmant et tellement élégant ! Je trouve tout de même Mr. Martin extrêmement aimable et je le respecte beaucoup. Il y a aussi cet amour qu'il me porte, cette lettre... mais je ne voudrais pour rien au monde perdre votre amitié.

— Merci, merci, ma très chère Harriet, nous ne nous séparerons pas. Une femme n'a point à épouser un homme sous le simple prétexte qu'il l'aime, l'a demandée en mariage et se montre capable d'écrire une lettre à peu près correcte !

— Certes non, et du reste cette lettre est bien courte !

Emma jugea que son amie faisait preuve de mauvais goût mais ne releva pas ses propos et se contenta de répondre :

— Très juste, et les talents épistolaires de son époux seraient une piètre consolation pour une femme qui aurait à subir à chaque heure de chaque jour les manières ridicules d'un rustre.

— Oh oui, et quelle importance peut bien avoir une lettre ? L'essentiel est de vivre heureux avec de charmants compagnons. Je suis tout à fait résolue à refuser l'offre de Mr. Martin... mais comment faire et que dire ?

Emma lui assura que la réponse ne présenterait aucune difficulté et lui conseilla de se mettre immédiatement au travail. Harriet acquiesça dans l'espoir que sa compagne l'aiderait, et si cette dernière persista à nier la nécessité de tout secours de sa part, elle intervint en fait dans la rédaction de chaque phrase. Il fallut relire la lettre de Mr. Martin pour pouvoir y répondre et Harriet en conçut une telle émotion qu'Emma se vit forcée de la rappeler à l'ordre avec quelques mots décisifs. Miss Smith était tellement navrée de faire de la peine à son amoureux

74

et se sentait si triste à l'idée de ce que pourraient en penser sa mère ou ses sœurs, craignant qu'elles ne la prennent pour une intrigante, que notre héroïne comprit que le malheureux soupirant eût vu son offre agréée s'il était arrivé à ce moment-là.

La lettre de refus fut tout de même écrite, cachetée et expédiée. L'affaire était classée, Harriet sauvée. La pauvre enfant fut assez triste ce soir-là mais Emma comprit ses regrets et tenta de les atténuer en lui parlant de sa propre affection ou de Mr. Elton.

— On ne m'invitera plus jamais à Abbey Mill Farm, soupira Harriet.

— Mais comment pourrais-je me passer de vous, ma très chère Harriet ? Nous avons trop besoin de vous ici pour vous permettre d'aller perdre votre temps à Abbey Mill Farm.

— De toute façon, je n'aurai certainement plus la moindre envie d'y aller, désormais. Je ne me sens bien qu'à Hartfield.

Elle reprit peu après :

— Mrs. Goddard sera certainement très surprise d'apprendre ce qui s'est passé... Miss Nash également, car elle juge que sa sœur a fait un beau mariage en épousant un simple drapier.

— Il serait fâcheux qu'un professeur manifestât plus d'orgueil ou de raffinement, Harriet. Je crois que Miss Nash vous envierait cette demande en mariage et semblable conquête lui paraîtrait même prodigieusement flatteuse. Il est hors de question qu'elle imagine mieux pour vous. Les attentions que vous témoigne certaine personne ne nourrissent certainement pas encore les bavardages de Highbury et, jusqu'ici, nous sommes à mon avis les seules à soupçonner ce qui se cache sous ses tendres regards et sous ses attentions.

Harriet sourit, rougit et dit quelque chose sur l'étonnement qu'elle éprouvait à susciter tant d'admiration. Il était certes réconfortant d'évoquer la personne de Mr. Elton mais la jeune fille se remit au bout d'un certain temps à songer tendrement au jeune homme qu'elle venait de repousser.

— Il a reçu ma lettre, à présent, dit-elle avec douceur. Je me demande ce qui se passe là-bas ? Ses sœurs sont-elles au courant ? Est-ce qu'il est malheureux ? S'il souffre, elles en éprouveront beaucoup de chagrin. Enfin, j'espère qu'il n'accordera pas trop d'importance à toute cette affaire.

— Pensons plutôt à ceux de nos amis absents qui emploient plus agréablement leur temps. Mr. Elton est peut-être en ce moment même en train de montrer votre portrait à sa mère et à ses sœurs, les assurant que l'original est cent fois plus ravissant, et peut-être, après qu'on le lui a demandé cinq ou six fois, leur fait-il l'immense faveur de leur apprendre votre nom, votre nom chéri.. .

— Mon portrait ! Mais il l'aura laissé à Bond Street !

— Vraiment ! Cela signifierait que je ne comprends rien à Mr. Elton. Non, non, ma chère petite Harriet, vous êtes trop modeste. Sachez qu'il ne portera cette aquarelle chez l'encadreur qu'à la dernière minute. Il ne se rendra dans Bond Street qu'au moment de se mettre en route pour rentrer, et ce soir, cette image de vous lui tiendra compagnie, le consolera et le comblera de bonheur. Ce sera pour Mr. Elton le moyen d'instruire sa famille de ses projets et de vous introduire auprès de ses parents, et ces braves gens ne manqueront point d'éprouver en vous regardant les sentiments les plus charmants, une ardente curiosité et beaucoup de tendresse. Comme il doit leur tarder de tout savoir et comme leur imagination doit travailler !

Ces paroles flatteuses ramenèrent sur les lèvres d'Harriet un joli sourire et il ne fit plus que s'épanouir au fil du discours d'Emma.

CHAPITRE VIII

Cette nuit-là, Harriet dormit à Hartfield. Depuis quelques semaines, elle y passait le plus clair de son temps et l'on en était même arrivé à lui attribuer une chambre dans la maison. Etant donné les circonstances, Emma jugeait à tout point de vue préférable, plus prudent et plus gentil de garder son amie auprès d'elle, et si la jeune fille était obligée d'aller faire un tour chez Mrs. Goddard le lendemain matin, on convint cependant qu'elle reviendrait ensuite à Hartfield pour y demeurer plusieurs jours.

Harriet était partie lorsque Mr. Knightley vint voir les Woodhouse. Il passa un moment en compagnie de son vieil ami et de sa fille mais Emma entreprit bientôt de décider son père à ne point différer davantage la promenade qu'il projetait de faire avant l'arrivée de leur visiteur. Ce dernier joignit d'ailleurs ses efforts à ceux de la jeune fille pour convaincre Mr. Woodhouse d'abandonner son hôte malgré les scrupules que lui dictait son exquise politesse. L'attitude de Mr. Knightley, qui se souciait quant à lui fort peu de cérémonies et s'exprimait aussi brièvement que résolument, contrastait de façon comique avec les excuses réitérées et les hésitations polies du vieux monsieur.

— Soit ! Si vous voulez bien excuser ma grossièreté, je crois que je vais suivre les conseils d'Emma et sortir un petit quart d'heure. Le soleil brille et il vaut certainement mieux que j'aille faire un tour tant que c'est possible. Il faut avouer que nous autres, malades, nous nous arrogeons bien des privilèges.

— Je vous en prie, mon cher Monsieur, n'en usez point avec moi comme avec un étranger.

— Ma fille saura me remplacer fort avantageusement. Elle se fera un plaisir de vous tenir compagnie et je pense donc que je vais vous prier de m'excuser pour aller me promener un peu dans le parc... ma promenade hivernale.

— Vous ne pourriez mieux agir, Monsieur.

— Je vous demanderais bien d'être assez aimable pour m'accompagner, Mr. Knightley, mais je marche si lentement que cela vous paraîtrait fastidieux. Du reste, vous avez déjà un long chemin à parcourir pour rentrer à Donwell Abbey.

— Je vous remercie, Monsieur, je vous remercie. Je pars moi-même dans un instant mais je pense que vous ne devriez pas perdre de temps. Je vais vous chercher votre manteau et je viendrai vous ouvrir la porte du jardin.

Mr. Woodhouse partit enfin, mais au lieu d'en faire autant, Mr. Knightley revint auprès d'Emma dans le but manifeste de bavarder un peu plus longtemps. Il se mit bientôt à parler d'Harriet, et ce en des termes nettement plus élogieux que d'ordinaire.

— Je n'admire point comme vous sa beauté, mais je reconnais que Miss Smith est ravissante et suis fort enclin à lui prêter d'excellentes dispositions, déclarat-il. En fait, chez elle tout dépend des influences qu'elle subit et entre de bonnes mains elle peut devenir une femme réellement digne d'estime.

— Je suis ravie de vous l'entendre dire, et j'ose espérer que les influences bénéfiques ne lui manqueront pas.

— Allons, répliqua-t-il, je vois que vous cherchez les compliments et je vous dirai donc qu'elle a fait grâce à vous des progrès spectaculaires. Ce n'est plus l'écolière qu'elle était et vous l'avez guérie de sa manie de ricaner bêtement. Elle vous fait honneur, cela est certain.

— Merci, je me sentirais terriblement humiliée si je ne lui avais été d'aucune utilité, mais il est malheureusement fort rare de recevoir les éloges que l'on mérite. J'ajouterais aussi que vous êtes pour votre part assez avare de compliments.

— Vous m'avez bien dit qu'elle devait revenir ce matin ?

— Oui, elle devrait arriver d'un instant à l'autre. Elle est même restée dehors plus longtemps que prévu.

— Elle aura été retardée. Des visites, peut-être ?

— Ah, les bavardes de Highbury ! Quelles créatures assomantes !

— Harriet ne juge peut-être pas ces gens aussi ennuyeux que vous le souhaiteriez.

Emma savait trop qu'il avait raison pour le contredire et elle ne répondit donc pas. Mr. Knightley poursuivit avec un sourire :

— Sans prétendre être sûr ni du jour ni du lieu, j'ai d'excellentes raisons de croire que votre amie va bientôt recevoir une bonne nouvelle.

— Vraiment ? Comment cela ? Quel genre de nouvelle ?

— D'un genre très sérieux, je vous l'assure, répliqua-t-il en souriant toujours.

— Sérieux... Je ne vois que... Mais qui est le

soupirant ? Qui vous a fait le confident de ses amours ?

Emma espérait que Mr. Elton avait laissé échapper quelque chose devant Mr. Knightley. Ce dernier était en quelque sorte l'ami et le conseiller de chacun et notre héroïne connaissait l'estime que lui portait Mr. Elton.

— J'ai toutes les raisons de penser qu'Harriet Smith va recevoir sous peu une offre de mariage, dit Mr. Knightley. Le jeune homme est vraiment un bon parti : il s'agit de Robert Martin. Le séjour d'Harriet à Abbey Mill semble avoir porté ses fruits car ce pauvre garçon est désespérément amoureux d'elle et désire l'épouser.

— C'est beaucoup d'obligeance, dit Emma, mais est-il bien certain qu'Harriet veuille de lui ?

— Bon, nous dirons donc qu'il désire lui demander sa main. Etes-vous satisfaite ? Il est venu me consulter à ce sujet, il y a deux jours. Il sait que je l'estime beaucoup, ainsi que toute sa famille, et il me considère comme l'un de ses meilleurs amis. Il m'a donc demandé si je ne jugeais pas imprudent de s'établir si tôt et si la jeune fille ne me paraissait pas trop jeune... en un mot, si j'approuvais son choix. Il semblait craindre qu'on le trouvât indigne de Miss Smith, d'autant que vous l'honorez maintenant de votre amitié. Les discours de ce garçon m'ont ravi. C'est l'être le plus sensé que je connaisse. Il ne parle jamais qu'à bon escient, il est franc, il va droit au but, et il est fort intelligent. Il m'a donné tous les détails, sur sa situation financière, sur ses projets, ce qu'il compte faire s'il se marie. C'est un bon jeune homme, aussi charmant pour sa mère que pour ses sœurs. Je n'ai point hésité à lui conseiller le mariage. Il m'avait prouvé qu'il en avait les moyens et dans ces conditions, il ne pouvait mieux agir qu'en épousant

Harriet. Evidemment, je n'ai pas manqué de faire l'éloge de sa belle et il s'en est allé parfaitement satisfait. Je pense que même s'il s'était toujours moqué de mes conseils, il se serait pris à ce moment-là d'une grande estime pour moi, et il a dû quitter Donwell Abbey en me considérant comme le meilleur ami et conseiller du monde. Tout cela s'est passé avant hier soir et il est plus que probable que Robert Martin ne tardera guère à déclarer sa flamme à Miss Smith. Comme il ne semble pas l'avoir fait hier, il est certainement allé chez Mrs. Goddard aujourd'hui, et l'on peut supposer qu'Harriet est retenue par un visiteur qu'elle ne juge pas le moins du monde assommant...

— Mais Mr. Knightley, dit Emma qui avait souri intérieurement pendant une bonne partie de ce discours, comment savez-vous que Mr. Martin ne s'est pas déclaré hier ?

— Certes, répliqua-t-il assez surpris, je ne saurais l'affirmer mais on peut raisonnablement le supposer. N'a-t-elle pas passé toute la journée d'hier en votre compagnie ?

— Allons, dit-elle, à mon tour de vous apprendre une nouvelle : Il a parlé, hier, ou pour mieux dire il a écrit, mais on a repoussé son offre.

Emma fut obligée de répéter ces derniers mots pour convaincre son interlocuteur. Mr. Knightley se leva, rouge de surprise et de colère, et déclara, profondément indigné :

— Je n'aurais jamais cru cette fille aussi sotte ! Que cherche donc cette imbécile ?

— Nous y voilà ! s'écria Emma, les hommes sont incapables de comprendre qu'une femme refuse une demande en mariage. Ils s'imaginent toujours que l'on va accepter la main du premier venu !

— C'est idiot ! Personne ne pense une chose

pareille, mais qu'est-ce que cela signifie ? Une Harriet Smith mépriser un Robert Martin ! Si c'est exact, c'est de la pure folie ! J'espère pourtant que vous vous trompez.

— J'ai vu, de mes yeux vu, la réponse d'Harriet. Rien ne pouvait être plus clair.

— Vous avez vu sa réponse ! Sans doute l'avez-vous également écrite ! Emma, ceci est votre œuvre, c'est vous qui avez persuadé votre amie de refuser !

— Quand bien même je l'aurais fait, ce qui n'est pas le cas puisque je ne me serais jamais permis d'intervenir de cette façon, je ne le regretterais absolument pas. Mr. Martin est peut-être un jeune homme fort respectable mais l'on ne me fera jamais admettre qu'il soit digne d'Harriet. A vrai dire, je suis même assez étonnée qu'il ait osé songer à elle. Si je vous ai bien compris, il a d'ailleurs hésité et il est regrettable qu'il n'ait point écouté jusqu'au bout ses scrupules.

— Mr. Martin indigne d'Harriet ! s'exclama Mr. Knightley, courroucé... Puis il poursuivit, sur un ton plus calme mais plein de sévérité : Non, il n'est point son égal, en effet, car il lui est nettement supérieur, intellectuellement et socialement. Emma, votre partialité vous aveugle ! Si l'on considère sa naissance, ses talents ou son éducation, une Harriet Smith peut-elle prétendre à un parti plus noble que Robert Martin ? Fille naturelle d'on ne sait qui, elle ne peut guère espérer entrer en possession de la moindre fortune ou appartenir à une famille respectable. Que savons-nous d'elle, sinon qu'elle est pensionnaire dans une école des plus communes ? Elle n'est pas intelligente, elle n'a point d'instruction ; on ne lui a rien appris d'utile et elle est trop jeune et trop sotte pour avoir acquis par elle-même le moindre savoir. A son âge, elle ne peut guère avoir d'expérience et son peu d'esprit laisse craindre qu'elle soit incapable de faire jamais de grands progrès. Elle est jolie, elle est douce, mais c'est bien là tout ce que l'on peut porter à son actif. Si j'ai conçu des réticences à propos de ce mariage, elle en était la seule responsable car elle me paraissait indigne des mérites de Mr. Martin. J'ai songé à ce moment-là que c'était sans aucun doute un mauvais parti, que ce garçon pouvait très facilement trouver mieux du point de la fortune et ne pouvait tomber plus mal s'il cherchait une épouse intelligente et capable de l'épauler. Il m'était cependant impossible, et j'en étais conscient, de faire entendre raison à un homme aussi amoureux et j'ai préféré croire qu'elle ne manquait point de qualités et appartenait à cette catégorie de femmes qui finissent par s'améliorer lorsqu'elles sont en de bonnes mains. J'étais persuadé qu'elle serait la seule bénéficiaire dans cette affaire et je ne doutais pas le moins du monde (je n'en doute d'ailleurs toujours pas) que chacun jugerait qu'elle avait une chance inouïe. J'étais certain que même vous, vous seriez ravie. Il me semblait que vous ne regretteriez pas de voir votre amie quitter Highbury si c'était pour s'établir aussi brillamment. Je me rappelle m'être dit : « Même Emma, malgré sa partialité, reconnaîtra que cette union est inespérée. »

— C'est mal me connaître que d'avoir pensé une chose pareille, et cela m'étonne de vous ! Quoi, aller vous imaginer qu'un fermier (et malgré ses mérites et tout son bon sens Mr. Martin n'est rien d'autre), aller vous imaginer qu'un fermier m'apparaîtrait comme un bon parti pour mon amie intime ! Croire que je ne regretterais pas de la voir quitter Highbury pour épouser un homme que je n'ai jamais admis parmi mes relations ! Je suis très surprise que vous ayez pu me prêter des sentiments pareils et je vous assure que

84

les miens sont tout différents. Je suis obligée de constater que vous manquez d'équité. Vous êtes injuste lorsque vous évoquez la position d'Harriet, car on peut, comme moi, la voir sous un autre jour. Peut-être Mr. Martin est-il plus riche qu'elle, mais il lui est sans nul doute socialement inférieur. Harriet n'évolue pas dans le même milieu que lui, et pour elle, ce serait déchoir que d'épouser un tel homme.

— Oui, pour une enfant illégitime et une jeune fille inculte, ce serait en effet déchoir que d'épouser un fermier respectable et intelligent.

— Pour ce qui est de sa naissance, les légalistes peuvent évidemment la taxer d'illégitime mais cet argument n'a pas la moindre valeur. On ne doit pas faire payer à cette enfant les fautes d'autrui en lui niant les droits que lui confère son éducation. Son père est sans doute un gentleman et un monsieur fort riche. Il verse à sa fille une pension des plus convenables et n'a jamais rien négligé pour assurer son bien-être ou son éducation. Je suis absolument persuadée que le père d'Harriet est un gentleman et personne ne peut dénier à cette malheureuse le droit de fréquenter des jeunes filles de la bonne société.

— Quelles que soient ses origines, reprit Mr. Knightley, et quels que soient ceux qui ont assuré son éducation, il ne semble pas que l'on ait projeté d'introduire votre amie dans ce que vous nommeriez « le monde ». Après l'avoir placée dans une école tout à fait modeste, on l'abandonne à Mrs. Goddard, à charge pour elle de se tirer d'affaire comme elle peut. En bref, on désire manifestement qu'elle évolue dans la sphère d'une directrice de pensionnat et qu'elle s'y fasse des relations. Ses amis jugent que c'est assez bon pour elle et c'était le cas jusqu'ici puisqu'elle ne nourrissait elle-même point d'ambition. Miss Smith ne méprisait nullement son entourage et ne songeait pas à viser plus haut avant que vous n'ayez le caprice d'en faire votre amie. Cet été, elle a été aussi heureuse que possible avec les Martin. Elle n'était pas encore vaniteuse et si elle l'est devenue, vous en êtes entièrement responsable. Vous n'êtes pas une amie pour Harriet Smith, Emma. Robert Martin ne se serait jamais engagé de la sorte s'il n'avait eu la conviction de ne pas lui déplaire. Je connais bien ce garçon, il a trop de cœur pour demander inconsidérément la main d'une femme en se laissant guider par sa seule passion égoïste. Quant à la vanité, je ne connais pas un homme qui en soit aussi totalement dénué. Soyez sûre qu'il a reçu des encouragements.

Jugeant plus pratique de ne pas répondre directement à cette affirmation, Emma préféra ramener la conversation sur un terrain moins dangereux.

— Vous défendez chaleureusement votre ami Martin, mais comme je vous le faisais remarquer tout à l'heure, vous êtes injuste pour Harriet. Ses chances de faire un beau mariage ne sont pas aussi négligeables que vous le prétendez. Ce n'est peut-être pas un génie mais elle a plus de bon sens que vous ne le croyez et ne mérite pas que l'on parle de son intelligence en des termes aussi méprisants. Sans insister sur ce point, cependant, et en admettant qu'elle ne soit, comme vous le prétendez, que jolie et gentille, ces qualités, permettez-moi de vous le faire remarquer, ne sont pas, au degré où elle les possède, de minces recommandations aux yeux du monde. Harriet est extrêmement jolie et quatre-vingt-dix-neuf personnes sur cent seront d'accord avec moi pour le dire. Tant que les hommes ne se montreront pas plus philosophes qu'à l'heure actuelle sur le chapitre de la beauté, tant qu'ils tomberont amoureux d'un beau visage et non pas d'un cerveau instruit, une jeune fille aussi délicieuse qu'Harriet ne manquera point d'être admirée, recherchée et d'avoir la possibilité de choisir entre nombre de soupirants. La gentillesse de cette petite est aussi un grand avantage. Miss Smith témoigne d'une réelle et grande douceur, d'une sincère modestie et d'une facilité certaine à reconnaître les mérites d'autrui. Ou je me trompe fort, ou votre sexe considère généralement qu'une telle beauté et un tel naturel sont les dons les plus précieux qu'une femme puisse avoir reçus.

— Sur mon honneur, Emma, à vous entendre déraisonner de la sorte, je finirais presque par partager votre manière de voir. Il vaut mieux être dénué d'intelligence que de l'employer comme vous le faites.

— Certes, je sais que c'est là votre sentiment à tous, s'écria-t-elle d'un ton badin. Je sais qu'Harriet est le type même de jeune fille qui fait les délices d'un homme, parce qu'elle ravit ses sens tout en satisfaisant son esprit. Oh, Harriet peut se permettre de faire la difficile ! Si vous songiez un jour à vous marier, elle vous irait à la perfection. Quoi ! Doit-on s'étonner qu'à dix-sept ans, alors qu'elle vient à peine d'être introduite dans le monde et commence tout juste à se faire connaître, elle refuse la première demande en mariage dont on consent à l'honorer ? Non, je vous en prie, laissez-lui le temps de regarder un peu autour d'elle.

— J'ai toujours trouvé cette amitié ridicule, même si je n'en ai soufflé mot, rétorqua Mr. Knightley, mais je m'aperçois aujourd'hui qu'elle aura pour Harriet des conséquences désastreuses. Vous allez lui donner une idée si flatteuse de sa propre beauté et du destin auquel elle peut prétendre qu'elle trouvera bientôt absolument indignes d'elle tous les hommes qui sont à sa portée. La vanité suscite toutes sortes de catastrophes quand elle s'empare d'un esprit faible. Pour une jeune demoiselle, rien de plus facile que de surestimer ses prétentions. Miss Harriet Smith ne risque guère de voir affluer les demandes en mariage, même si elle est très jolie. Les hommes intelligents ne tiennent pas à s'encombrer d'une sotte, quoi que vous puissiez dire. Les jeunes gens de bonne famille ne seront guère désireux de s'unir à une demoiselle qui n'est rien et les plus prudents reculeront devant le déshonneur et la honte qui risqueraient d'être leur lot si le mystère de la naissance d'Harriet venait un jour à être éclairci. Laissez-la donc épouser Robert Martin, il lui apportera la sécurité, la respectabilité et le bonheur. Si vous l'encouragez à espérer un grand mariage, et si vous la persuadez de ne jamais accepter pour époux qu'un homme riche et important, elle risque fort, au contraire, de rester toute sa vie pensionnaire chez Mrs. Goddard, ou du moins, car Harriet Smith est de ces filles qui finissent toujours par se marier, d'y rester jusqu'au jour où, désespérée, elle sera bien contente de pouvoir accepter les propositions du fils du vieux maître d'écriture.

— Nos avis divergent tellement sur ce point que je crois inutile de poursuivre cette discussion, Mr. Knightley. Nous ne ferions que nous énerver. Je vous ferai cependant remarquer que je ne risque pas de la laisser épouser Robert Martin, car elle a refusé son offre, et cela si catégoriquement que ce garçon ne lui demandera jamais une deuxième fois sa main. Quoi qu'il advienne, elle sera forcée de s'en tenir à sa décision. Quant à ce refus lui-même, je ne nierai pas que j'aurais peut-être pu influencer Harriet mais je suis sûre que personne, et moi pas plus qu'une autre, n'y pouvait grand-chose. Son physique et ses maniè-res désavantagent tellement Mr. Martin qu'Harriet ne risquait guère de le regarder d'un œil indulgent, même si autrefois... J'imagine qu'avant de le connaître vraiment, elle le trouvait supportable. C'était le frère de ses amies, il faisait des efforts pour lui plaire... N'ayant point le loisir de comparer, ce qui aidait certainement beaucoup ce garçon, elle ne pouvait le trouver déplaisant à l'époque d'Abbey Mill. Mais les circonstances ont changé, elle sait désormais ce qu'est un gentleman, et seul un homme qui a les manières et l'éducation d'un gentleman peut avoir des chances auprès d'elle.

— C'est une sottise, la pire sottise qu'on ait jamais énoncée. Les manières de Robert Martin témoignent d'une intelligence, d'une franchise et d'une gaieté qui ne peuvent que le recommander et ce jeune homme montre plus de véritable noblesse qu'une Harriet Smith n'est capable d'en concevoir.

Emma ne répondit pas. Elle essayait bien de feindre une indifférence enjouée mais au fond elle se sentait mal à l'aise et désirait vivement voir partir Mr. Knightley. Elle ne regrettait certes pas ce qu'elle avait fait et continuait à s'estimer meilleur juge que cet homme de problèmes qui concernaient les droits des femmes et leur cœur délicat, mais, en même temps, elle éprouvait comme toujours une espèce de respect pour le jugement de Mr. Knightley et souffrait d'être en désaccord avec lui. Il lui était infiniment désagréable de le voir assis en face d'elle, manifestement en proie à une vive colère. Quelques minutes se passèrent dans un silence pénible qu'Emma essaya de rompre en parlant du temps qu'il faisait. Son hôte ne répondit pas. Il réfléchissait et livra bientôt à sa jeune amie le fruit de ses méditations.

— Finalement, Robert Martin n'a pas perdu grand-chose... du moins s'il parvient à s'en rendre compte, ce qui ne tardera guère, je l'espère. Vous seule savez ce que vous fomentez pour Harriet, mais comme vous ne cherchez pas à cacher votre goût pour le mariage des autres, il est relativement facile de deviner les projets, les plans et les intentions qui sont les vôtres... Je vous signalerai donc en ami que si vous avez des vues sur Mr. Elton, vous vous fatiguez certainement pour rien.

Emma se mit à rire, protestant d'avoir jamais songé à cela. Mr. Knightley poursuivit :

— Soyez persuadée qu'Elton n'est pas du tout l'homme qui convient. C'est un charmant garçon et un vicaire fort respectable mais il n'ira jamais se marier à la légère. Il connaît mieux que personne la valeur de l'argent. Il lui arrive peut-être de tenir des discours sentimentaux, mais quand il faut agir, il n'écoute plus que sa raison. Il a tout autant conscience de ses mérites que vous de ceux d'Harriet. Il sait qu'il est joli garçon et que tout le monde l'adore, et d'après le ton qu'il adopte lorsqu'il parle sans contraintes et en présence de seuls hommes, il n'est, j'en suis certain, nullement disposé à gaspiller ses chances. Je l'ai entendu évoquer avec un certain enthousiasme une famille où les jeunes filles, amies intimes de ses sœurs, auront chacune vingt mille livres de dot.

— Je vous suis infiniment obligée, dit Emma en riant toujours, et si j'avais eu à cœur de voir Mr. Elton épouser Harriet, il eût été très aimable à vous de m'ouvrir les yeux. Pour l'instant, je me contenterai cependant de garder Harriet pour moi. En fait, c'en est fini pour moi des mariages. Je ne pourrai jamais égaler mon œuvre de Randalls et je préfère donc renoncer temporairement.

— Au revoir, dit-il en se levant brusquement, et il partit sans plus de cérémonies. Il était extrêmement contrarié. Robert Martin, il le comprenait, devait être affreusement déçu, et il se sentait humilié de l'avoir encouragé à demander la main d'Harriet. Il était en outre excessivement irrité du rôle qu'Emma avait à n'en pas douter joué dans cette affaire.

La jeune fille était de son côté assez mécontente mais les raisons de son insatisfaction n'étaient pas aussi claires que celles de la colère de Mr. Knightley. Elle ne se sentait pas très fière d'elle et n'était pas aussi sûre que son adversaire d'avoir raison. Si Mr. Knightley s'en était allé en paix avec sa conscience, Emma n'éprouvait pas du tout ce sentiment, bien qu'elle ne fût pas suffisamment abattue pour qu'un peu de temps et le retour d'Harriet ne lui parussent un réconfort suffisant. L'absence prolongée de son amie inquiéta un peu Miss Woodhouse qui craignait que Robert Martin ne fût revenu ce matin-là chez Mrs. Goddard pour plaider sa cause auprès de sa belle. La peur d'un échec aussi cinglant se transforma bientôt chez Emma en une angoisse atroce et lorsque Harriet rentra en expliquant son retard par des raisons qui n'avaient aucun rapport avec cet odieux mariage, elle éprouva une satisfaction qui tout en la rassurant sur son propre compte, la convainquit qu'en dépit de ce que Mr. Knightley pouvait penser ou dire, elle n'avait jamais fait qu'obéir aux lois de l'amitié et de la délicatesse féminine.

Mr. Knightley l'avait un peu effrayée en parlant de Mr. Elton, mais tout bien considéré, il n'avait jamais eu le loisir d'observer le jeune homme aussi bien qu'elle et n'avait apporté à son examen ni le même soin, ni (elle pouvait bien se l'avouer malgré toutes les prétentions de son vieil ami) la même perspicacité. Dans le feu de la colère, il avait dit n'importe quoi et Miss Woodhouse était presque sûre qu'au lieu de certitudes, il avait exprimé les désirs que lui dictait son ressentiment. Peut-être, contrairement à elle, avait-il eu l'occasion de l'entendre parler sans retenue et il n'était pas impossible que le jeune vicaire ne fût point indifférent aux questions d'argent, mais même dans ce cas, Mr. Knightley avait certainement commis l'erreur de sous-estimer l'influence d'une violente passion sur les calculs les plus intéressés. Ignorant tout des sentiments du jeune homme, Mr. Knightley ne pouvait tenir compte de leurs éventuelles conséquences. Emma, elle, connaissait trop le fol amour de Mr. Elton pour douter un instant qu'il ne pût vaincre toutes les hésitations que la prudence ou la raison risquaient d'avoir tout d'abord éveillées, d'autant que le soupirant, s'il n'était pas un écervelé, n'était pas non plus timoré à l'excès.

Emma puisa un réconfort immense dans la satisfaction évidente d'Harriet et ses manières enjouées. La jeune fille ne songeait plus du tout à Robert Martin mais brûlait par contre du désir de parler de Mr. Elton. C'est avec ravissement qu'elle s'empressa de répéter à Emma ce que Miss Nash venait de lui raconter : Venu chez Mrs. Goddard pour soigner une élève malade, Mr. Perry avait confié à Miss Nash que la veille, en rentrant de Clayton Park, il avait rencontré Mr. Elton qui se rendait à Londres d'où il ne comptait revenir que le lendemain. C'était fort étonnant, car il y avait justement ce soir-là une réunion au club de whist et Mr. Elton n'en manquait jamais une. Mr. Perry avait reproché au jeune homme de s'absenter, lui, le meilleur joueur du club, et il avait tout fait pour le convaincre de remettre son voyage à plus tard. Cela n'avait eu aucun résultat. Mr. Elton était décidé à partir et il avait confié au docteur, d'un air tout à fait singulier, qu'il se rendait à Londres afin de régler une affaire de la plus haute importance. Il avait fait allusion à une mission des plus flatteuse et s'était déclaré porteur d'un objet infiniment précieux. Mr. Perry, sans comprendre exactement ce dont il s'agissait, était absolument certain qu'il y avait une dame là-dessous. Il ne l'avait pas caché à Mr. Elton qui avait seulement paru un peu embarrassé et s'était contenté de sourire avant de s'éloigner, l'air parfaitement satisfait. Miss Nash avait répété toute cette histoire à Miss Smith, en l'agrémentant de surcroît de détails supplémentaires sur le vicaire. Elle avait dit à sa jeune élève, en la regardant avec insistance, que sans prétendre détenir la clé de ce mystère, elle trouvait que l'élue de Mr. Elton, quelle qu'elle fût, était à son avis la femme la plus heureuse du monde, le jeune homme n'ayant sans nul doute point de rival pour la séduction ou la gentillesse.

CHAPITRE IX

Mr. Knightley en voulait peut-être à Emma mais celle-ci n'éprouvait pas le moindre remords. Son vieil ami était tellement mécontent qu'il demeura plus longtemps que de coutume sans venir la voir, et encore arbora-t-il lors de cette visite un air grave qui disait clairement qu'il ne lui avait point pardonné. Bien que navrée, Emma n'arrivait pas à regretter ce qu'elle avait fait car les événements semblaient justifier chaque jour davantage des actes et des projets qui ne lui en devenaient que plus chers.

Le portrait, fort élégamment encadré, leur parvint peu après le retour de Mr. Elton. Quand on l'eut suspendu au-dessus de la cheminée du petit salon, Mr. Elton se leva pour le contempler et exprima comme il convenait son admiration. Quant à Harriet, son respect pour le jeune vicaire se muait manifestement en une tendresse aussi profonde et aussi solide que le permettaient sa jeunesse et son caractère, et notre héroïne fut totalement rassurée lorsqu'elle vit son amie ne plus songer à Robert Martin que pour opposer en esprit ses défauts aux nombreuses qualités de Mr. Elton.

Emma avait autrefois conçu le projet de cultiver l'esprit d'Harriet par des lectures et conversations adéquates mais les deux jeunes filles s'étaient jusque-là contentées de commencer quelques ouvrages en remettant toujours au lendemain la suite de leur travail. Il était plus facile de bavarder que de s'attaquer à la tâche en cours et plus agréable de laisser errer son imagination sur le brillant destin qui attendait Harriet que de se fatiguer à l'instruire et à lui enseigner à exercer son intelligence sur des choses sérieuses. L'unique activité littéraire à laquelle se livrât désormais Harriet, la seule provision intellectuelle qu'elle entreprît de faire pour ses vieux jours était de collecter et retranscrire des devinettes dans un mince in-quarto de papier satiné que lui avait confectionné son amie et qui était délicieusement orné de monogrammes et de trophées.

De tels recueils ne sont point rares à une époque où l'on prise tant la littérature. Miss Nash, professeur chez Mrs. Goddard, avait recopié plus de trois cents charades, et Harriet, qui avait eu l'idée d'en faire autant, espérait arriver à un résultat nettement supérieur grâce à l'aide de Miss Woodhouse. Emma lui était d'un grand secours car elle avait de l'imagination, de la mémoire et du goût, et Harriet ayant par ailleurs une écriture ravissante, ce recueil risquait fort de se transformer en un ouvrage de premier ordre, tant pour la forme que pour le volume.

Mr. Woodhouse se passionnait presque autant que les jeunes filles pour cette grande œuvre, et il essayait de se remémorer des devinettes dignes d'enrichir la collection d'Harriet. « On composait de si jolies charades, au temps de sa jeunesse ! Pourquoi n'arrivait-il pas à se les rappeler ? Mais il espérait que cela viendrait... » et il finissait invariablement par évoquer « Kitty, la jeune fille si belle mais tellement glaciale. »

Il avait parlé de tout cela à son cher Mr. Perry mais

celui-ci ne se souvenait pas non plus de grand-chose. On lui avait cependant fait promettre d'être vigilant et l'on pouvait nourrir pas mal d'espérances de ce côté-là.

Emma, quant à elle, ne désirait nullement mettre à contribution tous les esprits de Highbury. Elle souhaitait simplement s'assurer l'aide de Mr. Elton. Celui-ci s'était vu prié d'apporter son tribut de bons mots, énigmes et charades, et notre héroïne put constater avec plaisir qu'il prenait cette tâche à cœur et faisait fonctionner sa mémoire. Elle s'aperçut aussi qu'il prenait garde à ne jamais leur rapporter une histoire qui allât contre les lois de la galanterie ou n'exaltât point les vertus féminines, et les jeunes filles durent à cet amoureux transi leurs deux ou trois charades les plus courtoises. Il manifesta une telle joie, un tel enthousiasme quand il parvint à se remémorer certaine énigme très célèbre, qu'Emma fut vraiment navrée d'être forcée de lui avouer qu'on connaissait déjà l'histoire et qu'on l'avait recopiée depuis longtemps. Il faut dire qu'il avait récité avec une ardeur extrême les vers fameux :

Mon premier laisse présager l'affliction
Que risque fort d'éprouver mon second,
Et mon tout constitue l'antidote rêvée
Pour adoucir et guérir cette terrible affliction.

— Pourquoi ne pas écrire vous-même, Mr. Elton ? demanda Emma. Nous aurions au moins la certitude d'avoir des œuvres originales et je suis au reste certaine que cette tâche ne vous poserait pas le moindre problème.

— Oh non, je vous en prie ! Je n'ai jamais, ou presque jamais, rien écrit de ce genre. Je suis le garçon le plus sot du monde et je crains que même vous, Miss Woodhouse, — il s'interrompit un instant — ou vous, Miss Smith, ne parveniez à m'inspirer.

On eut cependant dès le lendemain la preuve que les deux jeunes filles avaient su inspirer Mr. Elton, car il vint faire un petit tour à Hartfield dans le seul but d'apporter un feuillet où se trouvait une charade que l'un de ses amis avait paraît-il composée à l'intention d'une jeune demoiselle dont il était amoureux. Il suffit à Emma de regarder le soupirant d'Harriet pour comprendre quel était le véritable auteur de cette devinette.

— Cette charade n'est point destinée à figurer dans le recueil de Miss Smith, précisa le jeune homme. C'est un ami qui l'a écrite et je ne me sens pas le droit de la rendre publique.

Mr. Elton parut adresser ce discours à Emma plutôt qu'à Harriet, ce qui était fort compréhensible, ce soupirant timide ayant moins de mal à parler à Miss Woodhouse qu'à sa compagne. Il partit une minute plus tard. Les jeunes filles demeurèrent silencieuses un instant puis Emma tendit la feuille de papier à Harriet avec un grand sourire :

— Prenez-la, lui dit-elle, elle est pour vous. Entrez en possession de votre bien.

Mais Harriet, toute tremblante, ne put s'exécuter, et c'est Emma qui fut obligée de lire la première, non sans en éprouver d'ailleurs une certaine satisfaction.

« A Miss... Charade.

Mon premier déploie l'or et la pompe des rois,
Ces seigneurs de la terre, et leur luxe et leur faste.
Mon second a nourri l'autre vision de l'homme,
Voici, regardez-le, ce monarque des mers !
En mon tout, quelle révolution ! Envolées
Puissance et liberté, ancien orgueil de l'homme !
Roi des mers et du monde, il se soumet, esclave,
Et la femme, si belle, la femme règne seule.

L'esprit aura tôt fait d'éclaircir le mystère.

Puisse-t-il dire aussi « oui » dans un doux regard. »

Après avoir jeté un coup d'œil sur la charade, Emma réfléchit un instant et résolut le problème. Une lecture l'assura qu'elle ne s'était point trompée sur le sens de ces vers et elle remit enfin le feuillet aux mains de sa destinataire. Tranquillement assise, un sourire aux lèvres, elle profita de ce que cette dernière s'escrimait à trouver la solution de l'énigme, embarrassée par les espoirs qui l'assaillaient et gênée par sa lenteur d'esprit, pour méditer sur la situation. « Fort bien, Mr. Elton, fort bien, se disait-elle. J'ai lu pire. Oui, le mot n'est pas mal choisi et je vous félicite d'y avoir pensé. Excellente manière d'aborder le sujet, votre message est clair. Il dit : S'il vous plaît, Miss Smith, permettez-moi de vous présenter mes hommages. Honorez de votre indulgence et ma charade et mon amour... Puisse-t-il dire aussi oui dans un doux regard... C'est tout à fait Harriet... Un regard très doux... Oui, c'est bien la connaître. Et ce « L'esprit aura tôt fait d'éclaircir le mystère... » Hum ! l'esprit d'Harriet... Enfin, tant mieux ! Il faut que ce garçon soit vraiment épris pour la voir sous ce jour ! Ah, Mr. Knightley, comme j'aimerais que vous fussiez là ! Quelle bonne leçon vous recevriez ! Je crois qu'elle suffirait à vous convaincre, et pour une fois, vous seriez obligé de reconnaître que vous vous êtes trompé. C'est vraiment une bonne charade, et elle atteint fort bien son but. Les événements vont certainement se précipiter désormais. »

Emma se vit obligée d'interrompre le cours d'une délicieuse méditation qui eût pu durer très longtemps, car Harriet se montra tout à coup fort impatiente de lui poser diverses questions, assez bizarres du reste :

— De quoi peut-il bien s'agir, Miss Woodhouse ? De quoi parle-t-il ? Je n'en ai pas la moindre idée. Je ne devine pas tout. Qu'est-ce que cela peut bien être ? Essayez de trouver, Miss Woodhouse, aidez-moi. Je n'ai jamais rien vu d'aussi difficile. Est-ce « royaume » ? Je me demande qui était l'ami et qui est la demoiselle... Que pensez-vous de cette charade ? La trouvez-vous spirituelle ? Est-ce que ce serait « femme » ? « Et la femme, si belle, la femme règne seule... » S'agirait-il de Neptune ? « Voici, regardez-le, ce monarque des mers. » Un trident, peut-être, ou une sirène ? Un squale ? Oh, non, squale n'a qu'une syllabe ! Cette devinette doit être extrêmement spirituelle, car il ne nous l'aurait pas apportée... Oh, Miss Woodhouse, croyez-vous que nous trouverons un jour ?

— Sirène ? Squale ? Mais c'est absurde ! A quoi songez-vous donc, ma chère Harriet ? Pourquoi vous aurait-on soumis une charade sur des sirènes ou sur des squales ? Donnez-moi ce papier, et écoutez-moi bien : « Pour Miss... » Il faut lire : « A Miss Smith. » Ensuite :

« Mon premier déploie l'or et la pompe des rois,
    Ces seigneurs de la terre, et leur luxe, et leur faste »

C'est « court », bien sûr...

« Mon second a nourri l'autre vision de l'homme,
    Voici, regardez-le, ce monarque des mers ! »

C'est « ship », aussi simple que possible. Maintenant, passons au plus ravissant :

« En mon tout, quelle révolution ! » C'est « court-ship * », bien entendu. Poursuivons :

---

* Courtship (la cour que l'on fait à une dame) = court (cour d'un roi) + ship (navire).

« Envolées,
Puissance et liberté, ancien orgueil de l'homme !
Roi des mers et du monde, il se soumet, esclave,
Et la femme, si belle, la femme règne seule. »
Voici un compliment tout à fait à propos ! Vient
ensuite une prière que vous n'aurez, selon moi, pas
grand mal à comprendre. Tous les espoirs sont
permis, Harriet. Cette charade a été sans nul doute
écrite pour vous et elle vous est adressée.

Harriet ne put résister longtemps à des arguments
aussi flatteurs, et elle éprouva, en relisant les deux
derniers vers de l'énigme, autant de bonheur que de
trouble. Incapable de dire un mot, elle n'eut heureusement point besoin de parler et put se livrer tout au
flot de sentiments qui la submergeait. Emma prit la
parole à sa place :

— La signification de ce compliment est tellement
claire que je ne puis douter un instant des intentions
de Mr. Elton, dit-elle. Il vous aime, et vous en aurez
bientôt une preuve éclatante. J'en étais sûre ! Je
savais que mes espérances ne seraient pas déçues,
mais désormais tout est clair. Mr. Elton désire autant
ce mariage que moi depuis que je vous connais. Oui,
Harriet, j'ai souhaité cet événement depuis le premier jour. Etait-il plus souhaitable ou plus naturel
que l'amour naquît entre vous, je n'aurais pas été
capable d'en décider car cette union m'a paru dès le
début aussi fatale que désirable. Je suis très heureuse
et je vous félicite de tout mon cœur, ma chère
Harriet. Vous pouvez être fière d'être l'élue d'un tel
homme car toute femme le serait à votre place. Ce
mariage ne présente que des avantages. Il vous
apportera tout ce dont vous avez besoin, la considération de chacun, l'indépendance, une belle maison,
et vous vous trouverez grâce à Mr. Elton définitivement établie près de vos vrais amis, près de Hart-

field, près de moi... Plus rien, jamais, ne viendra menacer notre amitié, et c'est un mariage dont ni vous ni moi n'aurons à rougir, Harriet.

— Chère Miss Woodhouse, chère Miss Woodhouse, balbutia Harriet Smith, incapable d'en dire davantage et mêlant à ses invocations les baisers les plus tendres. Au bout d'un certain temps, les jeunes filles parvinrent cependant à se maîtriser et à tenir des discours un peu plus cohérents, et notre héroïne comprit clairement que son amie réagissait en tout point comme on pouvait le désirer. Sa manière de voir les événements, les sentiments qui l'agitaient, ses espérances et jusqu'à ses souvenirs répondaient à présent aux nécessités de la situation, et il semblait vraiment qu'Harriet reconnaissait enfin à Mr. Elton une incontestable supériorité.

— Vous ne vous trompez jamais, s'écria-t-elle, et je suppose donc, je crois, j'espère, que tout se passera comme vous le dites. Jamais je n'aurais imaginé une chose pareille ! Je mérite si peu un tel honneur ! Mr. Elton pourrait briguer les faveurs des femmes les plus exquises ! C'est un homme dont on ne peut discuter les qualités, il est tellement supérieur ! Songez seulement à ces vers si doux... « A Miss... » Mon Dieu, que d'esprit ! Est-il possible que cela s'adresse à moi ?

— Je ne puis en douter ni tolérer qu'on en doute. C'est certain, croyez-en ma vieille expérience. C'est comme un prologue à la pièce, un exergue au chapitre... et la prose qui suivra bientôt sera, j'en suis sûre, sans équivoque.

— Qui aurait pu croire cela ? Je n'aurais même pas osé y songer il y a un mois. Il se produit des événements bien étranges !

— Oui, quand les Miss Smith et les Mr. Elton se rencontrent... et c'est fort étrange, en effet. Il est

rare qu'un événement aussi manifestement, aussi
évidemment souhaitable vienne combler si tôt les
désirs de chacun en se réalisant. De par vos situations
respectives, vous étiez, vous et Mr. Elton, absolument faits l'un pour l'autre. Votre mariage était fatal,
et il sera, je n'en doute pas, aussi réussi que celui des
Weston. Quelque chose dans l'air d'Hart-
field semble pousser les êtres à ne s'éprendre qu'à
bon escient et à faire naviguer leur amour sur le canal
même où il était appelé à voguer. « Les vraies
amours ne vont jamais d'un cours égal... » Si l'on
entreprenait à Hartfield une nouvelle édition de
Shakespeare, on ne manquerait point d'annoter
longuement ce passage.

— Mr. Elton amoureux de moi... moi entre toutes... moi qui à la Saint-Michel ne le connaissais pas
suffisamment pour lui adresser la parole ! Et lui,
l'homme le plus élégant du monde, lui que chacun
admire à l'égal d'un Mr. Knightley ! On prise tant sa
compagnie que selon la rumeur générale, il ne
prendrait jamais un repas en solitaire s'il ne le
désirait et reçoit plus d'invitations qu'il n'y a de jours
dans la semaine. Et puis il est si merveilleux, à
l'église ! Miss Nash a retranscrit tous les sermons qu'il
a prononcés depuis qu'il est à Highbury. Mon Dieu !
Quand je me remémore la première fois où je l'ai vu !
Comme j'étais loin de penser que... Ce jour-là, les
deux Abbot et moi nous sommes précipitées dans la
pièce qui donne sur le devant de l'école. Nous
voulions le voir passer. Nous étions en train de
regarder par la jalousie lorsque Miss Nash est arrivée
et nous a chassées après nous avoir sévèrement
tancées. Elle est restée pour épier à son aise à travers
la jalousie mais elle m'a rappelée tout de suite et m'a
permis de regarder aussi, ce qui était très gentil de sa

part. Comme nous l'avons trouvé beau ! Ils allaient bras dessus bras dessous, lui et Mr. Cole.

— Ce mariage ne manquera point de faire plaisir à ses amis, quels qu'ils soient... Enfin, à condition qu'ils aient un peu de bon sens. De toute manière, nous n'avons pas à tenir compte de l'opinion des sottes gens. Si vos propres amis désirent un tant soit peu vous voir faire un mariage *heureux,* ils ont dans la gentillesse de Mr. Elton une garantie suffisante, s'ils souhaitent vous voir établie dans la région qu'ils ont choisie pour vous, leur désir sera exaucé et si leur unique souci est de vous voir *bien mariée,* comme on dit, voici une fortune, une situation et une position sociale qui ne pourront que les satisfaire.

— Oui, c'est juste. Comme vous parlez bien ! J'aime vous écouter. Vous comprenez tout. Vous êtes tellement intelligents, vous et Mr. Elton ! Cette charade ! Je ne serais jamais arrivée à en composer de semblable, même si l'on m'avait donné un an.

— Hier, j'ai bien pensé, à la façon dont il repoussait ma proposition, qu'il voulait en fait essayer ses talents.

— Je n'ai jamais, non, jamais lu charade plus spirituelle.

— Je n'en ai certes jamais lu qui vînt mieux à propos.

— Et puis elle est aussi longue que la plupart de celles que nous avions déjà collectées !

— Je ne pense pas que sa longueur prêche spécialement en sa faveur ! Une charade n'est jamais trop brève.

Harriet ne l'entendit pas, trop absorbée qu'elle était par les vers de Mr. Elton. Il lui venait à l'esprit les plus flatteuses comparaisons.

— C'est une chose, dit-elle bientôt, les joues en feu, que d'être comme un tout un chacun doté de vulgaire bon sens et de se montrer capable d'écrire si nécessaire une lettre à peu près claire, mais c'en est une autre de savoir composer des vers ou des charades comme celle-ci.

Emma ne pouvait rêver rejet plus catégorique de la prose de Mr. Martin.

— Ces vers sont tellement charmants ! poursuivit Harriet. Les deux derniers surtout ! Mais comment lui rendre son œuvre, comment lui avouer que j'ai percé le mystère ? Oh, Miss Woodhouse, qu'allons-nous faire ?

— Laissez-moi cette charade et, vous, ne faites rien ! A mon avis, Mr. Elton viendra ce soir et je lui rendrai moi-même son bien. Soyez tranquille, nous ne ferons qu'échanger quelques paroles sans importance et vous ne serez nullement compromise. C'est votre doux regard seul qui choisira le moment de dire oui, faites-moi confiance.

— Oh ! Miss Woodhouse, comme je regrette de ne pouvoir recopier cette belle charade dans mon recueil, ce serait à n'en point douter la meilleure !

— Supprimez donc les deux derniers vers, il n'y aura plus de problème.

— Oh, mais ces deux derniers vers sont...

— Les plus jolis, admettons ! Ce sont ceux qui vous font le plus de plaisir, gardez-les donc pour vous ! Vous savez, ce n'est point parce que vous les couperez qu'ils n'auront pas été écrits ! Ce distique n'en existera pas moins et sa signification profonde ne changera pas, mais supprimez-le et vous rendrez toute interprétation gênante impossible. Que restera-t-il alors sinon une charade aussi ravissante que courtoise qui pourrait figurer dans n'importe quel recueil ? Croyez-moi, Mr. Elton n'aimerait pas plus que l'on méprisât sa charade que sa passion. Lorsqu'un jeune homme est à la fois amoureux et poète, il faut encourager ses deux talents ou aucun. Donnez-moi donc votre livre, je recopierai moi-même cette fameuse devinette et personne ne pourra plus vous faire le moindre reproche.

Harriet se soumit, bien qu'elle eût un certain mal à croire qu'il suffisait de supprimer deux vers à ce poème pour en faire autre chose qu'une déclaration d'amour. Quoi qu'il en fût, elle attachait trop de prix au tendre message de Mr. Elton pour avoir envie de le rendre public.

— Je ne montrerai ce recueil à personne, dit-elle.

— Fort bien, répondit Emma, je trouve cela tout naturel et je me réjouirai toujours de vous voir de semblables dispositions... Mais voici venir mon père. J'espère que vous ne vous opposerez point à ce que je lui lise cette charade, il en sera tellement heureux ! Il adore ce genre de choses, surtout lorsqu'on y fait l'éloge d'une femme. Il témoigne à notre égard à toutes de la galanterie la plus délicate ! Il faut que vous me permettiez de lui dire ceci.

Harriet prit un air grave.

— Il ne faut point raffiner à l'excès, ma chère Harriet. Vous finirez par trahir vos sentiments si vous vous troublez si vite et paraissez surestimer, ou simplement apprécier à sa juste valeur la signification de cette énigme. Ne perdez pas la tête pour ce modeste hommage à votre beauté. Si Mr. Elton avait été désireux de garder le secret, il n'aurait pas apporté ce poème pendant que j'étais ici. Il semble même qu'il ait préféré me le remettre à moi plutôt qu'à vous, et dans ces conditions, nous ne devons pas prendre cette affaire trop au sérieux. Votre amoureux reçoit suffisamment d'encouragements, il est inutile de pousser d'interminables soupirs sur cette charade.

— Vous avez raison et je ne voudrais surtout pas

me conduire d'une façon ridicule. Faites ce qu'il vous plaira.

Mr. Woodhouse entra au salon et ne tarda guère à évoquer cette question, demandant, comme il le faisait fréquemment :

— Alors, mes chères petites, où en est votre livre ? Avez-vous trouvé du nouveau ?

— Oui, Papa, nous avons quelque chose à vous soumettre, et c'est tout nouveau. Ce matin, nous avons trouvé sur la table une feuille de papier — une fée l'aura certainement déposée à notre intention —, et une ravissante charade y était inscrite. Nous venons juste de la recopier.

Elle la lut à son père, comme il aimait qu'on le fît, lentement, en articulant bien, en répétant deux ou trois fois tous les vers et en s'arrêtant à chaque fin de strophe pour fournir les explications nécessaires. Le vieil homme fut ravi de cette lecture, et comme sa fille l'avait prévu, il remarqua tout particulièrement le compliment final :

— Oui, tout cela est parfaitement juste et très joliment écrit de surcroît. C'est tellement vrai... « La femme, si belle, la femme... » Ce poème est trop exquis pour que je ne devine point le nom de la fée qui l'a apporté... Il n'y a que vous pour écrire de cette manière, Emma.

La jeune fille se contenta de faire un petit signe de tête et sourit. Après une minute de réflexion, Mr. Woodhouse ajouta en soupirant très tendrement :

— Ah, on voit de qui vous tenez ! Votre chère maman avait elle-même tant d'esprit ! Dommage que je n'aie point sa mémoire. Mais je ne me souviens de rien, pas même de cette merveilleuse charade dont je vous ai si souvent parlé. Je me rappelle seulement la première strophe et il y en avait plusieurs.

« Kitty, enfant si belle, froide comme la neige,
Alluma ce feu qui me consume encore.
J'appelai au secours le jeune homme au bandeau,
Dont je craignais pourtant tellement la venue,
Autrefois si fatale à mes vœux les plus chers... »
Voilà tout ce dont j'arrive à me souvenir... mais
cela demeurait tout aussi spirituel jusqu'au bout. Ne
m'avez-vous pas dit avoir retrouvé ce texte ?

— Oui, Papa, nous l'avons recopié à la deuxième
page de notre recueil. Nous l'avons trouvé dans *le
Livre des élégances*. Il est de Garrick, savez-vous ?

— Ah, oui, c'est vrai ! Comme j'aimerais avoir de
la mémoire ! « Kitty, enfant si belle, froide comme la
neige... » Ce prénom me rappelle la pauvre Isabelle,
car elle a failli s'appeler Catherine, comme sa grand-
mère. J'espère que cette chère petite arrivera la
semaine prochaine. Avez-vous pensé à la chambre
que nous lui donnerons, Emma, et savez-vous où
nous installerons les enfants ?

— Oui, elle aura sa chambre, bien entendu...
comme d'habitude, et pour les enfants, il y a la
nursery. Nous ferons comme les autres fois, vous
savez. Pourquoi changerions-nous ?

— Je ne sais pas, ma chérie, mais il y a si
longtemps qu'elle n'est venue ! Nous ne l'avons pas
vue depuis Pâques, et encore n'était-elle restée que
quelques jours... Il est vraiment regrettable que
Mr. Knightley soit avoué, ce métier n'est pas pratique du tout ! Pauvre Isabelle ! C'est affreux de la voir
ainsi retenue loin de nous, et puis elle sera tellement
navrée de ne plus trouver Miss Taylor en arrivant ici !

— En tout cas, cela ne l'étonnera pas, Papa.

— Je ne sais, mais je vous assure que j'ai été fort
surpris le jour où j'ai appris qu'elle allait se marier.

— Il faudra inviter Mr. et Mrs. Weston à dîner
pendant le séjour d'Isabelle à Hartfield.

— Oui, ma chérie, si nous en avons la possibilité, mais... (sur un ton d'extrême abattement) elle ne reste qu'une semaine. Nous n'aurons le temps de rien faire.

— Il est regrettable qu'elle ne puisse demeurer chez nous plus longtemps, mais il s'agit apparemment d'un cas de force majeure. Mr. Knightley doit absolument se trouver à Londres le vingt-huit, Papa, et nous devrions déjà leur être reconnaissants de nous consacrer tout leur temps libre au lieu d'aller passer deux ou trois jours à Donwell. Mr. Knightley a promis de ne point user de ses droits, bien qu'il n'ait pas non plus reçu leur visite depuis Pâques.

— Mais ma chère, ce serait tellement affreux de voir notre pauvre Isabelle forcée d'aller loger ailleurs qu'à Hartfield !

Mr. Woodhouse était incapable d'admettre que Mr. Knightley eût des droits sur son frère ou que quiconque en eût sur Isabelle, excepté lui-même, bien entendu. Il demeura un moment pensif puis ajouta :

— Je ne comprends pas pourquoi notre pauvre Isabelle devrait partir si vite, même si son mari est obligé de le faire. Je crois que je vais essayer de le convaincre de prolonger un peu son séjour chez nous, Emma. Pourquoi ne resterait-elle pas ici avec les enfants ?

— Ah, Papa, c'est là ce que vous n'avez jamais pu obtenir d'elle et je ne crois pas que vous y parveniez un jour. Vous savez bien qu'Isabelle refuse de quitter son mari !

Les arguments d'Emma étaient trop justes pour souffrir la moindre contradiction et malgré qu'il en ait, Mr. Woodhouse se vit forcé de se soumettre en soupirant. Comprenant qu'il était attristé par l'amour qu'Isabelle vouait à son mari, Emma se hâta d'amener la conversation sur un terrain plus agréable.

— Il faudra inviter Harriet le plus souvent possible pendant le séjour d'Isabelle et de Mr. Knightley. Je suis sûre qu'elle adorera les enfants... Nous sommes très fiers des enfants, n'est-ce pas, Papa? Je me demande lequel elle trouvera le plus beau, de Henry ou de John?

— Moi aussi! Pauvres petits chéris, comme ils seront heureux de venir! Vous savez, Harriet, ils adorent Hartfield.

— Je n'en doute pas, Monsieur, comment pourrait-il en être autrement?

— Henry est très joli garçon, mais John ressemble beaucoup à sa maman. Henry est l'aîné, mais on lui a donné mon nom au lieu de celui de son père. John, le second, s'appelle comme son papa. Certaines personnes s'étonnent, je crois, que l'aîné ne porte point le prénom de Mr. Knightley, mais c'est Isabelle qui a voulu l'appeler Henry, ce qui était vraiment gentil de sa part. C'est un garçon très intelligent, ils le sont tous, d'ailleurs. Et puis ils ont de si gracieuses manières! Ils viennent près de mon fauteuil et me demandent par exemple : « Pourriez-vous me donner un bout de ficelle, grand-papa? » Une fois, Henry voulait un couteau, mais je lui ai expliqué que les couteaux n'étaient faits que pour les grands-papas. Je trouve souvent leur père trop dur avec eux.

— Vous avez cette impression parce que vous êtes vous-même très doux, dit Emma, mais vous ne le jugeriez pas dur avec ses enfants si vous aviez l'occasion de le comparer à d'autres pères. Il veut que ses fils soient énergiques et robustes, et il lui arrive de les tancer vertement s'ils se sont mal conduits, mais c'est un père affectueux, oui,

Mr. Knightley est un père affectueux et les petits l'aiment beaucoup.

— Et leur oncle ! Quand il vient, il les fait sauter jusqu'au plafond, et c'est tellement effrayant !

— Mais ils adorent cela, Papa. Rien ne les ravit davantage et cela les amuse tellement que leur oncle s'est vu forcé d'instaurer une règle selon laquelle il les ferait sauter en l'air chacun à leur tour. Il faut avouer que sans cela, le premier à jouer ne voudrait jamais céder sa place à l'autre.

— C'est possible, mais je n'arrive pas à comprendre cela.

— Nous en sommes tous là, Papa, et nous sommes rarement capables de comprendre les plaisirs d'autrui.

Un peu plus tard, les jeunes filles s'apprêtaient à se séparer pour aller s'habiller en vue du dîner qui avait lieu à quatre heures, lorsqu'elles virent arriver le héros de leur belle charade. Harriet se détourna bien vite mais Emma reçut le jeune homme avec sa gentillesse coutumière. Toujours aussi perspicace, elle ne tarda guère à remarquer que Mr. Elton paraissait embarrassé de s'être engagé et d'avoir en quelque sorte jeté le premier dé. Il était certainement venu se rendre compte de la tournure que risquaient de prendre les événements, mais officiellement, il avait pour seul but de demander aux Woodhouse si l'on pouvait se passer de lui à la réception que l'on donnait à Hartfield ce soir-là ou si sa présence y était si peu nécessaire que ce fût. Toute autre préoccupation passerait évidemment au second plan si l'on avait besoin de lui, mais dans le cas contraire il passerait la soirée avec son ami Cole, celui-ci ayant en effet tellement insisté pour qu'il dînât en sa compagnie et paraissant y attacher une telle importance que Mr. Elton lui avait promis de venir à condition de pouvoir se libérer.

« Emma lui était infiniment obligée, mais elle ne lui permettrait en aucun cas de décevoir son ami. La partie de whist de son père était assurée et il n'y avait donc pas de problème... » Le jeune homme réitéra ses offres, Emma les refusa de nouveau et Mr. Elton semblait sur le point de prendre congé lorsque, prenant la feuille de papier sur la table, la jeune fille la lui donna.

— Ah, voici la charade que vous avez eu la bonté de déposer à notre intention. Je vous remercie beaucoup de nous l'avoir communiquée, elle nous a tellement plu que j'ai pris la liberté de la recopier dans le recueil de Miss Smith. J'espère que votre ami ne le prendra point en mauvaise part, et de toute façon, je n'ai bien entendu recopié que les huit premiers vers.

Mr. Elton ne sut que répondre. Il paraissait assez indécis et confus. Il dit quelque chose à propos d' « honneur », regarda Emma et Harriet puis, voyant le recueil ouvert sur la table, s'en empara pour l'examiner très attentivement. Désireuse de dissiper la gêne d'un pareil moment, Emma dit en souriant :

— Vous présenterez mes excuses à votre ami, mais il faut comprendre qu'une aussi jolie charade mérite d'être connue de plus de deux ou trois personnes. Son auteur peut être sûr que les femmes apprécieront ses œuvres tant qu'il saura y mêler tant de galanterie.

— Je n'hésiterai pas à dire, répondit Mr. Elton qui avait pourtant du mal à s'exprimer, je n'hésiterai pas à dire — du moins si mon ami ressent les choses comme moi —, que ce garçon éprouverait certainement beaucoup de fierté s'il pouvait, comme moi, voir ses élans poétiques honorés de la sorte. (Il regarda de nouveau le petit livre puis le reposa sur la table.) Oui, cet instant serait assurément le plus merveilleux de sa vie.

Une fois ce discours terminé, Mr. Elton s'empressa de partir. Emma n'en fut pas mécontente, car malgré toutes ses qualités et sa gentillesse, le jeune vicaire témoignait d'une grandiloquence qui lui donnait envie de rire. Elle s'enfuit pour satisfaire cet irrépressible désir, laissant à Harriet le soin d'apprécier toute la douceur et le sublime de la scène qui venait d'avoir lieu.

d'Highbury.

CHAPITRE X

Bien qu'on fût déjà à la mi-décembre, le temps
n'avait pas encore empêché nos deux amies d'aller se
promener assez régulièrement, et Miss Woodhouse
devait justement faire le lendemain une visite de
charité chez de pauvres gens qui habitaient non loin
de Highbury.

Pour se rendre à la chaumière isolée dans laquelle
vivaient ces malheureux, il fallait passer par le
« chemin du presbytère », une rue qui débouchait
sur l'avenue principale du petit bourg et qui abritait,
on le devinera sans peine, la demeure bénie du divin
Mr. Elton. Après avoir dépassé quelques maisons
sans intérêt, on voyait enfin se dresser le presbytère,
une vieille demeure sans charme que l'on avait
construite beaucoup trop près de la route. Elle était
mal située, mais son actuel propriétaire l'avait dotée
de nombreux embellissements. Il était de toute
manière impossible aux deux jeunes filles de ne pas
ralentir le pas en arrivant devant cette maison et de
ne pas l'examiner attentivement. Emma fit remarquer à sa compagne :

— La voici. Vous y viendrez un jour, vous et votre
recueil.

— Oh, quelle ravissante demeure ! Comme elle

est jolie ! Et voici les rideaux jaunes qui ont tant impressionné Miss Nash.

— Il ne m'arrive *pour l'instant* qu'assez rarement de prendre ce chemin, dit Emma tout en continuant à marcher, mais j'aurai bientôt une excellente raison de passer par là et j'en arriverai certainement peu à peu à connaître par cœur chaque haie, chaque portail, chaque étang et chaque arbre de cette partie d'Highbury.

Emma s'aperçut bientôt qu'Harriet n'était jamais venue dans les environs du presbytère, mais songeant à l'aspect de la maison et aux espérances de son amie, elle se permit d'interpréter comme une preuve d'amour la folle curiosité dont celle-ci témoignait. Cela ne laissa pas de lui rappeler que Mr. Elton trouvait beaucoup d'agilité d'esprit à l'élue de son cœur...

— Il faudrait trouver le moyen d'entrer, dit-elle, mais je ne vois pas quel prétexte nous pourrions invoquer... Non, pas de servante ici dont je pourrais vouloir m'enquérir auprès de la gouvernante... Pas de message à lui porter de la part de mon père...

Elle réfléchit mais ne trouva rien. Les deux jeunes filles gardèrent le silence un moment puis Harriet dit à Miss Woodhouse :

— Je suis très étonnée que vous ne soyez pas mariée ou du moins fiancée, Miss Woodhouse ! Vous êtes si charmante !

Emma répondit en riant :

— Je suis peut-être charmante, Harriet, mais cela ne suffit pas à me donner envie de me marier. Il faudrait pour cela que je rencontre d'autres, ou plutôt une autre personne charmante, et j'ajouterai que si je ne suis pas sur le point de prendre époux, je n'ai en outre aucune intention de le faire jamais.

— Oh, vous dites cela, mais je n'arrive pas à vous croire.

— Pour que je me laisse tenter, il faudrait que je rencontre un homme mille fois supérieur à tous ceux que je connais déjà... (Se reprenant) Mr. Elton, vous le savez, est exclu d'avance... et puis, je ne désire pas rencontrer un homme, je préfère ne pas être tentée. Je ne gagnerais rien à changer de position et si je me mariais, je le regretterais à coup sûr.

— Mon Dieu, quel étrange discours dans la bouche d'une femme !

— Je n'ai aucune des raisons qui poussent d'ordinaire les femmes à vouloir se marier à tout prix. Ce serait bien entendu différent si je tombais amoureuse, mais je n'ai jamais été amoureuse. Peut-être n'est-ce point mon destin, à moins que cela ne soit contraire à ma nature, en tout cas, je crois que je ne connaîtrai point l'amour et je serais stupide de changer d'existence sans être vraiment éprise. Je n'ai pas besoin d'argent, je ne manque pas d'occupations et je pense que peu de femmes règnent sous le toit conjugal comme je le fais à Hartfield. Jamais, au grand jamais je ne pourrais espérer être aussi tendrement aimée, nulle part ailleurs je n'aurais une telle importance et nul homme ne saurait m'adorer ou apprécier mon esprit comme le fait mon père !

— Oui, mais plus tard ? Finir vieille fille, comme Miss Bates !

— Vous ne pouviez trouver exemple plus terrifiant, Harriet ! Mon Dieu, si je croyais devoir jamais ressembler à Miss Bates ! Si sotte, si contente d'elle, si souriante, si bavarde, si obtuse, si ennuyeuse, toujours prête à raconter n'importe quoi sur le premier venu... Oh oui, je me marierais sur l'heure ! Mais je suis convaincue qu'il ne saurait exister entre elle et moi le moindre point commun, hormis le célibat.

— Mais vous serez quand même vieille fille ! C'est tellement affreux !

— Cela n'a aucune importance, Harriet. Je ne serai pas pauvre et c'est le manque d'argent seul qui rend le célibat méprisable aux yeux du monde. Une femme sans revenus suffisants est condamnée à devenir une vieille fille désagréable et ridicule, objet favori des railleries enfantines, alors que riche elle jouirait malgré tout du respect de chacun et serait à même de faire preuve d'autant d'intelligence et de charme que la première venue. Il ne faut point se hâter de taxer la société d'injustice ou d'aveuglement sous prétexte qu'elle témoigne de semblable parti pris, car la gêne pécuniaire favorise la mesquinerie et finit par aigrir le caractère. Les êtres qui mènent une existence difficile évoluent obligatoirement dans un cercle réduit et souvent inférieur, et l'on peut s'attendre à trouver en eux des esprits bornés et revêches. Ce raisonnement ne vaut pas pour Miss Bates. Elle est trop bonne et trop sotte pour m'attirer, mais elle sait se faire aimer de la plupart des gens, bien qu'elle soit célibataire et pauvre. Ses problèmes d'argent ne l'ont certes pas rendue pingre et je suis sûre que si elle ne possédait qu'un shilling au monde, elle serait encore capable d'en donner la moitié. Personne en outre n'a la moindre raison de la craindre, ce qui est assurément l'un de ses plus grands charmes.

— Mon Dieu ! Mais comment ferez-vous ? Comment occuperez-vous votre temps lorsque vous commencerez à vieillir ?

— Je ne crois pas me tromper en me jugeant énergique, active, indépendante et pleine de ressources, Harriet, et je ne vois pas pourquoi je manquerais plus d'occupations à quarante ou cinquante ans qu'à vingt et un. Je serai tout aussi capable, ou presque, de me consacrer à des activités propres à notre sexe, qu'elles soient manuelles ou intellectuelles. Si je dessine moins, je lirai davantage, et si je dois abandonner la musique, je ferai de la tapisserie. Quant à la solitude, qui, en fait, de tous les problèmes que pose le célibat est le plus grave et celui qu'il convient de résoudre en priorité, c'est un point sur lequel je serai pour ma part très favorisée, puisque je pourrai prendre soin des nombreux enfants d'une sœur que j'aime beaucoup. Mes neveux sauront sans nul doute satisfaire tous les besoins affectifs d'un être sur le déclin et susciter en moi mille espoirs et mille inquiétudes. Ma tendresse ne pourra certes égaler celle d'une mère, mais elle conviendra mieux à mon idée du bonheur qu'un amour plus ardent et beaucoup plus aveugle. Mes neveux et mes nièces !... Mes nièces viendront souvent me voir...

— Connaissez-vous la nièce de Miss Bates ? Je veux dire... Je sais que vous avez dû la rencontrer une bonne centaine de fois, mais la connaissez-vous bien ?

— Oh oui ! Nous sommes bien obligées de nous voir à chaque fois qu'elle vient à Highbury. A propos, cela suffirait presque à vous dégoûter de vos nièces... Dieu me pardonne, j'espère que je n'ennuierai jamais les gens avec tous les Knightley réunis comme Miss Bates les ennuie avec la seule Jane Fairfax. On en est même fatigué d'entendre prononcer ce nom ! Chacune des lettres de cette fille est l'objet d'une bonne quarantaine de lectures, les compliments qu'elle envoie à tous ses amis font et refont le tour de la ville et si jamais elle a le malheur de faire parvenir à sa tante un modèle de corsage ou de tricoter une paire de jarretières pour sa grand-mère, on n'entend plus parler que de cela pendant un mois. Je ne souhaite que du bien à cette jeune fille mais elle me fait mourir d'ennui.

Les deux amies approchaient maintenant de la chaumière qui était le but de leur promenade et elles oublièrent tous ces sujets futiles. Emma était une nature compatissante et elle savait soulager la détresse des pauvres autant par ses attentions, sa gentillesse, ses conseils et sa patience que grâce à sa bourse. Elle connaissait les habitudes de ces êtres démunis, savait tenir compte de leur ignorance et de leurs tentations et ne nourrissait jamais d'espoirs par trop romanesques quant à la vertu que l'on pouvait attendre d'êtres totalement dénués d'éducation. Elle prenait part à leurs problèmes avec la plus vive sympathie et accordait toujours son aide avec autant de discernement que de générosité. Ce jour-là, avec Harriet, c'étaient des personnes tout à la fois pauvres et malades qu'elle était venue voir et après être restée chez eux le temps qu'il fallait pour leur dispenser réconfort et conseils, elle quitta la chaumière tellement impressionnée par le spectacle auquel elle venait d'assister qu'elle dit à son amie, tandis qu'elles s'éloignaient ensemble :

— Ce que nous venons de voir, Harriet, ne peut que nous être bénéfique. Comme tout le reste semble dérisoire ! J'ai l'impression que je ne pourrai plus penser qu'à ces malheureux aujourd'hui, et pourtant qui sait si je ne les aurai point oubliés d'ici un instant ?

— Vous avez raison, dit Harriet. Les pauvres gens ! On ne peut songer à rien d'autre.

— En fait, je ne crois pas que nous les oublierons de si tôt, dit Emma tandis qu'elle franchissait la petite haie et le portail branlant auquel aboutissait l'allée étroite et glissante qui traversait le jardin de la misérable chaumière et conduisait à la route. Non, je ne le crois pas. Elle s'arrêta pour contempler une fois de plus cette lamentable masure et se remémorer l'intérieur plus sordide encore.

— Oh non, ma chère, lui répondit sa compagne.

Elles continuèrent leur chemin. La route faisait un léger coude et au détour du virage elles aperçurent Mr. Elton qui se trouvait si près qu'Emma eut à peine le temps d'ajouter :

— Ah, ma chère Harriet, voici qui va mettre à l'épreuve la solidité de nos bons sentiments ! Allons, j'espère que l'on voudra bien nous accorder que nous avons accompli la tâche la plus importante en soulageant un peu les souffrances de ces malheureux, dit-elle en souriant. Il suffit d'aider autant que possible les pauvres lorsqu'on désire partager leur peine, et tout le reste n'est que sympathie creuse et ne sert qu'à faire souffrir celui qui s'y abandonne.

Harriet n'eut que le temps de répondre « Oh, oui, ma chère », avant que Mr. Elton ne les eût rejointes. Les trois amis commencèrent cependant par évoquer l'indigence et les problèmes des malheureux qu'Emma était allée visiter. Le jeune vicaire se préparait précisément à aller les voir mais il décida d'ajourner sa démarche étant donné les circonstances. On discuta passionnément des mesures que l'on pouvait et que l'on devait prendre en faveur de ces êtres si pitoyables, puis Mr. Elton rebroussa chemin pour accompagner nos deux demoiselles.

« Cette rencontre lors d'une visite de charité ne peut qu'accroître encore leur amour, se dit Emma, et je ne serais pas étonnée qu'elle aboutît à une déclaration. C'est certainement ce qui se produirait si je n'étais pas là ! Que ne suis-je à mille lieues ! »

Cherchant à s'éloigner autant que possible des amoureux, la jeune fille s'engagea dans l'étroit sentier légèrement surélevé qui dominait la route, laissant ensemble ses deux amis. Cependant, elle n'était pas là depuis trois minutes qu'Harriet, poussée par son esprit de dépendance et sa manie d'imiter Miss Woodhouse, la rejoignit, bientôt suivie de Mr. Elton. Cela ne pouvait pas durer. Emma s'arrêta sur-le-champ sous prétexte d'arranger ses lacets de bottines, et comme elle barrait le passage, elle pria ses compagnons de poursuivre leur route. Elle les rattraperait en trente secondes et ils ne devaient point l'attendre! Ils firent ce qu'elle désirait et lorsqu'elle jugea que le temps nécessaire pour réparer des lacets s'était écoulé, elle eut encore le plaisir de pouvoir se retarder un peu plus : l'un des enfants de la chaumière venait en effet d'arriver à sa hauteur, se dirigeant vers Hartfield où il allait chercher une cruche de potage comme on l'y avait invité. Rien de plus naturel pour Emma que de marcher aux côtés de la fillette, de lui parler et de lui poser des questions. Certes, elle avait en outre un but bien particulier en demeurant avec la petite fille, espérant permettre ainsi aux autres de continuer à marcher en tête sans être forcés de l'attendre, mais malheureusement, elle les rejoignit malgré elle car l'enfant allait d'un pas vif tandis que Mr. Elton et Harriet marchaient lentement. Emma en fut d'autant plus affectée qu'ils étaient manifestement engagés dans une conversation passionnante, le jeune homme parlant avec animation à une auditrice aussi ravie qu'attentive. Laissant sa petite compagne la devancer, notre héroïne réfléchit au moyen de rester elle-même en arrière mais ses amis s'étant retournés, elle se vit obligée de les rattraper.

Mr. Elton parlait toujours et semblait raconter à Miss Smith une histoire fort intéressante mais Emma fut affreusement déçue en s'apercevant qu'il ne faisait qu'évoquer sa soirée chez les Cole et que la belle Harriet n'avait eu droit qu'à des détails sur le fromage de Stilton, le North Witshire, le beurre, le céleri, les betteraves et les desserts.

« Cela aurait rapidement abouti à quelque chose de plus constructif, c'est absolument évident, se dit Miss Woodhouse pour se consoler. Tout paraît passionnant quand on s'aime et tout peut finir sur un mot tendre... Si seulement j'avais pu rester un peu plus longtemps en arrière ! »

Ils continuèrent ensuite tranquillement leur route et se retrouvèrent bientôt en vue des murs du presbytère. Emma résolut soudain d'aider au moins Harriet à pénétrer à l'intérieur de la maison et elle prétendit une fois de plus que sa bottine lui posait des problèmes afin de pouvoir rester en arrière sous prétexte de la réparer. Elle trancha net le lacet, et le jetant discrètement dans le fossé, déclara se voir obligée de les prier de s'arrêter, incapable qu'elle était d'arranger ses bottines de manière à marcher jusqu'à chez elle.

— J'ai perdu un morceau de lacet, dit-elle, et je ne sais que faire. Je me rends compte que je vous ennuie, mais ce genre de mésaventure ne m'arrive pas trop souvent, je crois. Mr. Elton, je dois vous prier de nous autoriser à faire une halte chez vous. Je demanderai à votre gouvernante un morceau de ruban, de ficelle ou de n'importe quoi pour attacher ma bottine.

Apparemment ravi de cette requête, Mr. Elton fit preuve d'une vigilance et d'égards extraordinaires lorsqu'il les introduisit chez lui et leur fit visiter la demeure en s'efforçant de la faire paraître à son avantage. Il les fit entrer dans la pièce où il se tenait la plupart du temps. Elle donnait sur le devant de la maison et conduisait directement dans une autre pièce. Emma s'y rendit avec la gouvernante qui fit de son mieux pour l'aider à réparer sa bottine. La porte de communication entre le salon et la chambre où se trouvait Emma était malheureusement ouverte et notre héroïne se vit obligée de la laisser telle quelle tout en espérant cependant que Mr. Elton se chargerait de la fermer lui-même. Hélas, il n'en fit rien et la porte demeura entrebâillée. Emma se dit alors qu'en retenant la servante elle permettrait certainement à Mr. Elton de dire tout ce qu'il voudrait dans la pièce voisine et elle s'engagea donc dans une conversation des plus animées avec la vieille gouvernante. Dix minutes s'écoulèrent sans qu'elle entendît d'autre voix que la sienne... cela ne pouvait plus durer, et forcée d'en finir, elle revint au salon.

Les amants se tenaient tous les deux devant l'une des fenêtres. Tout semblait aller pour le mieux et notre héroïne éprouva l'espace d'un instant une véritable sensation de triomphe à songer qu'elle avait si bien mené ses projets à terme. Il y avait cependant un problème, car le jeune homme n'avait toujours pas abordé le point crucial. Il s'était montré aimable, charmant, il avait même avoué à Miss Smith qu'il les avait vues passer, elle et Miss Woodhouse, et qu'il les avait suivies à dessein, il avait dit mille autres petites galanteries et fait nombre d'allusions mais il ne s'était rien passé de véritablement sérieux.

— Prudent, ce garçon, très prudent, se dit Emma. Il avance pas à pas et ne se risquera pas avant d'être tout à fait sûr de l'issue.

Bien que ses ingénieux stratagèmes n'aient point connu le succès désiré, Emma continuait à se féliciter d'avoir au moins fourni aux deux amoureux une occasion de vivre un moment de bonheur intense et elle ne laissait pas d'être convaincue que le grand événement ne se ferait plus attendre très longtemps.

CHAPITRE XI

Désormais, Mr. Elton serait seul, car Emma
n'aurait plus le loisir de veiller sur son bonheur ou
d'en hâter la réalisation. L'arrivée des Knightley était
en effet si proche qu'Emma ne pourrait plus, ni avant
ni pendant leur séjour, penser à quoi que ce fût
d'autre. Ils devaient passer dix jours à Hartfield, et
de tout ce temps, personne, pas même Emma, ne
pouvait espérer apporter aux amants mieux qu'une
aide occasionnelle et fortuite. Mr. Elton et Harriet
avaient néanmoins la possibilité de faire avancer eux-
mêmes leurs affaires s'ils le désiraient et ils risquaient
fort d'être obligés de le faire d'une manière ou d'une
autre. Emma ne regrettait d'ailleurs pas de n'avoir
guère de temps à leur consacrer car elle commençait
à comprendre que certaines personnes en font d'autant moins que vous agissez à leur place.

Cette année-là, on s'intéressait plus que de coutume à Mr. et Mrs. John Knightley car ils n'étaient
jamais restés aussi longtemps absents du Surrey.
Depuis leur mariage, ils avaient toujours partagé
leurs vacances entre Hartfield et Donwell Abbey,
mais ils avaient décidé de passer cet automne-là au
bord de la mer à cause des enfants, et leurs parents
du Surrey ne les avaient donc point revus plus de

quelques heures d'affilée depuis des mois et des mois. Mr. Woodhouse, lui, ne les avait pas du tout revus, car on n'aurait jamais pu le persuader de se rendre à Londres, fût-ce pour sa chère Isabelle. Londres était si loin ! Il était donc tout particulièrement nerveux, heureux et inquiet à l'idée de la visite trop brève qu'allait lui rendre sa fille.

Il était obsédé par tous les tracas qu'Isabelle subirait immanquablement lors d'un pareil voyage et n'était pas sans songer aussi à la fatigue de ses chevaux et de son cocher, ceux-ci devant aller à mi-chemin chercher une partie de la famille Knightley. Tant d'alarmes se révélèrent cependant vaines : Les voyageurs parcoururent sans le moindre problème les seize miles qui les séparaient de Hartfield, et Mr. Knightley, son épouse, leurs cinq enfants et toute une troupe de gouvernantes expérimentées arrivèrent tous sans encombre. Le remue-ménage qui ne manqua point de s'ensuivre, la joie qui résulta de cette arrivée, le nombre de gens qu'il fallut accueillir et réconforter et le problème de l'attribution d'une chambre à chacun furent à l'origine d'un tel charivari que les nerfs de Mr. Woodhouse n'eussent point résisté s'il ne s'était agi de sa fille. Le vieil homme n'aurait d'ailleurs pu le supporter très longtemps, même pour sa chère Isabelle, mais celle-ci respectait si scrupuleusement les habitudes de Hartfield et la sensibilité de son père, qu'en dépit d'une extrême sollicitude qui la poussait toujours à s'occuper sans plus attendre du bien-être de ses enfants, de leur installation, de leur nourriture, de ce qu'ils boiraient, de l'endroit où ils dormiraient et de tous les désirs qui pourraient leur passer par la tête, elle ne leur permit point ce jour-là de trop déranger leur grand-père, que ce fût directement ou indirectement par les soins dont ils faisaient l'objet.

Mrs. John Knightley était une petite femme jolie et très élégante. Elle avait des manières douces et tranquilles. Excessivement gentille et affectueuse, elle ne pensait jamais qu'à sa famille et faisait une épouse dévouée autant qu'une mère passionnée. Elle aimait par ailleurs si tendrement son père et sa sœur que cela en eût paru presque incroyable si les liens qui l'unissaient à eux n'avaient été aussi sacrés. Elle était absolument incapable de trouver le moindre défaut aux êtres qu'elle chérissait. Comme son père, elle n'était ni très intelligente ni très spirituelle et elle avait en outre hérité de lui une constitution assez délicate. Fragile elle-même, elle s'inquiétait à l'excès de la santé de ses enfants, s'alarmait aisément et faisait montre d'une grande nervosité. Elle était aussi entichée de son Mr. Wingfield de Londres que son père l'était de Mr. Perry, et le vieux monsieur et sa fille avaient aussi en commun une bonté à toute épreuve et une profonde considération pour tous leurs vieux amis.

Mr. John Knightley était quant à lui un homme grand, distingué, très intelligent. Il jouissait dans sa profession d'une excellente réputation et se révélait dans le privé un très respectable homme d'intérieur. Ses manières assez froides le rendaient antipathique à certains, et il lui arrivait même à l'occasion de se montrer assez revêche. On ne pouvait l'accuser d'être vraiment désagréable, car il manifestait trop rarement de la mauvaise humeur pour mériter pareil reproche, mais il fallait tout de même avouer que l'amabilité n'était point la première de ses qualités. En vérité, l'idolâtrie que lui vouait son épouse ne contribuait guère à corriger ses défauts naturels, et doué d'une clairvoyance et d'une vivacité qui manquaient à Isabelle, il lui arrivait d'être assez brutal et d'avoir des paroles dures. Sa charmante belle-sœur ne l'affectionnait pas outre mesure car elle cernait trop ses défauts. Elle s'irritait des petites offenses qu'il infligeait à Isabelle, même si cette dernière n'y prêtait pas la moindre attention. Peut-être Emma se serait-elle montrée plus indulgente si son beau-frère l'avait mieux traitée elle-même, mais il se contentait d'agir en frère et en ami que la tendresse n'aveugle point et qui ne loue jamais qu'à bon escient. De toute façon, nul compliment ou nulle flatterie n'aurait pu faire oublier à notre héroïne que Mr. John Knightley manquait parfois de tolérance et de respect à l'égard de Mr. Woodhouse. C'était pour Emma le pire de tous ses défauts et elle était incapable de le lui pardonner. L'époux d'Isabelle n'avait pas toujours la patience voulue en face de son beau-père et il se laissait quelquefois aller à répondre par quelque rappel à la raison ou quelque réflexion acerbe aux bizarreries ou aux inquiétudes excessives du pauvre Mr. Woodhouse. Cela se produisait cependant très rarement car Mr. John Knightley estimait beaucoup le vieillard et gardait généralement une conscience aiguë des égards qu'il lui devait. Emma trouvait malgré tout ses crises d'humeur un peu trop fréquentes, d'autant que même lorsque la sévérité de son beau-frère ne se matérialisait point, elle faisait toujours planer sur eux une espèce de menace. Chaque visite, pourtant, commençait bien car chacun ne manifestait alors que la plus vive cordialité, et le séjour des Knightley devant être cette fois très bref, on pouvait raisonnablement espérer qu'aucun incident fâcheux ne viendrait l'assombrir. Ses hôtes étaient à peine installés et remis que Mr. Woodhouse, hôchant la tête d'un air mélancolique et poussant de profonds soupirs, attira l'attention de sa fille sur les tristes changements intervenus à Hartfield depuis sa dernière visite.

— Ah, ma chère, dit-il, la pauvre Miss Taylor ! C'est une bien triste affaire !

— Oh, oui, Monsieur, s'écria-t-elle avec beaucoup de sympathie. Comme elle doit vous manquer ! Ma chère Emma doit être, elle aussi, bien malheureuse. Quelle affreuse perte pour vous deux ! J'ai eu tant de peine pour vous ! Je n'arrivais pas à imaginer comment vous pouviez vivre sans elle. Oui, c'est véritablement un triste changement... mais j'espère qu'elle va très bien, Monsieur ?

— Parfaitement bien, ma chère... Enfin, je l'espère... Oui, elle va bien, mais je me demande si l'atmosphère de Randalls lui convient réellement.

Mr. John Knightley intervint à ce moment-là pour demander à Emma si l'air de Randalls était le moins du monde malsain.

— Oh, non, pas du tout ! Je n'ai jamais vu Mrs. Weston en meilleure forme. Elle a une mine radieuse ! Papa ne fait qu'évoquer ses propres regrets.

— Cela les honore tous deux, répondit-il gracieusement.

— Et la voyez-vous assez souvent, Monsieur ? demanda Isabelle sur le ton plaintif que son père affectionnait tant.

Mr. Woodhouse hésita :

— Non, pas aussi souvent que je le souhaiterais.

— Oh, Papa ! Depuis leur mariage, nous n'avons pas passé un seul jour sans les voir. Qu'ils nous aient rendu visite ou que nous soyons allés à Randalls, nous avons vu Mr. ou Mrs. Weston chaque matin ou chaque soir, excepté un seul jour, et la plupart du temps, nous les voyons tous les deux ensemble. Bien entendu et comme vous vous en doutez certainement, ma chère Isabelle, c'est eux qui viennent le plus souvent. Ils sont vraiment gentils pour nous et

Mr. Weston est aussi charmant que sa femme. Avec vos airs mélancoliques, vous finirez par donner à Isabelle une idée complètement fausse de la situation, Papa. Tout le monde comprend que Miss Taylor ne peut que nous manquer, mais on doit également savoir que Mr. et Mrs. Weston ont réussi à rendre cette séparation plus douce que nous n'aurions jamais pu l'espérer nous-mêmes... et vous savez très bien que je ne dis là que l'exacte vérité, Papa.

— J'en étais sûr, dit Mr. John Knightley, et c'est exactement ce que vos lettres me laissaient espérer. J'ai toujours eu la certitude que Mrs. Weston se montrerait pleine de prévenances envers vous, et pour ce qui est de son mari, son oisiveté et son naturel sociable facilitent grandement les choses. Je vous ai dit tout de suite que vous nourrissiez des craintes excessives, mon amour, et j'ose espérer que ce que nous a dit Emma vous aura pleinement rassurée.

— Certes, je ne puis nier que Mrs. Weston, notre pauvre Mrs. Weston, ne vienne nous voir souvent, reprit Mr. Woodhouse mais elle est malgré tout obligée de repartir à chaque fois.

— Il serait assez cruel pour Mr. Weston qu'il en fût autrement, Papa... Vous oublieriez complètement ce malheureux !

— Il me semble en effet que Mr. Weston a lui aussi quelques droits, dit Mr. John Knightley en riant. Emma, c'est à nous d'oser prendre le parti de ce pauvre époux. Dans la mesure où je suis un homme marié et donc concerné, et vous une femme célibataire et par conséquent impartiale, nous sommes certainement à même de juger des droits de ce gentleman... Quant à Isabelle, elle m'a épousé depuis trop longtemps pour ne pas saisir l'avantage qu'il y aurait à mettre à l'écart tous les Mr. Weston du monde.

— Moi, mon ami ! s'écria sa femme qui ne l'écoutait qu'à demi. Est-ce bien de moi que vous parlez ? Personne n'a plus de raisons que moi de faire l'apologie du mariage, et si Miss Taylor n'avait été obligée de quitter Hartfield pour épouser Mr. Weston, je n'aurais certes jamais hésité à la considérer comme la plus heureuse des femmes. Quant à son mari, loin de le mépriser, je le crois au contraire digne de tous les éloges. C'est assurément l'un des hommes les plus aimables que je connaisse et il n'existe certainement en ce monde personne d'aussi gentil, à part bien sûr, votre frère et vous. Je n'oublierai jamais qu'il a eu la bonté de lancer le cerf volant d'Henry, ce fameux jour où il soufflait tant de vent, à Pâques dernier... et vous souvenez-vous aussi de ce soir de septembre, l'an dernier, quand il a eu l'extrême bonté de m'écrire à minuit pour m'assurer qu'il n'y avait point le moindre cas de scarlatine à Cobham ? Depuis lors, je suis convaincue qu'on ne peut trouver cœur plus sensible et plus doux ! Oui, si quelqu'un méritait d'épouser un homme pareil, c'était bien Miss Taylor.

— Et le jeune homme, où est-il ? demanda John Knightley. A-t-il assisté à leur mariage ?

— Non, répondit Emma. On s'attendait à le voir après la noce mais nos espoirs ont été déçus et je n'en ai plus entendu parler depuis lors.

— Mais vous oubliez la lettre, ma chère Emma ! répondit son père. Il a écrit à Mrs. Weston pour la féliciter, et c'était fort bien tourné, très joli. La pauvre Mrs. Weston m'a montré cette charmante missive et j'ai trouvé que ce garçon en avait fort bien agi. Bien sûr, on ne pourrait jurer qu'il ne s'est point

129

fait aider pour rédiger sa lettre car il est bien jeune, et il est possible que son oncle...

— Mais il a vingt-trois ans, mon cher Papa ! Vous oubliez que le temps passe.

— Vingt-trois ans ! Vraiment ? Eh bien, je ne l'aurais jamais cru ! Il n'avait que deux ans à l'époque où sa mère est morte. Ah, le temps passe si vite ! Et ma mémoire me trahit. Enfin, cette lettre était parfaite, vraiment jolie, et elle a fait beaucoup de plaisir à Mr. et Mrs. Weston. Je crois me souvenir que le jeune homme l'a écrite à Weymouth et qu'elle était datée du vingt-huit septembre. Il me semble qu'elle commençait par « Ma chère Madame », mais j'ai oublié le reste. Je me souviens pourtant parfaitement qu'elle était signée « F. C. Weston Churchill ».

— Comme c'est charmant ! Quelle aimable attention ! s'écria Mrs. Knightley. Je suis sûre que ce garçon est extrêmement gentil mais il est regrettable qu'il ne vive point chez son père. Je trouve choquant que l'on puisse ainsi arracher un enfant à sa famille ! Je ne suis jamais arrivée à comprendre que Mr. Weston ait pu se résoudre à se séparer de son petit garçon. Abandonner son enfant ! Je ne saurais respecter un être capable de vous proposer une chose pareille.

— J'imagine que personne n'a jamais eu bonne opinion des Churchill, répliqua froidement Mr. John Kinghtley, mais n'allez pas croire que Mr. Weston ait ressenti, en laissant partir son fils, ce que vous éprouveriez en vous séparant de John ou d'Henry. Mr. Weston est plus gai et plus insouciant que profond. Il prend les choses comme elles viennent et tire toujours des événements le meilleur parti possible. Je suppose que pour assurer son bonheur il compte davantage sur les plaisirs mondains, c'est-à-dire la possibilité de manger, boire et jouer au whist cinq fois par semaine avec ses voisins, que sur les affections familiales ou les joies du foyer.

Emma ne pouvait qu'être blessée d'une remarque qui ressemblait fort à une critique du caractère de Mr. Weston et elle fut sur le point d'intervenir mais elle se retint et n'insista point sur cette délicate question. Elle voulait sauvegarder autant que possible la paix et trouvait en outre assez respectable et méritoire la passion de Mr. Knightley pour la vie de famille. Son seul foyer lui suffisait et il ne comprenait plus, de ce fait, que l'on accordât le moindre prix aux mondanités, allant même jusqu'à mépriser ceux qui y attachaient une certaine importance. Malgré tout, on pouvait certainement se montrer indulgent envers un homme qui nourrissait de tels sentiments.

CHAPITRE XII

Ce soir-là, Mr. Knightley devait dîner chez les Woodhouse bien que le maître de maison n'aimât partager avec personne les premières heures du séjour d'Isabelle à Hartfield. Avec l'équité qui la caractérisait, Emma avait cependant décidé d'inviter leur vieil ami et il faut avouer que si elle avait obéi en cela à son sens du devoir, elle éprouvait en outre un plaisir tout particulier à se plier aux convenances en raison du désaccord qui les avait récemment opposés, elle et Mr. Knightley.

Elle espérait que l'heure de la réconciliation avait enfin sonné et qu'on pourrait renouer les relations d'antan. A vrai dire, le problème ne serait pas entièrement réglé car Emma demeurait persuadée de n'avoir pas eu le moindre tort et savait parfaitement que son adversaire n'avouerait jamais s'être trompé. Mr. Knightley fit son apparition tandis qu'Emma se trouvait au salon avec l'un des enfants d'Isabelle et la jeune fille espéra que cela faciliterait les choses. Le bébé dont Emma était en train de s'occuper était la petite dernière, une fillette de huit mois qui venait pour la première fois à Hartfield mais n'en paraissait pas moins enchantée de sauter dans les bras de sa tante. Sa présence se révéla fort utile, car si

Mr. Knightley arbora tout d'abord un air grave en posant des questions brèves et plutôt sèches, il se vit bientôt amené à parler d'un ton plus naturel des nouveaux arrivants et finit même par retirer l'enfant des bras d'Emma avec cette simplicité que permet seule une grande amitié. Emma comprit qu'ils avaient retrouvé leur intimité d'antan, et cette certitude provoquant en elle, après un élan de vive satisfaction, une pointe d'insolence, elle ne put s'empêcher de dire, tandis qu'il admirait le bébé :

— Quelle consolation de pouvoir se dire que nous sommes toujours d'accord en ce qui concerne nos neveux et nos nièces ! Il arrive que nos opinions divergent lorsque des hommes ou des femmes sont en cause, mais j'ai remarqué que cela ne se produisait jamais lorsqu'il s'agissait de ces chers petits.

— Nous serions toujours du même avis si, au lieu de n'écouter que votre imagination et votre caprice lorsque vous avez affaire à des adultes, vous vous laissiez guider par la nature comme vous le faites lorsqu'il s'agit de ces enfants.

— Evidemment, nos désaccords ne peuvent avoir pour origine que mes fautes de jugement !

— Oui, dit-il en souriant, et cela s'explique aisément. J'avais déjà seize ans à l'époque où vous êtes née.

— La différence n'est pas négligeable, en effet, et nul ne saurait douter que vous ne m'ayez été intellectuellement fort supérieur en ce temps-là, mais les vingt et un ans qui se sont écoulés depuis lors n'ont-ils pas, selon vous, égalisé un petit peu nos chances ?

— Certes... un tout petit peu.

— Mais cela ne suffit point pour que je puisse avoir jamais raison contre vous ?

— Je garde toujours sur vous une avance de seize

années, et outre cet avantage, j'ai celui de ne pas être une jolie fille et une enfant gâtée. Allons, ma chère Emma, soyons amis et n'en parlons plus. Petite Emma, dites à votre tante qu'elle devrait vous donner un meilleur exemple qu'elle ne le fait en réveillant de vieilles querelles et faites-lui comprendre que si elle n'a pas eu tort hier elle a tort aujourd'hui.

— C'est exact, s'écria Miss Woodhouse, tout à fait exact ! Chère petite Emma, efforcez-vous plus tard de vous montrer supérieure à votre tante. Soyez infiniment plus intelligente et bien moins vaniteuse ! Maintenant, Mr. Knightley, encore un mot et j'en aurai fini. Nous étions aussi bien intentionnés l'un que l'autre et, sur ce chapitre-là, nous n'avons point commis de faute. Je dois d'ailleurs vous avouer que jusque-là rien n'est venu infirmer mon raisonnement... mais je voudrais savoir si Mr. Martin n'a pas été trop cruellement déçu.

— Impossible de l'être davantage, se contenta-t-il de répondre.

— Ah, vraiment ! J'en suis absolument navrée. Allons, serrons-nous la main.

Ils venaient juste de le faire avec la plus vive cordialité quand Mr. John Knightley fit son apparition, et les « ça va, George ? » succédèrent aux « Comment allez-vous John ? » selon la plus pure tradition anglaise, dissimulant sous un calme qui ressemblait à de l'indifférence le sincère attachement qui unissait les deux frères et les aurait incités, en cas de nécessité, à faire n'importe quoi l'un pour l'autre.

La soirée se passa tranquillement. Désireux de se consacrer uniquement à sa fille, Mr. Woodhouse refusa de jouer aux cartes et la société se scinda tout naturellement en deux groupes : d'un côté le vieux monsieur avec Isabelle et de l'autre les frères Knightley. Les uns et les autres s'entretenant de sujets totalement différents et qui ne se recoupaient que rarement, et notre héroïne se contentant de se joindre alternativement à chacun des deux groupes.

Les deux frères parlaient de leurs affaires et de leurs carrières, celle de l'aîné surtout car il était beaucoup plus communicatif que son cadet et se montrait toujours beaucoup plus bavard que lui. En tant que magistrat, il avait souvent quelque point de droit sur lequel consulter John, et comme fermier et maître de la propriété familiale de Donwell Abbey, se sentait tenu de lui dire ce que rapporterait chaque champ l'année suivante ou de lui donner toutes ces petites informations locales qui ne pouvaient manquer d'intéresser un homme qui avait passé dans le pays la majeure partie de son existence et y conservait à présent des liens très solides. John se passionnait autant que sa réserve le rendait possible pour le plan d'une canalisation, le changement d'une palissade, l'abattage d'un arbre ou l'attribution de tel ou tel acre à la culture du blé, des navets ou du blé de mars, et si son frère lui laissait le loisir de poser la moindre question, il en arrivait même à s'exprimer sur un ton presque ardent.

Tandis que ces messieurs étaient ainsi agréablement occupés, Mr. Woodhouse se répandait en regrets attendris et témoignait à sa fille une immense attention mêlée d'inquiétude.

— Ma pauvre chère Isabelle, lui dit-il en lui prenant doucement la main, interrompant ainsi pour quelques instants l'ouvrage que la jeune femme exécutait à l'intention de l'un de ses cinq enfants, comme il y a longtemps, affreusement longtemps, que vous n'étiez venue ici, et comme vous devez être fatiguée du voyage ! Il faudra vous coucher de bonne heure, ma chérie, et je vous conseillerais de prendre un peu de bouillie avant d'aller au lit. Oui, c'est cela, nous en prendrons chacun un bol. Et si nous prenions tous de la bouillie ? Que dites-vous de mon idée, ma chère Emma ?

Emma n'avait rien à en dire, sachant que les deux messieurs Knightley se montraient aussi intraitables qu'elle sur ce chapitre, et elle se contenta donc de commander deux bols. Après avoir consacré quelques minutes supplémentaires aux mérites de la bouillie et après s'être étonné que chacun n'en prît point chaque soir, Mr. Woodhouse dit de son air le plus grave :

— Curieuse idée d'aller passer l'automne à South End au lieu de venir ici, ma chère. Je n'ai jamais eu grande confiance dans l'air marin.

— Nous ne serions jamais allés là-bas si Mr. Wingfield ne nous l'avait vivement conseillé, papa. Il nous a recommandé les bains de mer pour les enfants, et surtout pour la petite Bella qui a la gorge fragile.

— Ah, mais c'est que Perry doutait justement que l'air marin pût lui faire le moindre bien, ma chère ! Quant à moi, je ne vous en ai peut-être jamais parlé, mais je suis depuis longtemps persuadé que la mer n'est bénéfique à personne. J'ai même failli en mourir, autrefois.

— Allons, allons, s'écria Emma qui sentait que l'on s'aventurait sur un terrain dangereux, je me vois obligée de vous prier de ne point parler de la mer... Moi qui ne l'ai jamais vue, cela me rend jalouse et cela m'attriste ! Je vous en supplie, ne parlez pas de South End. Ma chère Isabelle, je ne vous ai pas entendue demander des nouvelles de Mr. Perry ! Lui ne vous oublie jamais.

— Oh, ce brave Mr. Perry ! Comment se porte-t-il, Monsieur ?

— Assez bien, encore que cela ne soit pas merveilleux ! Ce pauvre Perry a le foie malade et il n'a pas le temps de se soigner... Oui, il m'a confié qu'il n'avait point le temps de se soigner et c'est fort triste... mais on a toujours besoin de lui ici ou là. Il est certainement le médecin qui a la plus grosse clientèle en ce monde, mais il faut dire aussi qu'il n'en est point d'aussi intelligent.

— Et Mrs. Perry, et les enfants, comment vont-ils ? Ont-ils grandi ? J'ai beaucoup d'estime pour Mr. Perry et j'espère qu'il nous rendra bientôt visite. Il sera tellement heureux de revoir mes petits.

— J'espère qu'il viendra demain car j'aurais une ou deux questions à lui poser. Je vous conseillerais de lui laisser examiner la gorge de la petite Bella, ma chère.

— Oh, ce n'est pas la peine, mon cher Monsieur, elle va tellement mieux que je ne me fais pratiquement plus de souci à ce sujet. Ce sont peut-être les bains de mer qui lui ont été bénéfiques, à moins qu'on ne doive attribuer cette spectaculaire amélioration au liniment que Mr. Wingfield nous avait ordonné en août.

— Il n'est guère probable que les bains de mer aient pu faire du bien à cette petite, ma chère, et si j'avais su que vous aviez besoin d'un liniment, j'en aurais parlé à...

— J'ai l'impression que vous avez complètement oublié Mrs. Bates et sa fille, dit Emma. Vous n'avez point demandé de leurs nouvelles.

— Ah, ces bonnes dames Bates ! J'ai honte, vraiment, mais vous m'en parlez dans la plupart de vos lettres ! J'espère qu'elles se portent bien. Cette bonne vieille Mrs. Bates ! J'irai lui rendre visite dès demain et j'emmenerai les enfants. Elles sont toujours tellement ravies de voir ces chers petits ! Et cette excellente Miss Bates ! Ce sont des personnes si méritantes ! Comment vont-elles, Monsieur ?

— Assez bien, dans l'ensemble, ma chère, mais la pauvre Mrs. Bates a attrappé un mauvais rhume le mois dernier.

— Comme j'en suis navrée ! Mais il n'y a jamais eu autant de rhumes que cet automne. Mr. Wingfield m'a dit n'avoir jamais vu cela, sauf pendant les épidémies d'influenza.

— En effet, nous avons eu beaucoup de rhumes, ma chère, mais pas autant que vous le dites. Perry dit qu'ils ont été nombreux mais point aussi violents qu'ils le sont d'ordinaire en novembre. Dans l'ensemble, Perry ne considère pas cette saison comme ayant été particulièrement mauvaise.

— Certes, je ne crois pas que Wingfield l'ait jugée vraiment terrible mais...

— Ah, ma chère enfant, le fait est qu'à Londres la saison est toujours mauvaise. Personne ne se porte bien, à Londres, c'est impossible. Il est affreux de songer que vous êtes forcée d'y vivre... C'est si loin et l'air y est tellement malsain.

— Non, je vous assure, nous habitons dans un quartier très bien. Il est infiniment plus sain que les autres et il ne faut pas le confondre avec Londres en général. Les environs de Brunswick square sont très différents du reste de la ville... il y a tellement d'air ! J'avoue que je n'aimerais pas habiter un autre quartier car il en est peu où je consentirais à faire vivre mes enfants. Nous, nous avons de l'air, et Mr. Wingfield dit que Brunswick square est décidément ce qu'il y a de mieux de ce point de vue.

— Mais cela ne se compare tout de même pas à Hartfield, ma chère. Vous avez beau dire, quand vous avez passé une semaine ici, vous êtes tous des êtres différents, vous êtes transformés. Je dois avouer que pour l'heure aucun d'entre vous ne me paraît avoir bonne mine.

— Je suis navrée de vous entendre parler de la sorte, Monsieur, mais je vous assure qu'en dehors de ces migraines nerveuses et de ces palpitations qui ne me laissent point de répit où que j'aille, je me sens moi-même parfaitement bien, et si les enfants étaient un peu pâles avant d'aller se coucher, il ne faut en accuser que la fatigue du voyage et la joie d'être arrivés. J'espère que vous leur trouverez meilleure mine demain, car je vous jure que Mr. Wingfield m'a assurée ne nous avoir jamais vus partir en meilleure forme. Vous ne trouvez pas que Mr. Knightley a l'air souffrant, n'est-ce pas? (elle tourna ses regards vers son mari avec une affectueuse sollicitude).

— Je ne le trouve pas très bien, ma chère, et je ne vous ferai pas mes compliments. Mr. Knightley est fort loin d'avoir bonne mine.

— Que se passe-t-il, Monsieur? Parlez-vous de moi? s'écria Mr. Knightley en entendant prononcer son nom.

— Je suis désolée, mon amour, mais mon père ne vous trouve pas en forme. J'espère que ce n'est qu'un peu de fatigue, mais vous savez que j'aurais aimé que vous vissiez Mr. Wingfield avant de partir.

— Ma chère Isabelle, s'exclama-t-il vivement, je vous prierais de ne point vous inquiéter de ma bonne ou de ma mauvaise mine. Contentez-vous de vous soigner et de vous dorloter, vous et les enfants, et laissez-moi avoir la mine qui me plaît.

— Je n'ai pas bien compris ce que vous disiez à votre frère à propos de votre ami Graham qui aurait l'intention de faire venir un régisseur d'Ecosse afin de surveiller son domaine, s'écria Emma. Mais qu'en adviendra-t-il? Les vieux préjugés ne risquent-ils pas d'avoir le dessus?

Et elle parla de la sorte si longtemps et avec tant de bonheur, que lorsqu'elle se vit obligée d'accorder de nouveau son attention à son père et à sa sœur, elle n'eut rien de pire à subir que les aimables questions d'Isabelle sur Jane Fairfax. Pour une fois, Emma fut enchantée d'aider à faire l'éloge de la jeune fille, bien qu'elle ne l'aimât guère en temps ordinaire.

— Cette adorable Jane Fairfax, dit Mrs. John Knightley, elle est tellement aimable ! Il m'est arrivé de la rencontrer par hasard à Londres mais il y a bien longtemps que je n'ai passé un moment en sa compagnie ! Comme sa bonne vieille grand-mère et son excellente tante doivent être heureuses lorsqu'elle vient les voir ! Je regrette toujours pour Emma qu'elle ne soit pas plus souvent à Highbury mais maintenant que leur fille est mariée, les Campbell ne consentiront certainement plus à se séparer d'elle un seul jour. C'est vraiment dommage, car elle ferait une délicieuse compagne pour Emma.

Mr. Woodhouse était bien de cet avis mais il ajouta :

— Notre petite Harriet Smith est également une jeune personne d'une grande gentillesse. Elle vous plaira. Emma ne pouvait trouver plus charmante compagne.

— Je suis ravie de l'apprendre mais Jane Fairfax est tellement accomplie et si intelligente ! Et puis elle a exactement le même âge qu'Emma.

Cette discussion se poursuivit très agréablement et la même harmonie subsista lorsqu'on aborda d'autres sujets, mais la soirée ne s'acheva pourtant pas sans que la paix fût de nouveau troublée. Le domestique apporta la bouillie et celle-ci provoqua nombre d'éloges et de commentaires. La bouillie était sans nul doute salutaire à toutes les constitutions et l'on adressa les plus sévères philippiques à toutes ces maisons où l'on n'en servait jamais d'acceptable... Malheureusement, parmi les fiasco qu'Isabelle avait à citer en exemple, le plus récent et donc le plus marquant concernait sa propre cuisinière de South End, une jeune femme que l'on avait engagée pour la durée des vacances et qui n'avait jamais été capable de comprendre ce que sa maîtresse entendait par une bouillie moelleuse, claire, mais point trop claire. A chaque fois qu'Isabelle avait eu envie d'un bol de bouillie et lui avait demandé d'en préparer un, la cuisinière s'était avérée incapable de composer un breuvage mangeable. C'était une ouverture dangereuse :

— Ah ! dit Mr. Woodhouse en hochant la tête et en regardant sa fille avec un air de tendre compassion... Emma comprit clairement ce cri qui signifiait sans aucun doute possible : « Ah ! Il n'est point de limites aux tristes conséquences de votre séjour à South End. Mieux vaut n'en pas parler », et elle espéra un instant qu'il n'insisterait pas en effet et se contenterait de revenir aux charmes de sa propre bouillie après quelques minutes de méditation silencieuse. Malheureusement, il reprit un instant plus tard :

— Je regretterai toujours que vous soyez allés au bord de la mer cet automne.

— Mais pourquoi le regretteriez-vous, Monsieur ? Je vous assure que cela a fait le plus grand bien aux enfants.

— Et puis, s'il vous fallait absolument aller au bord de la mer, il eût mieux valu éviter South End. C'est un endroit malsain et votre choix a beaucoup étonné Perry.

— Je sais que beaucoup de gens s'imaginent que cette région n'est point saine mais c'est une absurdité, Monsieur. Nous nous sommes toujours très bien portés, là-bas, et la boue ne nous y a jamais gênés. Mr. Wingfield dit que l'on se trompe du tout au tout en médisant de South End et je suis persuadée qu'on peut lui faire confiance sur ce chapitre car il est fort instruit sur les climats. Son frère, par ailleurs, a fait plusieurs séjours à South End avec sa famille.

— Mais ma chère, vous auriez dû aller à Cromer si vous étiez obligés d'aller quelque part. Perry a passé une semaine à Cromer, une fois, et il tient cette station balnéaire pour la plus saine de la côte. La mer, paraît-il, y est belle et l'air très pur. En outre, d'après ce que j'ai compris, vous auriez pu y trouver un logement assez éloigné de la mer... à un quart de mile environ, et très confortable. Vous auriez vraiment dû consulter Perry.

— Mais mon cher Monsieur, la différence de distance... Songez seulement combien c'eût été loin... Peut-être cent miles au lieu de quarante !

— Ah, ma chère, comme dit Perry, plus rien ne compte lorsque la santé est en jeu. Et puis si l'on doit voyager, il n'y a plus grande différence entre quarante miles et cent miles. Mieux vaut ne pas bouger du tout, mieux vaut rester à Londres que faire quarante miles pour trouver un air encore plus malsain. C'est exactement ce que disait Perry et votre entreprise lui a paru totalement déraisonnable.

Emma avait vainement tenté d'arrêter son père et lorsqu'il en fut arrivé à ce point, elle ne put s'étonner de l'intervention de son beau-frère.

— Mr. Perry ferait mieux de garder pour lui ses appréciations tant qu'on ne lui demande rien, dit-il d'un ton de vif déplaisir. De quel droit s'étonne-t-il de mes faits et gestes ou de ce que j'emmène ma famille en tel ou tel point de la côte ? J'espère que l'on m'accordera que je ne suis pas plus sot que Mr. Perry et ses conseils ne m'intéressent pas plus que ses drogues. Il s'interrompit alors, et recouvrant aussitôt son calme, ajouta, non sans une pointe d'ironie : Si Mr. Perry est capable de m'indiquer le moyen d'emmener une femme et cinq enfants à cent trente miles pour le même prix et sans plus de fatigue qu'à quarante miles, je serai certainement tout aussi disposé que lui à préférer Cromer à South End.

— Très juste, très juste, s'écria Mr. Knightley en s'interposant vivement, oui, vous avez parfaitement raison : Cet argument n'est pas à négliger, c'est certain... Mais John, pour en revenir à cette idée de déplacer le chemin de Longham et de le dévier pour qu'il ne traverse plus les prairies, je ne crois vraiment pas que cela nous pose la moindre difficulté. Je n'y songerais même pas si cela devait gêner les habitants de Highbury, mais si l'on s'en réfère à l'actuel tracé du chemin... Enfin, la seule façon de ne point nous tromper est de consulter nos cartes. J'espère vous voir demain à l'abbaye. Nous pourrons examiner tout cela et vous me donnerez votre avis.

Mr. Woodhouse était assez troublé par les critiques acerbes que l'on avait formulées sur son ami Perry à qui il avait en fait attribué, quoique inconsciemment, nombre de sentiments personnels. Les douces attentions de ses filles chassèrent pourtant peu à peu son chagrin, et la vigilance de l'aîné des Knightley, jointe à la contrition du cadet, empêcha que l'on reparlât de ce lamentable incident.

CHAPITRE XIII

Impossible d'imaginer créature plus heureuse que Mrs. Knightley lors de son bref séjour à Hartfield. Accompagnée de ses cinq enfants, elle sortait chaque matin pour aller rendre visite à ses vieux amis et discutait le soir avec son père et sa sœur de ce qu'elle avait fait pendant la journée. Elle n'avait d'autre désir que de voir le temps s'écouler moins vite, et ce séjour, quoique trop court à son gré, lui parut merveilleux et parfait en tous points.

On préférait généralement consacrer les soirées à la famille qu'aux amis, mais bien que l'on fût à Noël, les Woodhouse ne purent décliner l'invitation à dîner que leur adressa Mr. Weston. Ce dernier n'aurait point toléré un refus et ceux de Hartfield devaient absolument se rendre à Randalls un soir de leur choix. Mr. Woodhouse lui-même se laissa convaincre que cela n'avait rien d'impossible et cette solution lui parut de toute manière préférable à une scission du groupe.

Il aurait bien aimé pouvoir faire des difficultés quant au moyen d'aller aussi nombreux à Randalls, mais la voiture et les chevaux de ses enfants se trouvant alors à Hartfield, il n'eut d'autre loisir que de poser à ce sujet une simple question. Emma eut tôt fait de chasser ses doutes et le persuada facilement que l'on arriverait même à trouver une place pour Harriet.

Mis à part les Woodhouse, les seuls invités étaient des amis intimes, Harriet, Mr. Elton et Mr. Knightley. On devait être peu nombreux et il faudrait dîner et rentrer tôt pour complaire en tous points aux goûts et habitudes de Mr. Woodhouse.

La veille du grand événement, car c'était un événement que Mr. Woodhouse consentît à dîner dehors un 24 décembre, Harriet avait passé la soirée à Hartfield. Souffrant d'un rhume, la jeune fille était rentrée chez elle tellement indisposée qu'Emma ne l'eût jamais laissée partir si elle n'avait exprimé l'ardent désir d'être soignée par Mrs. Goddard. Le lendemain, Emma s'empressa d'aller rendre visite à son amie et elle ne tarda guère à comprendre qu'il n'était pas question pour Harriet d'aller à Randalls ce soir-là. La pauvre enfant souffrait d'une forte fièvre et d'un violent mal de gorge. Mrs. Goddard l'entourait des soins les plus affectueux et l'on appela Mr. Perry. Harriet se sentait elle-même si malade et si faible qu'elle ne protesta pas lorsqu'on lui interdit d'assister à la merveilleuse soirée où elle était conviée. Elle était cependant incapable d'en parler sans verser des torrents de larmes.

Emma demeura aussi longtemps que possible en sa compagnie pour la soigner durant les inévitables absences de Mrs. Goddard et la réconforter en lui représentant la tristesse qu'éprouverait Mr. Elton en apprenant son état. Lorsque son amie la quitta, Harriet était un peu plus gaie, toute à la douce certitude que son amant passerait une soirée lugubre et que chacun regretterait amèrement l'absence de la pauvre malade. A peine était-elle dans la rue qu'Emma rencontra Mr. Elton qui se rendait manifestement chez Mrs. Goddard. Ils firent quelques pas ensemble, s'entretenant de leur amie commune. Mr. Elton avait appris qu'Harriet était très souffrante et il avait décidé d'aller prendre de ses nouvelles afin de pouvoir les transmettre ensuite à Hartfield. Emma et Mr. Elton furent bientôt rejoints par Mr. John Knightley qui revenait de sa visite quotidienne à Hartfield. Il était accompagné de ses deux enfants dont la mine resplendissante témoignait de tout le profit d'une course dans la campagne. On devinait aisément, rien qu'à les voir, qu'ils ne feraient qu'une bouchée du gigot et du gâteau de riz qui les faisaient tant se hâter vers la maison. Tout le monde fit route ensemble et notre héroïne entreprit bientôt de décrire le mal dont souffrait son amie, « une gorge très enflammée, une vive rougeur, un pouls faible et très accéléré, etc. ». Emma avait en outre été navrée d'apprendre de la bouche de Mrs. Goddard qu'Harriet était sujette à de terribles maux de gorge et l'avait de ce fait très souvent inquiétée. Mr. Elton s'exclama d'un air affolé :

— Elle a mal à la gorge ! J'espère que ce n'est pas infectieux ! Pourvu que ce ne soit pas une angine purulente ! Est-ce que Mr. Perry l'a vue ? A vrai dire, vous devriez veiller sur vous autant que sur votre amie. Permettez-moi de vous supplier de ne pas courir le moindre risque. Pourquoi Perry ne l'examine-t-il pas ?

Emma, qui n'était en réalité nullement effrayée, calma ces inquiétudes tout à fait excessives en assurant le jeune homme de l'expérience et des bons soins de Mrs. Goddard. Il fallait pourtant entretenir jusqu'à un certain point une angoisse que notre héroïne ne désirait point chasser mais au contraire alimenter dans une certaine mesure, et elle ajouta donc peu après, comme s'il s'agissait de tout autre chose :

— Il fait froid, tellement froid, et la neige menace si manifestement que si ce n'étaient point les Weston qui nous ont invités, je m'efforcerais bel et bien de dissuader mon père de s'aventurer dehors aujourd'hui... Il y est cependant résolu, et comme il n'a pas l'air de sentir le froid, je n'interviendrai pas car je sais que Mr. et Mrs. Weston seraient terriblement déçus. Si j'étais vous, pourtant, je m'excuserais, Mr. Elton. J'ai l'impression que vous êtes déjà un peu enroué, et si vous songez à ce que l'on va exiger de votre voix et à la fatigue de demain, vous n'obéirez, je crois, qu'à la prudence la plus élémentaire en restant chez vous ce soir pour vous soigner.

Mr. Elton ne savait manifestement que répondre à de tels propos. Il éprouvait certes une infinie gratitude pour cette belle dame qui se souciait si gentiment de lui et il ne désirait point négliger ses conseils, mais il n'avait par ailleurs aucune envie de renoncer à ce dîner. Emma cependant, toute à ses idées préconçues et à ses projets, trop ardente aussi et trop diligente pour l'écouter avec impartialité, se réjouit lorsqu'il murmura un vague acquiescement, disant qu'il faisait froid, vraiment très froid. La jeune fille poursuivit alors sa route, ravie d'avoir délivré Mr. Elton de l'obligation d'aller à Randalls et de lui avoir donné la possibilité d'aller faire prendre des nouvelles d'Harriet toutes les heures ce soir-là.

— Vous avez raison, dit-elle, et nous vous excuserons auprès de Mr. et Mrs. Weston.

A peine avait-elle prononcé ces paroles qu'elle entendait cependant son beau-frère offrir à Mr. Elton une place dans sa voiture si le temps était le seul obstacle à sa venue, et quelle ne fut pas sa surprise lorsqu'elle vit le jeune homme s'empresser d'accepter cette offre avec la plus vive satisfaction. C'était une affaire conclue ; Mr. Elton viendrait, et jamais le charmant visage du vicaire n'avait exprimé plus de plaisir qu'à ce moment-là. Jamais on ne lui avait vu sourire plus heureux et jamais ses yeux n'avaient brillé de joie comme lorsqu'il se retourna vers Emma.

« Voilà qui est très étrange, se dit la jeune fille. Alors que je l'avais si bien tiré d'affaire, il décide d'aller dans le monde et abandonne la pauvre Harriet à son triste sort ! C'est vraiment fort étrange ! Mais beaucoup d'hommes, des célibataires surtout, nourrissent ce goût, cette passion, même, pour les dîners en ville... Ces soirées sont pour eux à mettre au rang des plus grands plaisirs, des occupations primordiales, elles font partie de leurs fonctions, de leurs devoirs sociaux, presque, et toute autre considération s'efface lorsque l'un de ces dîners est en jeu. Mr. Elton doit appartenir à la race d'hommes qui pensent de la sorte. Ce garçon est certes très respectable, il est aimable, il est charmant, il est follement amoureux d'Harriet, mais il demeure incapable de renoncer à une invitation. Il lui faut absolument dîner dehors, quels que soient ses hôtes, et s'il va jusqu'à trouver de l'esprit à Harriet, il n'ira point jusqu'à dîner tout seul pour elle. »

Mr. Elton prit congé peu après, et notre héroïne ne put que rendre justice à l'émotion qu'il trahit en prononçant le nom d'Harriet avant de s'en aller. Le pauvre amoureux promit de prendre des nouvelles chez Mrs. Goddard avant de se préparer au bonheur de revoir Emma, espérant pouvoir alors la rassurer sur l'état de sa belle amie. Il poussa un grand soupir et eut un tel sourire qu'Emma lui rendit sur-le-champ toute sa sympathie.

Après quelques minutes de silence, John Knightley dit à sa belle-sœur :

— Je n'ai de ma vie rencontré homme plus soucieux de plaire ! Ce Mr. Elton se met littéralement au travail dès qu'il se trouve en présence d'une femme. Entre hommes, il est encore assez raisonnable et naturel, mais lorsqu'il a entrepris de charmer une dame, chacun des traits de son visage se met en mouvement.

— Les manières de Mr. Elton ne sont peut-être pas parfaites, répondit Emma, mais on se doit d'être indulgent pour qui cherche à plaire, et on l'est bien souvent. Même s'il n'est doté que de talents médiocres, un homme qui fait de son mieux l'emporte selon moi sur un homme supérieur mais négligent. Mr. Elton fait preuve de tant de gentillesse et de bonne volonté qu'on ne peut que le respecter.

— Certes, dit Mr. Knightley, non sans malice, il semble témoigner d'une extrême bonne volonté dès qu'il s'agit de vous.

— De moi ! répondit-elle avec un sourire étonné. Vous imagineriez-vous par hasard que Mr. Elton s'intéresse à moi ?

— J'avoue que cette idée m'a traversé l'esprit, Emma, et si vous n'y avez point encore songé, je vous conseille vivement de le faire à présent.

— Mr. Elton amoureux de moi ! Quelle idée !

— Je n'affirme rien, mais je crois que vous feriez bien de réfléchir à cette éventualité et de régler votre conduite sur le résultat de vos méditations... Je trouve votre attitude propre à encourager ce garçon. Je vous parle en ami, Emma. Vous devriez regarder un peu ce qui se passe autour de vous et prendre conscience de la portée de vos actes et de vos désirs.

Emma continua de marcher, riant en elle-même des bévues que l'on est amené à commettre lorsqu'on ne connaît que partiellement une situation et des erreurs dans lesquelles tombent souvent ceux qui nourrissent de hautes prétentions intellectuelles. Notre héroïne n'était cependant pas très satisfaite que son beau-frère l'ait crue aveugle et ignorante et qu'il ait jugé qu'elle pût avoir besoin de conseils. Mr. John Knightley n'insista pas et abandonna ce sujet délicat.

Mr. Woodhouse était si bien résolu à se rendre chez les Weston qu'il ne parut pas le moins du monde songer à revenir sur sa décision malgré un froid de plus en plus terrible. Il fut même, avec sa fille aînée, l'un des premiers à monter en voiture, donnant réellement l'impression de se soucier moins que quiconque du temps qu'il faisait. Il était lui-même tellement étonné de sortir et se réjouissait si sincèrement du plaisir qu'en éprouveraient ceux de Randalls qu'il n'avait plus le loisir de s'apercevoir qu'il faisait froid, s'étant en outre emmitouflé au point d'en devenir insensible à la température extérieure. Le temps était cependant glacial, et quelques flocons de neige tombaient déjà lorsque le second équipage se mit en branle. Le ciel était d'ailleurs si couvert qu'il suffisait manifestement d'un léger adoucissement pour que le monde devînt en quelques heures uniformément blanc.

Emma s'aperçut très vite que son compagnon n'était pas d'une humeur sereine. L'obligation de s'habiller, de sortir par un temps pareil, l'idée d'être privé d'une soirée en compagnie de ses enfants, représentaient pour Mr. Knightley des maux, ou du moins des désagréments qu'il était fort loin de goûter. Il n'attendait de cette visite rien qui pût approcher de près ou de loin le prix qu'il la payait, et il exprima son mécontentement durant tout le trajet d'Hartfield au presbytère.

— Il faut vraiment qu'un homme ait bonne opinion de lui-même pour oser demander à des gens de quitter leur feu et d'affronter un temps pareil pour lui rendre visite, dit-il. Il faut vraiment qu'il se considère comme une compagnie des plus précieuses... Jamais je n'oserais faire une chose pareille ! C'est totalement absurde ! Quand il neige comme aujourd'hui ! Quelle folie d'empêcher ses amis de rester tranquillement chez eux, et quelle folie, d'ailleurs, de ne pas demeurer tranquillement chez soi lorsqu'on en a le loisir ! Nous nous lamenterions si nous étions forcés de sortir par devoir ou par obligation professionnelle et nous voici, vêtus très probablement moins que de coutume, en route, et de notre plein gré, pour la maison d'un étranger. Nous n'avons point la moindre excuse, et nous refusons, en agissant ainsi, d'écouter la voix de la nature qui nous dit clairement, par le biais de chacun de nos sens, de rester chez nous et de nous abriter autant que nous le pouvons... Oui, nous voici, en route pour aller passer chez autrui cinq heures sans intérêt, et qu'y dirons-nous ou qu'y entendrons-nous que nous n'ayons entendu ou dit hier soir et ne risquions d'entendre ou de dire demain ? Nous voici, nous aventurant dehors par un temps affreux pour ne revenir que sous des cieux probablement plus hostiles encore !... Quatre chevaux, quatre domestiques, et ils sont sortis pour rien, simplement pour conduire cinq créatures vaines et frissonnantes dans des salles encore plus glaciales et vers une société encore plus ennuyeuse que celles qu'elles eussent trouvées chez elles.

Emma ne se sentait pas la force d'apporter à son beau-frère l'enthousiaste approbation qu'il était certainement accoutumé à recevoir ni de rivaliser avec les « très juste, mon amour » dont sa compagne devait habituellement gratifier Mr. John Knightley, mais elle se maîtrisa suffisamment pour se retenir de faire la moindre réponse. Incapable de se soumettre, elle ne voulait cependant pas se montrer agressive et son héroïsme ne pouvait aller au-delà du silence. Elle laissa donc discourir son compagnon, se contentant pour sa part de s'occuper des vitres de la voiture en gardant un mutisme absolu.

Ils arrivèrent enfin au presbytère. La voiture s'arrêta, on abaissa le marchepied, et Mr. Elton, très élégant, tout vêtu de noir et souriant, les rejoignit sans plus tarder. Emma songea non sans plaisir qu'on serait obligé de changer de sujet de conversation. Mr. Elton exultait, manifestant sa gratitude et sa joie de la façon la plus gracieuse, à tel point qu'Emma se dit devant tant de civilités et de marques de gaieté qu'il devait avoir reçu d'Harriet des nouvelles bien différentes de celles qu'on lui avait transmises. Ayant envoyé quelqu'un aux renseignements pendant qu'elle s'habillait, elle s'était en effet vu répondre que l'état de son amie était stationnaire et ne présentait aucune amélioration.

— Les nouvelles que l'on m'a apportées de chez Mrs. Goddard n'étaient point aussi bonnes que je l'espérais, dit-elle très vite. « Aucune amélioration », voilà ce que l'on m'a répondu.

Mr. Elton prit aussitôt une expression différente et c'est du ton le plus ému qu'il déclara :

— Oh, oui, je suis navré de... J'allais justement vous dire que j'étais allé m'informer chez Mrs. Goddard... C'était juste avant de rentrer chez moi pour m'habiller et on m'a fait savoir que Miss Smith n'allait pas mieux, pas mieux du tout, et que son état avait même plutôt empiré. J'en suis très affecté et fort attristé... J'espérais que le cordial qu'on lui avait administré ce matin lui aurait fait du bien, mais il n'en est rien.

152

Emma sourit et répondit :

— J'espère que ma visite lui aura été moralement salutaire mais je ne pouvais tout de même pas chasser son mal de gorge par magie... Cette pauvre Harriet a vraiment attrapé un mauvais rhume. Mr. Perry est venu la voir, comme vous le savez certainement.

— Oui... Je m'en doutais... c'est-à-dire... Non...

— Harriet est sujette à ce genre de maladies et j'espère que nous aurons tous deux des nouvelles plus rassurantes dès demain matin. Il est cependant impossible de ne point s'inquiéter et Miss Smith nous manquera beaucoup ce soir.

— Oui, affreusement. Nous penserons à elle à chaque instant.

Tout cela était fort joliment dit et le soupir qui accompagna cette remarque méritait les plus grands éloges, bien que cette tristesse eût valu de durer plus longtemps. Emma fut assez consternée lorsque trente secondes plus tard, Mr. Elton se mit à parler de tout autre chose du ton le plus naturel et le plus enjoué.

— Quelle bonne idée, ces peaux de mouton dans les voitures ! fit-il remarquer. Quel confort, c'est vraiment merveilleux ! Impossible de sentir le froid lorsqu'on est équipé de la sorte. Toutes ces inventions modernes ont fait de nos voitures des moyens de transport qui atteignent à la perfection ! Nous pouvons, si nous le voulons, nous garantir du mauvais temps et nous n'avons plus à craindre le moindre courant d'air. Non, le temps qu'il fait n'a plus aucune importance ! Il fait très froid, aujourd'hui, et pourtant nous ne nous en apercevons même pas. Tiens, je crois qu'il neige un peu.

— Oui, dit Mr. Knightley, et je crois que cela ne fait que commencer.

— C'est un temps de Noël, fit remarquer Mr. Elton, un temps de saison. Heureusement qu'il n'a pas commencé à neiger hier et que notre soirée ne s'en est point trouvée compromise. Mr. Woodhouse ne se serait certainement jamais risqué à sortir si nous avions eu de la neige... Enfin, cela n'a plus d'importance à présent. A Noël, chacun invite ses amis et les gens ne prêtent guère attention au temps, même lorsqu'il est épouvantable. Une fois, je me suis retrouvé bloqué une semaine chez un camarade. Rien n'est plus amusant ! J'étais allé passer la soirée chez lui et je n'ai pu partir que huit jours plus tard.

Mr. John Knightley parut demeurer totalement insensible au charme d'une telle aventure, et il se contenta de préciser, d'un ton très froid :

— Je n'ai aucune envie de rester bloqué une semaine à Randalls.

Emma se serait amusée en d'autres circonstances mais elle était bien trop étonnée par la gaieté de Mr. Elton pour songer à autre chose. Tout à la perspective d'une soirée agréable, il paraissait avoir complètement oublié Harriet.

— Nous sommes certains de trouver un bon feu, et de jouir du plus grand confort, poursuivit-il. Mr. et Mrs. Weston sont de charmantes personnes. Mrs. Weston est vraiment au-dessus de tous les éloges et son mari mérite bien la réputation qu'on lui a faite. Il est tellement accueillant, tellement sociable... Cette soirée doit se dérouler en petit comité, mais lorsque les invités sont choisis, ce sont peut-être les réceptions les plus agréables. La salle à manger ne contient pas plus de dix personnes, du moins si l'on désire être confortablement installé et, dans les circonstances actuelles, je préférerais quant à moi qu'il y eût deux invités en moins qu'en plus. Je pense que vous serez d'accord avec moi, et que vous m'approuverez, ajouta-t-il en se tournant gracieusement vers Emma, même si Mr. Knightley, habitué aux grandes soirées de Londres, ne partage point notre avis.

— J'ignore tout des grandes soirées londoniennes, Monsieur, car je ne dîne jamais en ville.

— Vraiment ! (d'un air étonné et plein de pitié) Je ne pensais pas que les carrières de la justice fussent un tel esclavage ! J'espère que le temps de la récompense viendra et que vous aurez alors peu de travail pour beaucoup de plaisirs, Monsieur.

— Pour l'instant, mon seul plaisir serait de pouvoir rentrer sain et sauf à Hartfield, répondit Mr. Knightley.

CHAPITRE XIV

Les deux messieurs furent bien obligés de se composer une autre contenance avant de pénétrer dans le salon de Mrs. Weston, et tandis que Mr. Elton s'efforçait de réfréner sa joie, Mr. Knightley tentait de dissimuler sa mauvaise humeur. Si les circonstances exigeaient du premier qu'il ne sourît point à l'excès et du second qu'il se détendît quelque peu, Emma pouvait quant à elle se permettre de rester naturelle et elle ne se priva pas d'exprimer sincèrement le plaisir que lui procuraient ces retrouvailles avec sa chère Mrs. Weston et son époux. Notre héroïne affectionnait en effet beaucoup ce dernier, et il n'était en ce monde point d'être à qui elle parlât aussi librement qu'à la maîtresse de Randalls. C'est avec la certitude d'être toujours écoutée, comprise et de ne jamais l'ennuyer, qu'elle lui contait les menus incidents, problèmes ou plaisirs qui composaient la vie de chaque jour à Hartfield. Mrs. Weston s'intéressait vivement à tout ce qui concernait les Woodhouse et ses rencontres avec son ancienne élève débutaient systématiquement par une bonne petite causerie d'une demi-heure consacrée à l'énumération de ces mille petits faits qui sont la base du bonheur quotidien.

Ce soir-là, nos deux amies risquaient malheureusement d'être privées de ce plaisir et elles ne purent en tout cas point le goûter durant la première demi-heure qui suivit l'arrivée d'Emma. La seule vue de Mrs. Weston, son sourire, sa présence et sa voix suffirent cependant à réconforter Emma et celle-ci décida de penser aussi peu que possible aux bizarreries de Mr. Elton pour ne plus se consacrer qu'aux agréments de cette réception.

On avait déjà épuisé le sujet des malheurs d'Harriet avant que notre héroïne et ses compagnons ne fissent leur entrée à Randalls car Mr. Woodhouse, arrivé depuis fort longtemps, avait eu tout loisir de donner à chacun mille détails sur le rhume de la pauvre Miss Smith avant de raconter son propre voyage avec Isabelle et d'annoncer l'arrivée prochaine d'Emma. Il venait de clore le chapitre des bonnes nouvelles en disant que James viendrait voir sa fille, lorsque les autres s'étaient présentés, permettant à Mrs. Weston qui s'était jusque-là exclusivement consacrée au vieux monsieur, de le quitter pour aller accueillir sa chère Emma.

Cette dernière, on le sait, s'était proposée d'oublier ce soir-là l'existence de Mr. Elton et elle regretta fort de le voir s'installer à ses côtés lorsque tout le monde prit place. Non content d'avoir tout fait pour se retrouver assis près de Miss Woodhouse, le jeune vicaire exultait si manifestement et témoignait de tant d'égards à l'endroit de notre héroïne, qu'elle ne put s'empêcher de songer à l'étrange indifférence qu'il manifestait quant au sort d'Harriet, et loin d'oublier cette affaire, elle en vint à s'interroger sur le compte d'un homme qui se conduisait de façon si extraordinaire : « Mon beau-frère aurait-il vu juste ? Est-il possible que ce garçon se soit mis en tête de m'aimer après avoir aimé Harriet ?

Cette idée me paraît aussi stupide qu'intolérable!... » Mr. Elton se montra néanmoins tellement soucieux qu'elle eût assez chaud, manifesta tant d'intérêt pour Mr. Woodhouse, se déclara si follement enchanté de Mrs. Weston et admira finalement les dessins d'Emma avec une telle ferveur et si peu de compétence qu'elle trouva qu'il ressemblait décidément beaucoup à un prétendant et dut prendre sur elle-même pour dissimuler son mécontentement. Elle se respectait trop pour se laisser aller à la grossièreté et s'efforça même de rester polie par égard pour Harriet, espérant au fond d'elle que tout finirait par s'arranger, mais elle eut du mal à se contenir, d'autant que les autres discutaient d'un sujet passionnant alors qu'elle se voyait forcée de subir les ridicules effusions de Mr. Elton. Il semblait que Mr. Weston fût en train de donner des nouvelles de son fils car Emma avait pu saisir à plusieurs reprises les mots « mon fils », « Frank », et encore « mon fils », et elle comprit bientôt aux quelques bribes de conversation qui lui parvenaient que Mr. Weston annonçait l'arrivée prochaine de Frank Churchill. On avait malheureusement déjà changé de sujet lorsqu'elle eut enfin réussi à calmer son amoureux transi et la jeune fille n'eut plus le loisir de poser des questions qui eussent paru fort étranges puisqu'on parlait à présent de tout autre chose.

Bien que fermement résolue à ne point se marier, notre héroïne ne pouvait s'empêcher de s'intéresser à Mr. Frank Churchill. Elle avait souvent pensé, surtout depuis le mariage de Mr. Weston avec Miss Taylor, qu'étant donné son âge, sa fortune et sa position sociale, ce garçon ferait un parti idéal si elle décidait un jour de prendre époux. Les liens que leurs familles respectives avaient récemment noués ne les destinaient-ils pas tout naturellement l'un à l'autre, et leurs amis ne songeaient-ils point pour la plupart à cette union ? Elle n'en doutait pas le moins du monde en ce qui concernait Mr. et Mrs. Weston, et bien que décidée à ne point se laisser influencer et à ne point renoncer à une situation qui lui paraissait préférable à toute autre, n'en était pas moins curieuse de connaître celui qu'on voulait lui faire épouser. Bien disposée en sa faveur et désireuse même de le séduire jusqu'à un certain point, elle se plaisait à songer aux rêveries qui agitaient leurs amis communs.

Toute à ces sentiments, Emma n'était guère à même d'apprécier les inopportunes civilités de Mr. Elton et elle n'avait pour consolation que d'arriver à rester polie quand elle se sentait si violemment irritée. Elle espérait que la soirée ne s'achèverait pas sans qu'on reparlât des nouvelles concernant Frank Churchill ou sans que l'on en rappelât du moins l'essentiel. Notre héroïne faisait confiance à Mr. Weston et elle s'aperçut qu'elle n'avait pas patienté en vain car dès qu'elle fut délivrée de Mr. Elton et se retrouva auprès du maître de maison pour dîner, celui-ci profita de la première occasion pour lui dire :

— Pour être au complet, il nous manque seulement deux convives. J'aimerais tant voir ici votre jolie petite amie, Miss Smith, et mon fils... S'ils étaient là, je pourrais vraiment dire que personne ne manque à l'appel. Je ne sais si vous m'avez entendu annoncer l'arrivée de Frank. Nous étions au salon lorsque j'en ai parlé. J'ai reçu une lettre ce matin, et Frank promet de venir d'ici une quinzaine de jours.

Emma se déclara absolument enchantée et se joignit à son voisin pour déplorer l'absence de Mr. Frank Churchill et d'Harriet.

— Il veut venir nous voir depuis le mois de

septembre, poursuivit Mr. Weston. Il ne parle que de cela dans ses lettres mais il ne peut malheureusement pas disposer de son temps comme il le souhaiterait. Il est obligé de se plier aux désirs de personnes qui, entre nous, exigent de lui bien des sacrifices ! Enfin, c'est son devoir et je ne doute plus maintenant de le voir arriver vers la mi-janvier.

— Ce sera une grande joie pour vous, et Mrs. Weston a tellement envie de connaître votre fils que son bonheur doit presque égaler le vôtre.

— Certes, elle se réjouirait si elle ne craignait que cette visite fût remise comme les autres. Elle est beaucoup plus méfiante que moi, mais elle ne connaît pas ces gens comme je les connais. Le problème, voyez-vous — c'est tout à fait entre nous, bien sûr, et je n'en ai pas soufflé mot tout à l'heure, car chaque famille a ses secrets, vous le savez —, le problème, donc, est qu'ils ont invité des amis à venir à Enscombe en janvier. Le sort de Frank dépend entièrement de la décision de ces amis... S'ils ne remettent point leur visite, Frank sera dans l'impossibilité de bouger... mais je sais qu'ils ne viendront pas, car une certaine dame qui a son importance à Enscombe déteste tout particulièrement ces gens que l'on est bien obligé d'inviter tous les deux ou trois ans mais qui font toujours faux bond au dernier moment. Je ne doute nullement de l'issue de cette affaire et je suis aussi sûr de voir Frank ici avant la mi-janvier que je suis certain d'y être moi-même. Mais votre chère amie (en désignant le haut de la table) est pour sa part tellement étrangère à la notion de caprice et son existence chez vous l'y a si peu accoutumée, qu'elle ne peut en estimer les effets comme j'ai depuis longtemps l'habitude de le faire.

— Je suis navrée qu'il subsiste encore un doute en ce qui concerne la visite de votre fils mais je suis

160

toute prête à prendre votre parti, Mr. Weston, et je me rangerai à votre avis si vous pensez qu'il viendra puisque vous connaissez Enscombe mieux que personne.

— Je puis en effet me vanter de bien connaître Enscombe, même si je n'y ai jamais mis les pieds. C'est une étrange femme, mais je ne me permettrai jamais d'en dire le moindre mal, par égard pour Frank qu'elle aime beaucoup, je crois. Je l'imaginais autrefois incapable d'éprouver la moindre tendresse, mais elle s'est toujours montrée très bonne pour lui... enfin, à sa façon... malgré quelques petites lubies et caprices et pourvu que tout marche à sa guise. J'estime que Frank a bien du mérite d'avoir su éveiller une telle affection car je vous avouerai, et vous êtes la seule à qui je puisse confier cela, qu'elle n'a généralement pas plus de cœur qu'une pierre et se voit affligée d'un caractère absolument diabolique.

Tout cela passionnait tellement Emma qu'elle en reparla à Mrs. Weston lorsque les dames furent revenues au salon. Elle la félicita, ajoutant cependant que cette première rencontre devait lui être un sujet d'angoisse. Son amie acquiesça mais précisa qu'elle aimerait assez avoir véritablement des raisons de s'inquiéter, à la date prévue.

— Je n'arrive pas à croire à cette visite, dit-elle, je ne suis pas aussi optimiste que mon mari et je crains fort que ce projet n'aboutisse point. Mr. Weston vous a certainement expliqué comment l'affaire se présente ?

— Oui, il semble que tout dépende de la mauvaise humeur de Mrs. Churchill et c'est au moins une chose sur laquelle on peut compter ferme... enfin, je l'imagine.

— Comment se fier à un caprice, ma chère Emma ? répondit Mrs. Weston en souriant.

161

Puis s'adressant à Isabelle qui venait de les rejoindre :

— Vous devez savoir que nous ne sommes pas aussi sûrs que Mr. Weston de voir arriver Mr. Frank Churchill. Tout dépend de l'humeur et du bon plaisir de sa tante. A vous, mes deux filles, je puis dire la vérité : Mrs. Churchill règne en maîtresse absolue à Enscombe et c'est une femme des plus fantasques. Frank ne viendra que si elle consent à se passer de lui.

— Oh, Mrs. Churchill ? répondit Isabelle. Tout le monde connaît sa réputation et je ne pense jamais à ce garçon sans une extrême compassion. Il doit être affreux de passer sa vie avec une personne affligée d'un mauvais caractère ! Nous ignorons heureusement tout d'une telle situation mais ce doit être une existence si misérable... Elle n'a pas eu d'enfants, Dieu soit loué ! Elle aurait rendu ces pauvres petits tellement malheureux !

Emma aurait préféré rester seule avec Mrs. Weston car elle en aurait appris davantage. Son amie se serait exprimée avec une liberté que la présence d'Isabelle rendait impossible, et elle n'aurait, notre héroïne en était convaincue, plus rien caché de tout ce qui regardait les Churchill, se contentant de tenir secrets les projets que l'on formait pour le jeune homme, ce dont Emma ne se souciait point puisqu'elle avait déjà tout compris par la grâce de son imagination. De toute façon, pour l'instant il fallait se taire. Mr. Woodhouse rejoignit bientôt ces dames au salon. Il ne pouvait supporter de rester à table après le dîner, et ne nourrissant pas plus de goût pour le vin que pour la conversation, se hâtait toujours de rejoindre ces êtres qui lui étaient un bonheur de chaque instant.

Emma profita de ce qu'il s'entretenait avec Isabelle pour dire à Mrs. Weston :

— Ainsi, vous n'êtes pas sûre que votre fils puisse vous rendre visite ? J'en suis vraiment navrée. Cette présentation a quelque chose d'assez gênant et il serait préférable que cette épreuve eût lieu le plus tôt possible.

— Oui, et chaque nouveau délai m'en fait appréhender un autre. Je persiste à craindre qu'on ne trouve encore un prétexte, même si ces fameux Braithwaites se décommandent. Je ne puis croire que ce soit Frank qui répugne à venir, mais je suis persuadée que les Churchill veulent le garder pour eux seuls. Ils doivent être jaloux, oui, jaloux au point de mal supporter le respect que ce garçon porte à son père... En un mot, je ne pense pas le voir en janvier et j'aimerais que Mr. Weston fût moins optimiste.

— Il faut qu'il vienne, dit Emma, il le faut, même s'il ne peut rester que deux jours ! On arrive difficilement à imaginer qu'un jeune homme ne jouisse point de cette liberté. Quand il s'agit d'une jeune fille, la situation est plus délicate, car si elle tombe en de mauvaises mains, on peut la séquestrer et la tenir à l'écart de ceux qu'elle désire voir... Il est inconcevable, par contre, qu'un jeune homme subisse pareilles contraintes et n'ait pas le loisir de passer une semaine avec son père lorsqu'il en a envie.

— Il faudrait être à Enscombe et connaître les usages de la famille pour être à même de juger de ce qu'il peut ou ne peut pas faire, répondit Mrs. Weston. Je crois que l'on devrait toujours s'astreindre à la même prudence lorsqu'on commente la conduite d'autrui, mais il me paraît de toute manière impossible de juger Enscombe selon les règles générales. Cette femme est tellement extravagante et c'est un tel despote !

— Mais elle aime tant son neveu, il est pour elle tellement à part ! D'après l'idée que je me fais de Mrs. Churchill, c'est certainement une femme qui ne fait rien pour le bonheur d'un mari à qui elle doit tout mais se laisse entièrement gouverner par un neveu à qui elle ne doit rien, et tandis que l'un se voit forcé de subir tous les caprices de son épouse, l'autre peut sûrement imposer tous les siens à sa tante.

— Ma très chère Emma, vous êtes vous-même trop douce pour comprendre les lubies d'une femme aussi désagréable et vous ne devez pas essayer d'assigner des règles à ce qui n'a point de sens. Ces êtres obéissent à une logique qui nous échappe, et si Frank, je n'en doute point, arrive parfois à l'influencer, il est impossible de prévoir *le moment* où il risque d'y parvenir.

Emma, qui avait écouté Mrs. Weston avec beaucoup d'attention, répondit non sans une certaine froideur :

— Il me décevra beaucoup s'il ne vient pas.

— Mais il se peut que son influence soit considérable sur certains points et pratiquement nulle sur d'autres... et je parierais que ces visites à son père font partie de ces domaines où il se révèle impuissant.

CHAPITRE XV

Bientôt prêt à prendre son thé, Mr. Woodhouse se disposa à rentrer chez lui dès qu'on le lui eut servi et ses trois compagnes eurent toutes les peines du monde à lui faire oublier l'heure avant le retour de ces messieurs qui se trouvaient toujours dans la salle à manger. En homme bavard et très hospitalier, Mr. Weston adorait prolonger les soirées, mais le petit groupe du salon finit quand même par s'accroître d'une unité, Mr. Elton, l'air très gai, ne tardant guère à faire son apparition. Quand il arriva, Mrs. Weston et Miss Woodhouse étaient installées ensemble sur un sofa et il s'empressa de les rejoindre, prenant même place entre elles sans attendre qu'on l'en eût prié.

Emma, que la visite éventuelle de Mr. Frank Churchill avait mise d'excellente humeur, était tout à fait disposée à oublier les récentes inconvenances de Mr. Elton et se sentait prête à lui rendre sa sympathie. C'est donc avec un sourire des plus bienveillants qu'elle écouta le jeune homme lorsqu'il se mit à parler d'Harriet.

« Il était, dit-il, affreusement inquiet pour sa belle amie... sa délicieuse, son adorable, sa douce amie... Emma avait-elle eu des nouvelles depuis son arrivée à Randalls ? Oui, il était affreusement inquiet ! La nature du mal d'Harriet lui était un sujet d'angoisse, il devait l'avouer... » et il poursuivit sur ce ton pendant un long moment, peu soucieux d'obtenir une réponse à ses questions mais manifestement fort alarmé des conséquences possibles d'une mauvaise angine.

Emma fut tout d'abord ravie de le voir s'intéresser à sa chère Harriet mais les événements prirent bientôt un tour moins agréable, le jeune vicaire paraissant tout à coup craindre les effets de cette angine pour elle plus que pour Harriet... Il semblait se préoccuper avant tout d'une éventuelle contagion et entreprit passionnément d'essayer d'empêcher notre héroïne d'aller rendre visite à son amie avant un certain temps en s'efforçant de lui arracher la promesse de ne point courir le moindre risque tant qu'il n'aurait pas consulté Mr. Perry. Emma s'efforça bien de se tirer d'affaire en riant et de ramener la conversation sur un terrain moins dangereux mais elle ne parvint pas à calmer l'excessive sollicitude que lui témoignait Mr. Elton. Elle était mécontente. Cet homme semblait indéniablement avoir la prétention d'être amoureux d'elle et non de Miss Smith, et cette inconstance, en supposant qu'elle fût réelle, était des plus méprisables et des plus abominables ! Toute à sa colère, Emma ne gardait que très difficilement son calme. Mr. Elton se tourna bientôt vers Mrs. Weston pour implorer son aide. Ne lui apporterait-elle point ses secours ? Ne se joindrait-elle pas à lui pour convaincre Miss Woodhouse de ne plus aller chez Mrs. Goddard tant que l'on ne serait pas certain que la maladie de Miss Smith n'était pas contagieuse ? Il lui fallait une promesse. Refuserait-elle d'user de son influence pour l'arracher à leur amie ?

— Si soucieuse d'autrui et si négligente quand il

s'agit de sa propre personne, poursuivit-il. Aujourd'hui, elle voulait que je reste chez moi pour soigner mon rhume et elle ne consentira cependant jamais à tenter de se soustraire au danger d'attraper une angine. Est-ce juste, Mrs. Weston ? Soyez juge, n'ai-je point des raisons de me plaindre ? Je suis sûr que vous aurez l'amabilité de m'accorder votre appui.

Emma vit que Mrs. Weston était surprise et comprit l'immense étonnement que pouvait éveiller en elle un discours dont la substance et le ton impliquaient que Mr. Elton s'arrogeait le droit de s'intéresser à Emma avant tout autre. Quant à elle, elle se sentait bien trop irritée et bien trop offensée pour répondre comme il eût convenu de le faire. Elle se contenta de lancer un regard au jeune homme, mais ce fut un regard dont elle espéra qu'il ramènerait ce fou à la raison. Se levant ensuite, elle alla s'installer auprès de sa sœur pour ne plus s'occuper que d'elle.

Elle n'eut guère le loisir d'observer comment son amoureux réagissait devant cette insulte car il surgit à ce moment-là un autre problème. Mr. John Knightley, qui était sorti pour voir où en était le temps, revint au salon en disant que le sol était tout blanc et qu'il neigeait encore abondamment. Il soufflait en outre un vent très violent, et Mr. John Knightley conclut l'énoncé de ces bonnes nouvelles en disant à Mr. Woodhouse :

— Beau début pour vos sorties hivernales, Monsieur. Votre cocher et vos chevaux apprendront au moins à se frayer un chemin dans une tempête de neige.

Le pauvre Mr. Woodhouse en resta muet de consternation mais tous les autres s'empressèrent d'intervenir. Les uns étaient surpris, les autres pas, et chacun trouvait une question à poser ou une consolation à prodiguer tandis que Mrs. Weston et notre héroïne s'efforçaient de réconforter Mr. Woodhouse et de détourner son attention d'un gendre qui continuait à triompher impitoyablement.

— Monsieur, j'ai beaucoup admiré la détermination dont vous avez fait preuve en vous risquant à sortir par un temps pareil, car vous saviez fort bien qu'il allait neiger, n'est-ce pas ? Tout le monde pouvait voir que la neige menaçait. Votre courage m'a beaucoup impressionné et je crois que nous n'aurons aucun mal à rentrer chez nous... Une heure ou deux de neige n'auront certainement pas rendu la route impraticable et après tout, nous avons deux voitures. Si l'une verse dans le champ communal qui est toujours gelé, nous aurons toujours l'autre sous la main... Oui, je pense que nous pouvons tous arriver sains et saufs à Hartfield avant minuit.

Mr. Weston, qui triomphait d'une autre manière, avoua qu'il savait depuis un certain temps qu'il neigeait mais qu'il n'en avait point soufflé mot de peur que Mr. Woodhouse, s'inquiétant à l'excès, n'en profitât pour rentrer tôt. Quant à ce qu'il y eût assez de neige ou qu'il risquât d'en tomber assez pour compromettre leur retour, c'était une plaisanterie. Il craignait même que ses hôtes n'eussent pas le moindre problème pour repartir car il eût préféré que la route fût impraticable afin de pouvoir les garder tous à Randalls. Avec un peu de bonne volonté, on pouvait certainement trouver de la place pour tout le monde, et il pria sa femme de se joindre à lui pour convaincre leurs hôtes qu'on pouvait les loger sans trop de difficultés. La malheureuse, sachant pertinemment qu'il n'y avait dans la maison que deux chambres d'amis, avait, il faut l'avouer, un certain mal à envisager pareille éventualité.

— Que faire, ma chère Emma, que faire ? s'exclama tout d'abord Mr. Woodhouse, incapable d'ajouter quoi que ce fût d'un long moment. Il regardait sa fille, cherchant en elle un réconfort, et elle le rassura en effet sur leur sort en lui représentant l'excellence des chevaux et l'habileté de James et en lui rappelant la présence de leurs amis. Le pauvre homme reprit un peu courage.

Sa fille aînée était aussi inquiète que lui et ne songeait qu'à l'horrible perspective de se voir bloquée à Randalls tandis que ses enfants seraient à Hartfield. Persuadée que la route demeurait certainement praticable pour des gens aventureux pourvu qu'on ne tardât point, elle voulait partir sur-le-champ avec son mari tandis que son père et sa sœur resteraient à Randalls. Elle imaginait les monceaux de neige qui risquaient de gêner le retour et tenait à s'en aller tout de suite :

— Vous devriez faire atteler immédiatement, mon ami, dit-elle. Je crois que nous nous en tirerons à condition de partir maintenant et si jamais il nous arrive quelque chose, nous finirons toujours la route à pied. Je n'ai pas peur du tout et il me serait égal d'avoir à marcher la moitié du trajet. Je n'aurais qu'à changer de chaussures en arrivant, vous savez, et ce n'est jamais comme cela que j'attrape froid.

— Vraiment, répondit-il, eh bien c'est tout à fait extraordinaire, ma chère Isabelle, car à l'accoutumée un rien suffit à vous enrhumer. Rentrer à pied ! Oui, je crois que vous portez des chaussures idéales pour la marche... Les chevaux auront déjà bien assez de mal !

Isabelle se tourna vers Mrs. Weston pour obtenir son approbation et celle-ci ne put qu'acquiescer au plan de la jeune femme. Emma fut également consultée mais elle ne pouvait se résoudre à abandonner tout espoir de rentrer à Hartfield et l'on discuta donc de ce problème jusqu'à ce que Mr. Knightley fît son apparition. Il avait quitté le salon dès que son frère était venu leur apporter ces nouvelles alarmantes sur le temps et il était sorti pour se rendre compte par lui-même de la situation. Il pouvait assurer que l'on n'aurait pas le moindre mal à rentrer à n'importe quelle heure, car ayant poussé jusqu'à la route de Highbury, il s'était aperçu que la neige n'avait nulle part plus d'un demi-centimètre d'épaisseur et qu'il n'en était même tombé, dans la plupart des cas, que juste assez pour blanchir la route. On voyait bien encore voltiger quelques flocons mais les nuages se dissipaient et tout était probablement terminé. Il avait d'ailleurs consulté le cocher qui estimait également qu'on ne courait pas le moindre risque à partir.

Ces nouvelles procurèrent à Isabelle un immense soulagement et notre héroïne en conçut aussi beaucoup de plaisir, son père se calmant immédiatement autant que le lui permettait une nature très nerveuse. On ne put cependant apaiser les craintes du malheureux au point de lui rendre toute sa tranquillité d'esprit, et s'il était ravi qu'il n'y eût pour l'instant point le moindre danger à s'en retourner, on n'arriva cependant pas à le convaincre qu'il fût raisonnable de rester à Randalls plus longtemps. On eut beau insister, tenter de le rassurer, rien n'y fit. Pendant que les autres s'épuisaient vainement, Emma et Mr. Knightley discutaient ainsi le problème :

— Votre père ne se calmera pas. Pourquoi ne partez-vous pas ?

— Je suis prête si les autres le sont.

— Voulez-vous que je sonne ?

— Oui, je vous en prie.

Et Mr. Knightley sonna pour faire atteler. Emma espérait fort que l'on déposerait rapidement chez lui certain de ses compagnons et qu'il aurait alors tout loisir de se dégriser et de se calmer. Quant à Mr. John Knightley, il recouvrerait sûrement son sang-froid et sa bonne humeur dès qu'il serait délivré de la corvée que représentait pour lui cette visite à Randalls.

Les voitures furent annoncées et Mr. Woodhouse, que l'on entourait toujours de mille prévenances en ce genre de circonstances, se vit prudemment accompagné jusqu'à son équipage par Mr. Knightley et Mr. Weston. Malgré tout ce que purent lui dire ces messieurs, il s'alarma en voyant la nuit plus noire qu'il ne l'avait prévu. Il craignait que le retour ne se passât mal, il avait peur que sa pauvre Isabelle n'allât s'inquiéter. Et la pauvre Emma qui serait dans l'autre voiture ! Il ne savait que faire... Les équipages devaient se suivre de près ! On en parla à James qui reçut l'ordre de rouler très lentement et de suivre l'autre voiture.

Isabelle prit place aux côtés de son père et John Knightley, oubliant complètement qu'il devait voyager avec les autres, s'installa tout naturellement auprès de sa femme. Emma s'aperçut alors qu'elle allait faire la route en tête à tête avec Mr. Elton car il l'escortait jusqu'à la deuxième voiture. Cette perspective n'aurait rien eu de déplaisant et elle aurait même été assez agréable si la jeune fille n'avait nourri tant d'affreux soupçons. En temps ordinaire, elle aurait pu lui parler d'Harriet et le chemin ne lui aurait pas semblé long, mais elle jugeait à présent cette intimité des plus malvenues. Elle avait l'impression que le jeune homme avait quelque peu abusé des excellents vins de Mr. Weston et craignait fort qu'il n'allât de nouveau raconter des bêtises.

Désireuse de le tenir le plus possible à distance, elle s'apprêtait à l'entretenir sur-le-champ et avec la plus exquise gravité du temps qu'il faisait et de la nuit, mais à peine avait-elle prononcé un mot et à peine avaient-ils franchi le portail et rattrapé la première voiture, que le jeune homme, lui coupant la parole, forçait son attention en lui prenant la main. Il lui déclara passionnément sa flamme. Il profitait de cette magnifique occasion pour lui exprimer des sentiments que l'on ne devait plus tenir secrets. Il était plein d'espoir et de crainte, il l'adorait, se disant même prêt à mourir si l'on repoussait ses hommages. Il se flattait cependant qu'une aussi folle tendresse, un amour aussi grand, une passion si rare ne pouvaient manquer d'attendrir le cœur le plus dur, et en un mot, il était résolu à obtenir dès que possible la main d'Emma. Ainsi c'était vrai ! Mr. Elton, l'amant d'Harriet, déclarait son amour à notre héroïne, et il ne semblait pas éprouver le moindre scrupule, ne s'excusait pas, n'avait même pas l'air de douter de l'issue de sa démarche !... Emma s'était vainement efforcée de le faire taire, il était décidé à continuer et à tout dire. Bien qu'elle fût terriblement en colère, elle prit la résolution de se contraindre pour lui répondre le plus calmement possible. L'enjeu était d'importance et elle espérait en outre que cette folie, certainement imputable en partie à l'ivresse, ne durerait que l'espace d'une soirée. Elle répondit donc sur un ton où se mêlaient l'ironie et la gravité :

— Vous me surprenez, Mr. Elton ! Est-ce bien à moi que vous vous adressez ? Vous vous oubliez, vous me prenez pour mon amie ! Je serais certes ravie de transmettre à Miss Smith tous les messages que vous voudrez, mais je vous prierais de ne plus me tenir de semblables discours !

— Miss Smith ? Un message pour Miss Smith ? Que vient-elle faire dans cette histoire ? Et il répéta ce qu'Emma venait de lui dire avec une telle assurance, un tel étonnement et une telle arrogance, que la jeune fille ne put s'empêcher de rétorquer avec une certaine vivacité :

— Votre conduite est absolument extravagante, Mr. Elton, et je n'y vois qu'une explication... Vous n'êtes plus vous-même, car vous ne me parleriez jamais d'Harriet comme vous venez de le faire. Je vous promets d'essayer d'oublier tout cela si vous parvenez à vous taire.

Si Mr. Elton avait bu suffisamment de vin pour être un peu excité, il n'était cependant pas ivre au point d'en avoir l'esprit obscurci. Il savait parfaitement ce qu'il disait et protesta avec chaleur qu'il n'était point dans un état anormal, trouvant même ce soupçon des plus injurieux. Il évoqua vaguement le respect qu'il portait à Miss Smith mais se déclara fort surpris que l'on eût mentionné son nom, reprenant ensuite le fil de son discours passionné et pressant l'élue de lui donner une réponse favorable.

Comprenant que le vin ne suffisait pas à expliquer le comportement de son compagnon, Emma en vint à songer avec plus de sévérité à son inconstance et à sa présomption et fit donc beaucoup moins d'efforts pour rester polie.

— Il m'est impossible de douter plus longtemps, lui répondit-elle, vous vous êtes trop clairement exprimé. Je ne saurais dire à quel point vous me surprenez, Mr. Elton. Après vous être conduit avec Miss Smith comme vous l'avez fait depuis un mois, et j'étais témoin, après lui avoir prodigué chaque jour tant d'égards, vous adresser à moi de cette façon ! Cela dénote une inconstance que je n'aurais jamais crue possible ! Croyez-moi, Mr. Elton, je suis loin, fort loin de me réjouir d'être l'objet de votre amour.

— Dieu du ciel ! s'écria-t-il. Qu'est-ce que cela signifie ? Miss Smith ! Mais je n'ai de ma vie songé à votre Miss Smith ! Si je lui ai témoigné la moindre attention, c'est simplement qu'elle était votre amie, et c'est uniquement parce que vous l'aimiez que je me souciais de savoir si elle était morte ou vivante ! Si elle est allée s'imaginer autre chose, c'est que ses propres désirs l'ont trompée, et j'en suis navré, absolument navré... Mais Miss Smith, vraiment ! Oh, Miss Woodhouse, qui peut encore songer à Miss Smith lorsque vous êtes là ? Non, il n'est pas question d'inconstance car je n'ai jamais pensé qu'à vous. Je jure n'avoir jamais prêté la moindre attention à une autre femme, et tout ce que j'ai dit ou fait depuis des semaines avait pour but de vous exprimer mon adoration... Oh, non, vous ne pouvez pas réellement, sérieusement en douter ! Non ! (d'un ton qui se voulait insinuant) Je suis certain que vous m'avez percé au jour.

Il est impossible de donner une idée des sentiments qui agitèrent Emma tout au long de ce discours ni de nommer précisément la sensation déplaisante qui dominait le flot de toutes celles qu'elle éprouva à ce moment-là. Trop accablée pour répondre, elle s'accorda deux minutes de silence et l'optimiste Mr. Elton s'empressa d'y voir un encouragement. C'est donc fort joyeusement et en essayant pour la deuxième fois de lui saisir la main qu'il s'écria :

— Charmante Miss Woodhouse, permettez-moi d'interpréter favorablement un silence aussi éloquent... N'est-ce point votre manière d'avouer que vous m'avez compris depuis longtemps ?

— Non, Monsieur, s'écria Emma, je n'avoue rien de tel ! Loin de vous avoir compris depuis longtemps, je me suis, jusqu'à cet instant, complètement trompée quant à vos intentions. Je suis pour ma part absolument navrée que vous vous soyez laissé aller à nourrir des sentiments qui... Rien ne pouvait être plus étranger à mes désirs. L'attachement que vous paraissiez éprouver pour mon amie Harriet, votre façon de rechercher sa compagnie — car vous sembliez réellement la rechercher —, me faisaient grand plaisir, je dois le dire, et je souhaitais de tout cœur voir aboutir vos tendres desseins... mais si j'avais imaginé un seul instant que ce n'était point cette jeune fille qui vous attirait à Hartfield, je vous aurais, croyez-moi, fort mal jugé de nous rendre aussi fréquemment visite. Dois-je comprendre que vous n'avez jamais cherché à plaire à cette enfant et que vous n'avez jamais songé sérieusement à elle ?

— Jamais, Mademoiselle, jamais, je vous le jure ! s'écria-t-il, offensé à son tour. *Moi,* penser sérieusement à Miss Smith ? Votre amie est certes charmante et je serais heureux de la voir honorablement établie... Oui, je lui souhaite beaucoup de bonheur et il est sans nul doute des hommes qui ne verraient point d'inconvénient à... Enfin, chacun son rang, mais pour moi, je ne crois pas en être réduit à pareille extrémité ! Je n'ai nulle raison de désespérer au point de contracter une alliance aussi médiocre... Non, Mademoiselle, vous étiez l'unique objet de mes visites à Hartfield, et les encouragements que j'ai reçus...

— Des encouragements ! Je vous aurais encouragé, moi ! Monsieur, vous vous êtes complètement abusé si vous l'avez cru. Je n'ai jamais vu en vous que l'admirateur de mon amie et c'est la seule raison pour laquelle je vous considérais comme autre chose qu'une simple relation. Je suis désolée, mais il vaut mieux lever sur-le-champ toute équivoque. Si cette histoire avait duré plus longtemps, Miss Smith en serait peut-être arrivée à mal interpréter vos intentions car elle n'a pas plus conscience que moi d'une inégalité sociale à laquelle vous paraissez fort sensible. Enfin, au point où nous en sommes, un seul d'entre nous subira une grosse déception, et son chagrin ne sera, j'en suis certaine, pas de longue durée. Je n'ai pour ma part, nullement envie de me marier pour l'instant.

Mr. Elton était bien trop en colère pour ajouter quoi que ce fût et notre héroïne trop résolue pour tolérer l'ombre d'une supplication, et c'est donc sous l'empire d'un ressentiment grandissant et d'un profond sentiment d'humiliation que les deux compagnons de voyage durent poursuivre leur route. Le trajet leur parut d'autant plus long que le craintif Mr. Woodhouse avait ordonné que l'on allât au pas et les jeunes gens auraient éprouvé une gêne affreuse s'ils n'avaient été aussi violemment courroucés, les émotions qui les agitaient ne laissant heureusement point de place à l'embarras. Ils ne s'aperçurent même pas que la voiture s'engageait sur le sentier du presbytère ni qu'elle s'arrêtait, et ils se retrouvèrent tout à coup devant la maison de Mr. Elton. Le jeune vicaire descendit vivement, sans qu'on eût échangé un seul mot, et si Emma crut de son devoir de lui souhaiter une bonne nuit, il se contenta de lui retourner le compliment d'un ton de glaciale fierté. La jeune fille partit enfin pour Hartfield dans un état de colère absolument indescriptible.

En arrivant chez elle, elle reçut un accueil chaleureux de son père. Le pauvre homme avait tremblé à l'idée des dangers qu'elle courait en revenant toute seule du presbytère, ne cessant de penser à cet affreux virage qu'elle était forcée de prendre et à la terrible situation dans laquelle elle se trouvait, livrée aux mains d'un cocher étranger... le premier venu, n'est-ce pas, et non James en tout cas. Il semblait que le retour d'Emma dût mettre un comble à l'harmonie qui régnait à Hartfield car Mr. John Knightley, rougissant certainement de sa mauvaise humeur passée, se montrait à présent plein de gentillesse et d'égards. Particulièrement soucieux du bien-être de Mr. Woodhouse, il poussa l'amabilité jusqu'à vanter les qualités de la bouillie, sans aller toutefois jusqu'à en accepter un bol. Cette journée s'achevait ainsi pour chacun dans le bonheur et dans la paix et seule Emma n'éprouvait point cette douce tranquillité d'esprit. Jamais elle n'avait été plus bouleversée, et elle dut prendre sur elle-même pour paraître attentive et joyeuse jusqu'à l'heure habituelle de la séparation qui lui permettrait enfin de réfléchir tout à son aise.

CHAPITRE XVI

Dès qu'elle eut congédié la femme de chambre venue lui friser les cheveux, Emma put donner libre cours à son chagrin et s'installer pour méditer en toute tranquillité. C'était vraiment une triste histoire et il était affreux de voir ainsi ses projets les plus chers réduits à néant. Les événements avaient pris un tour fort déplaisant et ce n'était rien en comparaison du coup que recevrait Harriet ! Cette affaire, certes, n'apportait à chacun que chagrins et humiliations, mais le pire était encore la douleur qu'en concevrait inévitablement cette pauvre Miss Smith. Ah, c'est avec joie qu'Emma eût accepté de se voir cent fois plus convaincue d'erreur, de sottise et de ridicule si les conséquences de ses bévues avaient pu s'en trouver limitées à sa seule personne !

« Si je n'avais pas persuadé Harriet d'aimer cet homme, j'aurais supporté sans sourciller les pires affronts et ce Mr. Elton aurait pu se montrer deux fois plus arrogant que je ne m'en fusse point souciée... Mais quand je pense à ma pauvre Harriet ! »

Comment avait-elle pu se laisser abuser de la sorte ? Mr. Elton jurait n'avoir jamais, absolument jamais, songé à Miss Smith ! Emma essaya de se remémorer les événements de ces derniers jours, mais tout était confus dans son esprit. Elle avait sans aucun doute été victime de ses idées préconçues et n'avait cessé d'interpréter de façon erronée les faits et gestes du jeune vicaire, mais pour qu'elle se trompât à ce point, il fallait quand même que le comportement de Mr. Elton eût manqué de clarté et qu'un certain flottement, une certaine ambiguïté eussent existé.

Le portrait ! Son empressement pour cette histoire du portrait !... Et la charade !... Cent autres détails avaient semblé désigner si manifestement Harriet ! Certes, la charade, avec son allusion à « l'esprit » d'Harriet... mais n'était-il pas ensuite question du regard de la femme aimée ? En fait, cela ne correspondait ni à l'une ni à l'autre, et ce n'était qu'un vulgaire fatras de niaiseries. Qui aurait pu interpréter correctement un texte aussi ridicule ?

Sans doute notre héroïne avait-elle souvent jugé Mr. Elton un peu trop galant envers elle, surtout depuis quelque temps, mais elle n'avait vu dans ce comportement que l'expression de vieilles habitudes dépourvues de signification et une simple preuve du manque de goût et d'éducation de cet homme. Ces amabilités excessives dénotaient un jugement très moyen et n'étaient après tout qu'un signe parmi tant d'autres de ce qu'il n'avait pas toujours fréquenté la meilleure société et manquait parfois de véritable élégance malgré toute la douceur de son abord. Jusqu'à ce jour, Emma n'avait donc jamais soupçonné, même l'espace d'un instant, que Mr. Elton voulût lui témoigner plus que du respect et de la gratitude.

C'est à Mr. John Knightley qu'elle devait d'avoir songé pour la première fois qu'il pût l'aimer, et elle devait avouer que les deux frères de Donwell Abbey étaient dotés d'une grande perspicacité. Elle se souvenait de ce que Mr. Knightley lui avait dit un jour à propos de Mr. Elton et des avertissements qu'il lui avait prodigués. A l'époque, il s'était déclaré convaincu que ce garçon ne se marierait jamais inconsidérément et la jeune fille rougit en songeant qu'il avait cent fois mieux qu'elle saisi la véritable nature du jeune vicaire. C'était affreusement humiliant, mais Mr. Elton lui apparaissait maintenant à maints égards l'inverse de ce qu'elle avait imaginé ou désiré qu'il fût. Il se révélait orgueilleux, arrogant, vaniteux, pénétré du sentiment de sa propre importance et parfaitement insensible aux souffrances d'autrui.

Contrairement à ce qui se passe d'ordinaire, Mr. Elton était tombé dans l'estime de Miss Woodhouse en lui faisant la cour, et ses déclarations et offres de mariage n'avaient servi de rien. La jeune fille se moquait éperdument de son amour et ressentait comme une insulte les espoirs qu'il s'était permis d'entretenir. Désireux de contracter une alliance brillante, il se prétendait amoureux afin de justifier la présomption dont il faisait preuve en levant les yeux sur elle, mais elle était bien certaine que sa déception ne méritait point que l'on s'en souciât. Elle n'avait pas perçu la moindre affection réelle dans les paroles ou les manières de cet homme, et s'il ne s'était pas montré avare de soupirs et belles paroles, on pouvait difficilement imaginer expression ou ton de voix plus éloignés d'un amour sincère. Il était vraiment inutile qu'Emma se donnât la peine de le plaindre car cet ambitieux avait pour seul but de s'enrichir et de s'élever socialement. Après tout, si Miss Woodhouse, demoiselle de Hartfield et héritière de trente mille livres, se révélait plus difficile à séduire qu'il ne l'avait imaginé, il se rabattrait sans tarder sur la première jeune fille qui posséderait vingt mille, ou même à la rigueur dix mille livres.

Emma trouvait particulièrement intolérable qu'il eût osé parler d'encouragements et eût pu croire qu'elle connaissait ses intentions, acceptait ses hommages, et en un mot désirait l'épouser. Il avait eu l'audace de se croire en tout point l'égal de Miss Woodhouse et se permettait de mépriser Harriet ! Il semblait saisir à merveille les subtilités de la hiérarchie sociale lorsqu'il avait affaire à un inférieur mais s'y révélait totalement imperméable dans le cas contraire, allant jusqu'à s'imaginer digne de la maîtresse de Hartfield, et tant de présomption exaspérait Emma.

Peut-être était-il injuste d'exiger de lui qu'il fût conscient de son infériorité pour les talents ou raffinements de l'esprit, car l'inégalité même qui existait entre lui et notre héroïne risquait fort de l'empêcher d'y être sensible, mais il aurait dû au moins savoir combien la jeune fille lui était supérieure pour le rang comme pour la fortune. Il n'ignorait pas que les Woodhouse étaient installés à Hartfield depuis plusieurs générations et appartenaient à la branche cadette d'une très ancienne famille, alors que les Elton n'étaient rien. Le domaine de Hartfield n'était certes pas en lui-même considérable car il ne formait qu'une sorte d'enclave sur les terres de Donwell dont dépendait tout le reste de Highbury, mais la fortune des Woodhouse était par ailleurs tellement imposante qu'elle pouvait rivaliser avec celle des Knightley, propriétés foncières mises à part. On devait tenir compte aussi de la haute considération dont les Woodhouse jouissaient dans le pays alors que Mr. Elton ne se trouvait dans la région que depuis deux années à peine. Il était arrivé là, décidé à faire son chemin tant bien que mal et sans autre relation que des relations d'affaires, n'ayant pour le recommander que sa position de vicaire et sa grande civilité... Et voilà qu'il était allé s'imaginer qu'Emma était amoureuse de lui ! Oui, il avait dû vraiment y croire ! Emma réfléchit un moment au problème que posait cet extraordinaire contraste entre des manières aimables et tant de vanité, mais au nom de l'honnêteté la plus élémentaire, elle fut bientôt forcée de s'arrêter là et de s'avouer qu'elle s'était elle-même montrée tellement obligeante, si complaisante, si courtoise et si attentionnée, que ne comprenant point le sens de sa conduite, un homme aussi peu clairvoyant et délicat que Mr. Elton avait fort bien pu s'égarer jusqu'à s'imaginer être l'élu de son cœur. Ayant elle-même si mal interprété les sentiments de cet homme, devait-elle s'étonner qu'aveuglé par ses intérêts il eût si mal interprété les siens ?

Elle était seule responsable de l'erreur initiale qui était également la plus grave : Il était ridicule et même coupable de s'occuper de la sorte à marier les gens, c'était prendre trop de risques, s'arroger trop de droits, traiter à la légère une affaire des plus sérieuses et faire une intrigue de ce qui se devait d'être simple. Affreusement triste et honteuse, Emma se promit de ne plus jamais se mêler de ce genre d'histoire.

« J'ai poussé cette pauvre Harriet à s'attacher à ce jeune homme, se disait-elle. Elle n'aurait jamais pensé à lui si je n'avais été là, et ne se serait en tout cas jamais permis d'espérer quoi que ce fût si je ne l'avais assurée de son amour car elle a l'humilité et la modestie que je prêtais à ce garçon. Oh, pourquoi ne me suis-je pas contentée de l'inciter à repousser les offres de Mr. Martin ? Je suis sûre que j'avais raison, alors, et j'ai fort bien agi mais j'aurais dû m'en tenir là et laisser le temps et la chance faire le reste. Je l'avais introduite dans la bonne société et lui avais donné l'occasion de rencontrer un homme digne d'elle, je n'aurais jamais dû tenter d'en faire davantage ! Elle ne recouvrera point sa tranquillité de longtemps ! La malheureuse ! J'ai été pour elle une mauvaise amie, et même si elle ne devait pas souffrir atrocement de cette déception, je ne vois pas qui pourrait lui convenir... William Cox ? Oh, non, cette idée m'est intolérable ! Ce n'est qu'un petit avoué prétentieux et... »

Elle rougit puis se mit à rire de cette prompte récidive, avant de reprendre le cours d'une méditation plus grave et plus désespérante sur tout ce qui s'était passé, pouvait se passer et devait se passer. Il y aurait cette affligeante explication qu'elle ne pouvait manquer d'avoir avec Harriet, le chagrin de cette pauvre enfant, la gêne des rencontres futures... Il serait aussi difficile de rompre avec Mr. Elton que de poursuivre des relations avec lui, et il faudrait s'efforcer de se maîtriser, de dissimuler toute trace de ressentiment et d'éviter un éventuel éclat... Ces réflexions amères occupèrent la jeune fille pendant un long moment puis elle se coucha, doutant de tout sauf d'avoir commis une affreuse bévue.

Si profonde fût sa détresse, Emma était trop jeune et trop naturellement gaie pour que le retour du jour ne lui apportât pas un soulagement. La fraîcheur et l'aspect souriant du matin font naître dans les jeunes esprits de puissantes analogies et ceux dont le chagrin n'est point assez violent pour leur ôter le sommeil constatent en se réveillant que leur peine s'est adoucie et leur espérance accrue.

Emma se leva ce jour-là mieux disposée que la veille, plus optimiste et plus confiante quant à l'issue de cette affaire.

Il était réconfortant de songer que Mr. Elton n'était point sincèrement épris d'elle et ne méritait pas que l'on s'apitoyât sur sa déception. Harriet n'était en outre point de ces êtres qui nourrissent des sentiments violents et durables, et dernière consolation, il n'y avait pas la moindre raison pour qu'en dehors des trois intéressés quelqu'un fût au courant de ce qui s'était passé, Emma se souciant d'autant plus de cet ultime point qu'elle y voyait l'assurance que son père n'aurait pas à subir le contrecoup de cette aventure.

Tout cela était fort encourageant, et notre héroïne eut de plus l'agréable surprise d'apercevoir un sol couvert de neige. Elle s'en réjouit, jugeant infiniment opportun tout ce qui pouvait servir de prétexte à espacer les rencontres entre elle, Harriet et Mr. Elton.

Le temps se révéla favorable à ses plus chers désirs, et bien que ce fût Noël, Emma ne put même pas se rendre à l'église. Mr. Woodhouse aurait été vraiment trop malheureux si sa fille avait essayé de sortir et celle-ci se vit donc épargner le désagrément d'être l'objet ou la victime de fort déplaisantes pensées. Le sol restait couvert de neige et le temps hésitait entre le gel et le dégel, toutes conditions climatiques qui conviennent le moins aux promenades, et la jeune fille ne s'en plaignait pas. Il pleuvait ou neigeait chaque matin, et il ne laissait pas de geler chaque soir, ce qui permit à Emma une honorable réclusion. Ses seuls rapports avec Harriet se limitaient à de petits billets, elle ne pouvait pas plus se rendre à l'église le dimanche que le jour de Noël et n'avait point à trouver de prétexte à la disparition de Mr. Elton.

Le temps suffisait à expliquer que chacun se confinât chez soi, et bien que notre héroïne espérât et fût même persuadée que son père se sentait bien en n'importe quelle compagnie, elle était cependant ravie qu'il fût heureux de rester chez lui et refusât sagement de quitter la maison. Elle aimait à l'entendre dire à Mr. Knightley, que nulle intempérie n'aurait pu empêcher de venir les voir :

— Ah, Mr. Knightley, pourquoi ne pas rester chez vous comme ce pauvre Mr. Elton ?

S'il n'y avait eu tant de problèmes, cette détention eût été agréable et même délicieuse car elle convenait à la perfection au mari d'Isabelle dont les états d'âme étaient toujours d'une extrême importance pour la maisonnée tout entière. John Knightley avait d'ailleurs si bien oublié sa mauvaise humeur de Randalls que son amabilité ne faiblit point durant la fin de son séjour à Hartfield. Il se montrait charmant, très obligeant et parlait de chacun avec bienveillance. Cependant, malgré tous ses espoirs et malgré les agréments du sursis qu'elle se voyait accorder, Emma n'arrivait pas à retrouver la paix, obsédée qu'elle était par la pénible explication qu'il lui faudrait bientôt avoir avec Harriet.

CHAPITRE XVII

La captivité de Mr. et Mrs. John Knightley ne fut pas de longue durée. Le temps s'améliora bientôt suffisamment pour permettre à ceux qui devaient partir de le faire, et Mr. Woodhouse, qui avait comme à chaque fois tenté de persuader sa fille de rester avec ses enfants, dut se résigner à voir s'en aller la famille Knightley au complet. Il reprit le cours de ses lamentations sur le sort de la pauvre Isabelle, qui passait en fait son existence au milieu d'êtres chers dont elle ne percevait que les qualités et ignorait totalement les défauts. Constamment occupée à d'innocentes tâches, elle eût aisément pu figurer une sorte d'idéal du bonheur féminin.

Le jour du départ des Knightley, Mr. Woodhouse reçut un message de Mr. Elton. C'est en un long billet poli et cérémonieux que le jeune vicaire lui présentait ses compliments, tout en lui annonçant son intention de quitter Highbury le lendemain matin pour se rendre à Bath où des amis le pressaient de venir passer quelques semaines. Regrettant que diverses circonstances touchant au temps et aux affaires le missent dans l'impossibilité de prendre congé de Mr. Woodhouse dont il n'oublierait jamais le chaleureux accueil et qu'il gratifiait d'une éternelle reconnaissance, il se mettait en outre à son service s'il avait la moindre course à lui confier.

Emma fut agréablement surprise, rien ne lui paraissant plus opportun que l'absence de Mr. Elton en un moment pareil, et elle l'admira d'avoir imaginé ce départ bien qu'elle n'appréciât point sa façon de l'annoncer. Comment exprimer en effet plus clairement son ressentiment qu'en faisant à son père une politesse dont elle était si manifestement exclue ? Il ne mentionnait même pas la jeune fille dans ses compliments du début et son nom ne figurait pas une seule fois dans cette lettre. Le changement était tellement extraordinaire et le jeune homme mettait tant de solennité et de mauvais goût à prendre congé et à témoigner de son infinie reconnaissance que notre héroïne crut tout d'abord que son père ne manquerait point de soupçonner la vérité.

Le vieux monsieur ne comprit cependant rien à ce qui se passait. Tout à la surprise que lui causait l'annonce d'un départ aussi inopiné et tremblant à l'idée que Mr. Elton n'arrivât pas sain et sauf à la destination, il ne discerna nullement l'étrangeté de cette lettre. Ce billet se révéla de toute façon fort utile, car il fournit à nos deux solitaires un sujet de réflexion et de conversation pour cette première soirée en tête à tête, Mr. Woodhouse parlant de ses craintes, et sa fille s'efforçant avec sa promptitude coutumière de lui démontrer qu'elle étaient absolument vaines.

Emma résolut ce soir-là de ne pas tenir plus longtemps Harriet dans l'ignorance. La sachant presque guérie de son rhume et jugeant souhaitable que la pauvre enfant eût tout le temps de se remettre avant le retour du monsieur, elle se rendit dès le lendemain matin chez Mrs. Goddard afin d'y subir cette épreuve qu'elle ne pouvait malheureusement pas éviter. Elle sentait que ce serait terrible puisqu'il lui faudrait ruiner des espoirs qu'elle avait forgés avec tant d'industrie. Elle devrait assumer le rôle ingrat de la rivale préférée et avouer qu'elle s'était totalement fourvoyée et trompée depuis six semaines. Elle se verrait obligée de reconnaître la fausseté de toutes ses pensées, observations, convictions, et prophéties concernant les sentiments de Mr. Elton.

En confessant ses fautes, elle sentit se réveiller toute la honte qu'elle avait éprouvée au début et se dit qu'elle ne se pardonnerait jamais ce qu'elle avait fait lorsque Harriet se mit à pleurer.

Celle-ci supporta relativement bien les révélations de son amie. Elle ne blâma personne et témoigna en tout d'une telle ingénuité et d'une telle modestie qu'Emma ne put s'empêcher de l'en admirer grandement.

Notre héroïne était à ce moment-là disposée à estimer au plus haut point la simplicité et l'humilité, et contrairement à elle, sa compagne lui parut réunir tous les charmes et toutes les grâces. La pauvre Miss Smith ne se sentait pas le droit de se plaindre. Elle ne pouvait espérer se faire aimer d'un homme comme Mr. Elton, c'eût été trop beau ! Non, elle ne méritait point un tel soupirant, et il fallait être une amie aussi douce et partiale que Miss Woodhouse pour avoir cru cela de l'ordre du possible.

Elle pleura beaucoup, mais son chagrin était si manifestement sincère qu'Emma n'aurait pu respecter davantage une parfaite dignité. Elle écoutait son amie, faisant appel à tout son cœur et à toute son intelligence pour la consoler, et convaincue en cet instant de la supériorité d'Harriet, se disait que malgré ses talents et son esprit, elle serait bien plus heureuse si elle lui ressemblait.

Il était malheureusement trop tard pour devenir

ignorante ou naïve, mais Emma prit avant de partir la ferme résolution de cultiver la modestie et l'humilité tout en refrénant son imagination débridée ? Après les devoirs qu'elle devait à son père viendrait à présent celui d'aider au bonheur d'Harriet. Il lui faudrait s'efforcer de lui prouver sa tendresse plus efficacement qu'en essayant de la marier et elle l'invita donc à Hartfield, lui témoignant une gentillesse de chaque instant et faisant tout son possible pour l'occuper et l'amuser. Les livres et la conversation, espérait-elle, l'aideraient grandement à chasser Mr. Elton de l'esprit de la pauvre enfant.

Emma savait qu'il faudrait un certain temps avant que cette histoire ne fût oubliée. Elle s'estimait un juge assez médiocre en ces sortes d'affaires, se sentant tout particulièrement inapte à concevoir l'amour que pouvait inspirer un Mr. Elton, mais il lui semblait qu'on pouvait raisonnablement espérer qu'Harriet, étant donné son âge et la ruine de tous ses espoirs, aurait recouvré son calme avant le retour du jeune vicaire. Les trois héros de l'aventure qui venait de se passer pourraient donc certainement se rencontrer à ce moment-là sans que l'un d'eux risquât de trahir ou de réveiller des sentiments qu'il valait mieux taire.

Harriet persistait à voir en Mr. Elton toutes les perfections et elle pensait que nul ne pouvait l'égaler tant au physique qu'au moral. Elle semblait en vérité plus passionnément amoureuse qu'Emma ne l'avait prévu mais paraissait en même temps si consciente de l'évidente nécessité de lutter contre une inclination stérile, qu'on ne pouvait douter de voir cet attachement perdre bientôt de sa puissance.

A son retour, Mr. Elton tiendrait sûrement à manifester le plus clairement possible son indifférence à l'égard de Miss Smith et notre héroïne ne parvenait pas à concevoir que son amie pût alors s'obstiner à placer son bonheur dans de vaines rencontres et de vieux souvenirs.

Il était sans doute fâcheux qu'ils fussent tous trois établis dans le même village, et ce définitivement, mais nul d'entre eux n'ayant la possibilité de partir ou de changer de milieu, ils seraient obligés de se rencontrer et d'agir au mieux.

Comble de malchance pour Harriet, on vouait chez Mrs. Goddard un véritable culte à Mr. Elton. Tous les professeurs et les grandes élèves l'adoraient, et ce n'est qu'à Hartfield que la jeune fille avait l'occasion d'entendre parler de lui avec une froideur ou une sincérité propres à calmer ses ardeurs d'amoureuse. C'est dans le lieu même où on l'avait blessée qu'elle pouvait trouver un remède s'il en existait un, et Miss Woodhouse sentait dans le tréfonds de son âme qu'elle-même ne retrouverait point la paix tant que son amie ne serait pas sur le chemin de la guérison.

CHAPITRE XVIII

Mr. Frank Churchill ne vint pas. Peu de temps avant la date fixée pour son arrivée, on reçut de lui une lettre d'excuses qui vint justifier toutes les craintes de Mrs. Weston. Le jeune homme y disait qu'à sa plus grande déconvenue, on ne pouvait se passer de lui à Enscombe pour l'instant, mais qu'il envisageait cependant avec un plaisir immense de venir très prochainement à Randalls.

Mrs. Weston fut extrêmement désappointée, beaucoup plus que son mari, en fait, bien qu'elle eût moins compté que lui sur la visite de Frank Churchill. Les optimistes entretiennent certes toujours des espérances excessives, mais ils n'en sont pas obligatoirement châtiés par des déceptions plus cruelles. Ils oublient promptement les échecs pour se laisser bercer par d'autres illusions et si Mr. Weston demeura surpris et navré pendant une bonne demi-heure, il se dit finalement qu'il était nettement préférable que son fils ne vînt que dans deux ou trois mois. On serait presque alors à la belle saison, le temps serait plus agréable et le jeune homme pourrait sans doute rester avec eux plus longtemps qu'à présent.

Cette pensée réconforta Mr. Weston et lui rendit

toute sa bonne humeur, mais sa femme, d'un naturel plus anxieux, n'arrivait à envisager pour l'avenir que de nouveaux délais et de nouveaux prétextes, et c'est elle, qui après s'être tourmentée à l'avance du chagrin qu'éprouverait son mari, se retrouva la plus malheureuse.

A cette époque-là, Emma n'était guère en état de se soucier de la défection de Mr. Frank Churchill, sinon comme d'une source de déception pour ses amis de Randalls. Loin de songer encore aux attraits d'une rencontre avec le jeune homme, elle aspirait plutôt à la tranquillité et préférait être à l'abri de toute tentation. Il valait mieux pourtant qu'elle parût sous son jour habituel et elle prit donc soin de manifester un certain intérêt pour la nouvelle qu'on venait d'apprendre, s'efforçant de prendre part à la déception des Weston autant qu'ils étaient en droit de s'y attendre.

C'est elle qui informa Mr. Knightley que Frank Churchill ne viendrait pas, et elle s'indigna d'autant plus de la conduite des Churchill qu'elle jouait un rôle. Quelle audace d'empêcher un garçon de rendre visite à son père ! Et elle se mit ensuite à vanter avec une ferveur qu'elle était loin d'éprouver tous les avantages que la présence de Mr. Frank Churchill eût apportés à leur société restreinte du Surrey. Elle évoqua le plaisir de voir un nouveau visage, la joie qu'eussent ressentie tous les habitants de Highbury en faisant la connaissance du fils de Mr. Weston puis reprit finalement le fil de ses récriminations contre les Churchill... Il s'ensuivit une querelle avec Mr. Knightley, et notre héroïne s'y surprit à son plus grand amusement à prendre le contrepied exact de sa véritable opinion en se servant des arguments même que Mrs. Weston avait récemment employés contre elle.

— Les Churchill ont certainement tort, mais je suis sûr que ce garçon viendrait s'il en avait la moindre envie, dit Mr. Knightley.

— Comment cela ? Il souhaiterait sans aucun doute faire cette visite à son père, mais son oncle et sa tante refusent de se séparer de lui.

— Je ne puis croire qu'il n'arriverait pas à ses fins si cela lui importait vraiment, et pour me convaincre, il faudrait m'apporter des preuves.

— Comme vous êtes étrange ! Qu'a fait Mr. Frank Churchill pour que vous lui prêtiez des sentiments aussi dénaturés ?

— Je n'ai jamais dit que c'était un monstre, je le soupçonne simplement d'avoir appris à se croire supérieur à ses parents et à ne se soucier que de son plaisir personnel en vivant avec des êtres qui en ont toujours agi de la sorte. Quoi qu'on en dise, il est assez naturel qu'un jeune homme élevé par des personnes orgueilleuses, égoïstes et sensuelles soit devenu lui-même orgueilleux, égoïste et sensuel. S'il avait voulu voir son père, Frank Churchill se serait arrangé pour le faire depuis le mois de septembre. Un homme de son âge — il a bien dans les vingt-trois ou vingt-quatre ans, n'est-ce pas ? — trouve toujours moyen de faire ce qu'il désire, surtout quand il s'agit de si peu de chose. Non, cette histoire est invraisemblable !

— C'est facile à dire et facile à croire pour un homme qui, comme vous, a toujours été son seul maître. Mr. Knightley, vous êtes la personne la moins apte à juger des problèmes que pose la dépendance car vous ignorez ce que c'est que d'avoir à ménager autrui.

— Il est inconcevable qu'un garçon de vingt-trois ou vingt-quatre ans soit à ce point privé de la liberté de penser ou d'agir. Il ne manque ni d'argent ni de temps et en dispose même en de telles quantités qu'il se plaît à en gaspiller la majeure partie dans des lieux de plaisir. Les nouvelles qui nous parviennent nous informent régulièrement qu'il se trouve dans telle ou telle ville d'eau, et son récent séjour à Weymouth prouve bien qu'il peut quitter les Churchill.

— Oui, parfois.

— Vous voulez dire dès que cela en vaut la peine et dès qu'il lui prend l'envie de s'amuser...

— On n'a pas le droit de juger les actes d'un homme si l'on n'est point parfaitement renseigné sur sa situation, et à moins d'avoir vécu dans l'intimité d'une famille, on ne peut imaginer les difficultés que peut y rencontrer l'un de ses membres. Il nous faudrait connaître Enscombe et Mrs. Churchill pour décider de ce que Frank Churchill peut ou ne peut pas faire, et il est fort possible que ce garçon jouisse parfois d'une liberté dont il est totalement privé en d'autres circonstances.

— Ma chère Emma, un homme trouve toujours le moyen d'accomplir son devoir s'il en a véritablement le désir, et c'est à force de courage et de résolution qu'il y parviendra, non en manœuvrant ou en finassant. Frank Churchill se doit d'avoir des égards pour son père et ses lettres d'excuses tout comme ses promesses prouvent qu'il en est fort conscient, mais il ne souhaite pas venir à Randalls car sans cela il ne reculerait pas encore le moment de témoigner son respect à Mr. Weston. S'il avait la moindre rectitude morale, il irait trouver sa tante sur-le-champ et lui dirait résolument : « Vous me trouverez toujours prêt à vous sacrifier mes plaisirs, Madame, mais je dois pour l'heure rendre visite à mon père. Je sais que je le blesserais en ne lui manifestant point toute ma déférence dans les circonstances actuelles et je partirai donc dès demain ! » Croyez-moi, s'il lui tenait ce discours du ton décidé qui convient à un homme, on ne s'opposerait plus à son départ.

— Non, dit Emma, mais on s'opposerait peut-être à son retour... User d'un pareil langage lorsqu'on dépend entièrement de son interlocuteur ! Il n'y a que vous pour croire cela de l'ordre du possible, Mr. Knightley. Vous ne comprenez nullement les obligations que sous-tend une situation radicalement opposée à la vôtre. Mr. Frank Churchill tenir un tel discours à l'oncle et à la tante qui l'ont élevé et subviennent à ses besoins ! Debout, au milieu du salon, et de sa plus belle voix, je suppose ?... Comment pouvez-vous imaginer que ce garçon ose agir de la sorte ?

— Croyez-moi, Emma, un homme intelligent y parviendrait sans peine. Il se sentirait dans son droit, et pour peu qu'en être sensé il s'exprime avec politesse, ses paroles le serviraient davantage et lui gagneraient mieux l'estime de ceux dont il dépend que ne pourraient jamais le faire mille artifices et mille expédients. Le respect viendrait s'ajouter à l'affection dans le cœur des Churchill. Ils comprendraient qu'ils peuvent faire confiance à leur neveu et qu'un garçon qui en a correctement agi avec son père agirait de même envers eux. Ils savent comme lui et comme tout le monde que le devoir de Frank est de rendre visite à son père, et même s'ils usent bassement de leurs pouvoirs pour retarder cette formalité, ils doivent au fond d'eux mépriser un garçon qui se soumet à tous leurs caprices. Une conduite équitable ne laisse personne insensible et Frank arriverait à soumettre les esprits étriqués de ces gens s'il écoutait un peu plus ses principes et se montrait plus franc.

— J'en doute fort. Il vous plaît de soumettre des esprits étriqués mais il ne faut pas oublier que ces mêmes esprits étriqués trouvent moyen de s'enfler démesurément et de se révéler aussi intraitables que des intelligences supérieures lorsqu'ils sont ceux de personnes riches et influentes. Tel que je vous connais, vous seriez sûrement capable de parler et d'agir comme vous aimeriez que Frank le fît si vous vous trouviez affronté à la même situation, et cela serait peut-être du meilleur effet. Les Churchill ne trouveraient certainement rien à répondre, mais c'est aussi que vous n'auriez pas à enfreindre de vieilles habitudes ou des règles que vous avez toujours observées. Frank, lui, aurait au contraire un certain mal à faire tout à coup preuve d'indépendance et à dédaigner brusquement toute la gratitude et le respect qu'il doit aux Churchill. Peut-être est-il aussi conscient que vous de son devoir, mais les circonstances ne lui permettent probablement pas autant qu'à vous de mettre en pratique les idées qu'il croit justes.

— S'il en est ainsi, c'est qu'il n'est guère convaincu... Son sens du devoir est insuffisant s'il ne lui donne point la force de passer aux actes.

— Ah, la différence de situation et d'habitudes... Je voudrais que vous essayiez de comprendre ce que ressent un garçon très doux lorsqu'il se voit contraint de s'opposer directement à la volonté de ceux qu'il respecte depuis son enfance.

— Votre doux jeune homme est un faible s'il n'a jusqu'à ce jour jamais eu l'occasion d'affirmer un désir légitime contre la volonté d'autrui. Il devrait être accoutumé depuis longtemps à écouter la voix du devoir au lieu de n'écouter que celle de l'opportunité. Je puis excuser les craintes de l'enfant mais non celles de l'homme, et parvenu à l'âge de raison, Frank Churchill aurait dû se révolter et secouer le joug d'une tyrannie méprisable. Il aurait dû réagir dès la première tentative des Churchill pour l'éloigner de son père, et s'il avait fait ce qu'il fallait à l'époque, il n'aurait plus le moindre problème à présent.

— Nous ne nous entendrons jamais là-dessus, s'écria Emma, et cela n'a rien d'étonnant... Je ne pense pas que ce garçon soit un faible, je suis même sûre qu'il n'en est pas un. Même pour son fils, Mr. Weston ne se laisserait jamais aveugler au point d'en devenir stupide et ce jeune homme doit faire simplement preuve d'une docilité, d'une complaisance et d'une douceur qui ne correspondent point à votre idée de la virilité. Cela le prive peut-être de certains avantages, mais ses lacunes doivent avoir leur contrepartie.

— Oui, elles lui permettent de rester tranquillement chez lui quand il devrait venir ici, de mener une existence faite de plaisirs frivoles et de se croire habile à trouver des justifications à son inqualifiable conduite. Il peut ainsi s'asseoir à son bureau pour y écrire de belles lettres emphatiques semées de grandes déclarations et de mensonges, et il s'imagine après cela avoir trouvé le meilleur moyen de préserver la paix domestique tout en privant son père du droit de se plaindre... Ses lettres me répugnent!

— Voilà qui est singulier! Ces fameuses lettres plaisent à tout le monde sauf à vous.

— Je soupçonne Mrs. Weston de ne pas les aimer non plus. Une femme aussi intelligente et aussi vive ne risque guère d'en apprécier l'esprit. Si elle joue le rôle de mère, votre amie n'a cependant point la moindre raison de se laisser aveugler par l'amour maternel. L'existence d'une belle-mère devrait inciter Frank à redoubler d'égards envers ceux de Randalls, et la pauvre femme, j'en suis certain, souffre doublement des négligences de ce garçon. Frank serait sûrement venu si son père avait épousé une personne d'importance, et cela n'aurait de toute manière plus signifié grand-chose. Croyez-vous vraiment que Mrs. Weston ne se soit pas très vite fait ce genre de réflexions ? Ne pensez-vous pas qu'elles lui reviennent souvent en mémoire ? Non, Emma, des Français pourraient peut-être dire de ce garçon qu'il est aimable, mais non des Anglais ! Il est fort possible qu'il soit « adorable », qu'il ait d'excellentes manières et soit tout à fait charmant, mais on ne saurait lui prêter cette délicatesse dont les Anglais témoignent toujours envers les sentiments d'autrui... et ce n'est donc en rien un jeune homme « aimable ».

— Vous semblez décidé à le juger avec sévérité.

— Moi, pas du tout ! répondit Mr. Knightley, assez mécontent. Je n'ai rien contre lui et je suis tout disposé à reconnaître ses mérites... mais malheureusement, je n'en ai pas entendu souffler mot et l'on n'a jamais évoqué devant moi que ses qualités physiques. Je sais qu'il est très élégant, qu'il a fière allure et qu'il a des façons aimables et enjôleuses, mais c'est bien tout.

— Eh bien, s'il n'a que cela pour le recommander, c'est encore d'un trésor qu'héritera Highbury. Nous n'avons pas souvent l'occasion de fréquenter de beaux garçons bien élevés et charmants, et il ne faut pas faire les délicats en exigeant par-dessus le marché toutes les vertus imaginables. Essayez de songer à la sensation que produira son arrivée parmi nous, Mr. Knightley ! On ne parlera plus que de cela de Highbury à Donwell, et ce jeune homme deviendra le seul centre d'intérêt et l'unique objet de curiosité des gens du pays. Oui, il n'y en aura plus que pour Frank Churchill, et il occupera toutes nos pensées et nos conversations.

— Vous m'excuserez de ne point partager votre enthousiasme. Je serai ravi de le fréquenter s'il me paraît d'un commerce agréable, mais si ce n'est qu'un petit freluquet bavard, je ne lui accorderai pas plus mon temps que mes pensées.

— Il est certainement capable de s'adapter à n'importe quel auditoire et doit avoir, autant que le désir, le talent de plaire à chacun. Il vous entretiendra d'agriculture, me parlera dessin ou musique, et agira ainsi avec chacun d'entre nous. Je l'imagine doté d'une culture générale lui permettant de mener ou de suivre toute conversation selon les règles de la politesse et l'autorisant à parler de n'importe quel sujet. C'est ainsi que je vois Frank Churchill.

— S'il correspond à cette image, je le tiendrai à coup sûr pour le garçon le plus insupportable du monde, répondit chaleureusement Mr. Knightley. Quoi ! A vingt-trois ans, régner sur son petit univers, jouer les grands hommes, les politiciens avertis qui lisent dans l'âme d'autrui et se servent des talents du voisin pour mieux étaler leur propre supériorité ! Aller dispenser ses flatteries à droite et à gauche pour faire croire que l'on est plus intelligent que quiconque et qu'à part soi le monde est rempli d'imbéciles !... Ma chère Emma, vous êtes trop raisonnable pour supporter jamais la présence d'un tel freluquet !

— Je ne parlerai plus de ce jeune homme, s'écria Emma, car vous déformez tout ce que je dis. Nous sommes tous les deux prévenus à son égard, vous contre lui et moi en sa faveur, et nous ne parviendrons jamais à nous mettre d'accord tant qu'il ne sera pas ici en chair et en os.

— Prévenu ? Mais je ne suis absolument pas prévenu contre lui !

— Moi, je le suis en sa faveur et je n'en ai pas honte. L'affection que je porte à Mr. et Mrs. Weston me pousse à songer à ce garçon avec beaucoup de sympathie.

— En ce qui me concerne, il ne m'intéresse pas le

moins du monde, répondit Mr. Knightley, assez vexé.

Devant son mécontentement, Emma se mit à parler d'autre chose sans trop comprendre cependant les motifs de la colère de son interlocuteur.

Il était indigne de lui d'aller détester un jeune homme pour la simple raison qu'il semblait d'un caractère fort éloigné du sien, et cela ne correspondait en aucune façon à la profonde générosité qu'Emma lui avait toujours reconnue. Il avait certes une excellente opinion de lui-même, et sa compagne le lui avait souvent reproché, mais elle n'avait jamais soupçonné qu'il pût en devenir aveugle aux mérites d'autrui.

CHAPITRE XIX

Un matin, Miss Woodhouse partit se promener avec Harriet, et si nos deux amies s'entretinrent de Mr. Elton, Emma jugea bientôt que cela suffisait, n'estimant point nécessaire au salut d'Harriet ou à l'expiation de ses propres péchés que l'on s'appesantît davantage sur un problème aussi délicat. Sur le chemin du retour, elle multiplia donc les efforts pour changer de conversation, et elle pensait y être parvenue lorsque à son plus grand regret ce déplaisant sujet revint à la surface. Après avoir longuement évoqué les souffrances que les pauvres doivent endurer en hiver, elle ne reçut en effet pour réponse qu'un plaintif : « Ah, Mr. Elton est si bon pour les pauvres ! » et elle comprit qu'il lui fallait trouver un autre dérivatif.

Les jeunes filles approchaient justement de la demeure où logeaient les dames Bates et Miss Woodhouse, espérant trouver son salut dans le nombre, décida de leur rendre visite. Elle n'avait nullement besoin d'un prétexte pour se présenter chez ses vieilles amies, celle-ci adorant recevoir leurs voisins. Notre héroïne n'ignorait d'ailleurs pas que les rares personnes qui se permettaient de la juger lui reprochaient de négliger Mrs. Bates et sa fille et de ne point leur sacrifier suffisamment de temps.

Mr. Knightley avait maintes fois évoqué ce problème et la jeune fille avait elle-même parfois nourri des remords sans pour autant arriver à surmonter l'ennui que lui causaient ces visites aux Bates. Elle avait la sensation de perdre son temps dans la compagnie de ces femmes, les trouvait affreusement fatigantes et courait en outre le risque de rencontrer chez elles les êtres de troisième zone qui y passaient leur temps, toutes raisons expliquant qu'Emma évitait autant que possible d'aller voir ces deux pauvres dames. Ce jour-là, elle prit pourtant la soudaine résolution de ne point passer devant chez elles sans entrer, faisant du reste remarquer à Harriet que d'après ses calculs, elles devaient être pour l'heure à l'abri d'une lettre de Jane Fairfax.

Mrs. Bates et Miss Bates occupaient l'étage d'un immeuble appartenant à des commerçants, et c'est dans l'appartement exigu qui était tout leur univers qu'elles reçurent leurs visiteuses avec une extrême cordialité et une reconnaissance infinie. La vieille dame paisible et soignée qui tricotait dans le coin le plus chaud du salon voulut même céder sa place à Miss Woodhouse et sa fille, plus active et plus bavarde, les accabla littéralement d'attentions et de gentillesses. Elle les remercia d'être venues, s'enquit de l'état de leurs chaussures, demanda, très inquiète, des nouvelles de Mr. Woodhouse et en donna d'excellentes sur la santé de sa mère tout en proposant aux jeunes filles des gâteaux qu'elle sortit tout exprès du buffet. « Mrs. Cole venait juste de partir. Au début, elle comptait passer dix minutes à peine en leur compagnie, mais elle avait eu la bonté de rester plus d'une heure. Elle avait pris un morceau de gâteau qu'elle avait eu l'amabilité de trouver excellent et Miss Bates espérait que Miss Woodhouse et Miss Smith voudraient bien lui faire l'honneur d'en accepter également une tranche. »

Il fallait s'attendre à entendre parler de Mr. Elton puisqu'il avait été question des Cole. Le vicaire était un intime de Mr. Cole et celui-ci avait reçu des nouvelles de son ami depuis son départ pour Bath. Emma se doutait de ce qui allait se passer, et comme elle l'avait prévu, on ne manqua point d'évoquer le contenu de la lettre de Mr. Elton. On apprit ainsi que ce dernier était fréquemment invité dans le monde, qu'il s'était fait de nombreuses relations à Bath et que le grand bal avait été une splendeur. Emma écouta patiemment ce compte rendu des activités du jeune homme, témoignant de tout l'intérêt voulu sans oublier de couvrir d'éloges l'absent, mais elle veilla toutefois à se mettre constamment en avant pour éviter à Harriet d'avoir à intervenir.

Emma s'était préparée à cette déplaisante discussion avant même d'entrer chez les Bates, mais elle avait espéré ne plus être importunée par des sujets de conversation aussi désagréables dès que l'on en aurait élégamment fini avec Mr. Elton, comptant bien pouvoir dès ce moment-là se laisser doucement bercer par des histoires sur les dames ou demoiselles de Highbury et leurs parties de cartes. Elle n'avait point prévu que Miss Fairfax succèderait au vicaire, mais Miss Bates expédia bientôt Mr. Elton pour passer brusquement aux Cole avant de finir sur une lettre de sa nièce.

— Oh, oui, Mr. Elton... J'ai compris que... Certes, pour ce qui est des bals... Mrs. Cole me disait que danser dans les salles de bals de Bath était... Mrs. Cole a eu l'amabilité de rester un moment avec nous pour discuter de Jane. Elle a demandé de ses nouvelles dès son arrivée. Tout le monde aime tellement Jane, ici. Quand la chère petite vient nous voir, Mrs. Cole ne sait comment lui témoigner sa gentillesse et je dois avouer que Jane le mérite bien. Ainsi, comme je vous le disais, cette bonne dame s'est enquise d'elle dès son arrivée. « Je ne pense pas que vous ayez eu récemment des nouvelles de Jane, elle ne vous a certainement pas encore écrit », m'a-t-elle dit, mais je lui ai répondu : « Si, nous en avons eu car une lettre nous est parvenue ce matin même. » Je crois n'avoir jamais vu quelqu'un de plus surpris que Mrs. Cole à cet instant-là, et elle s'est exclamée : « Vraiment, est-ce possible ? Eh, bien, voilà qui est tout à fait inattendu. Et que raconte-t-elle ? »

Emma, toujours très polie, prit un air intéressé et sourit pour demander :

— Vous avez des nouvelles de Miss Fairfax ? J'en suis ravie et j'espère qu'elle se porte bien.

— Merci, vous êtes tellement aimable ! répondit la naïve demoiselle tout en cherchant fiévreusement la fameuse lettre de sa nièce. Ah, la voici ! J'étais sûre qu'elle ne pouvait pas être bien loin, mais j'avais posé ma trousse de couture dessus sans faire attention et elle était de ce fait totalement invisible. Je l'avais cependant dans les mains il y a quelques instants et je me doutais qu'elle devait être sur la table. Je l'ai lue à Mrs. Cole tout à l'heure et je l'ai ensuite relue à ma mère qui ne se lasse jamais des lettres de Jane... Oui, j'étais sûre qu'elle ne pouvait pas être bien loin, et la voici, sous ma trousse à couture... Puisque vous avez la bonté de vouloir savoir ce qu'elle dit... mais avant tout, je dois rendre justice à Jane et l'excuser d'avoir écrit une lettre si courte... seulement deux pages, vous le voyez, oui, seulement deux alors que d'ordinaire elle en remplit quatre et se voit encore obligée d'écrire en travers des feuillets. Ma mère s'étonne souvent que j'arrive à déchiffrer si facilement son écriture. Elle dit presque toujours, lorsque nous ouvrons une lettre de cette chère enfant : « Eh bien, Hetty, je crois que cette fois vous aurez un certain mal à déchiffrer cette mosaïque. » N'est-ce pas vrai, Mère ? Et je lui réponds à chaque fois qu'elle parviendrait aussi à déchiffrer Jane si elle n'avait personne pour le faire à sa place... Oui, chaque mot, je suis certaine qu'elle s'acharnerait jusqu'à ce qu'elle ait compris chaque mot ! En fait, et bien que ses yeux ne soient plus ce qu'ils étaient, ma mère y voit encore remarquablement bien, Dieu merci ! Grâce à ses lunettes, elle n'a pas le moindre problème. C'est une véritable bénédiction. Les lunettes de ma mère sont parfaites ! Quand elle vient, Jane dit souvent : « Je suis sûre que vous deviez avoir des yeux étonnants pour y voir encore comme vous le faites, Grand-mère ! Et tous ces beaux ouvrages qui sont de votre main... Je souhaite que mes yeux me servent aussi longtemps et aussi bien que les vôtres ! »

Miss Bates avait parlé si vite qu'elle fut obligée de s'interrompre pour reprendre haleine, ce dont Emma profita pour glisser une observation polie sur la beauté de l'écriture de Miss Fairfax.

— Vous êtes extrêmement aimable, lui répondit Miss Bates avec gratitude. Vous êtes si bon juge et vous écrivez vous-même si joliment. Pour nous, vos éloges n'ont pas de prix... Ma mère n'entend pas. Elle est un peu sourde, vous savez. Maman (s'adressant à Mrs. Bates), savez-vous ce que Miss Woodhouse a eu l'obligeance de dire sur l'écriture de Jane ?

Et notre héroïne fut forcée ᵤ entendre répéter deux fois son stupide compliment avant que la bonne dame fût parvenue à 'ₑ comprendre. Elle mit cependant à profit ce loisir pour chercher un moyen poli d'échapper à la lettre de Jane Fairfax, et elle était presque résolue à s'enfuir sous le premier prétexte venu lorsque Miss Bates se retourna vers elle, s'emparant de nouveau de toute son attention.

— La surdité de ma mère est insignifiante, vous le voyez. Ce n'est rien, il suffit d'élever la voix et de répéter deux ou trois fois ce que l'on dit. Pourtant, chose curieuse, elle comprend toujours Jane mieux que moi... Il est vrai que Jane parle si distinctement ! Enfin, elle ne trouvera pas sa grand-mère plus sourde qu'il y a deux ans, ce qui n'est déjà pas mal à son âge... Et oui, cela fait deux ans qu'elle n'est pas venue à Highbury. Nous n'étions jamais restées aussi longtemps sans la voir et comme je le disais à Mrs. Cole, sa présence nous causera un bonheur extrême.

— Vous attendez donc Miss Fairfax ?

— Oh, oui, la semaine prochaine.

— Vraiment ! Vous devez en être ravie !

— Merci, vous êtes bien aimable. Oui, la semaine prochaine... Tout le monde en est infiniment surpris et l'on nous témoigne beaucoup d'obligeance ! Je suis certaine qu'elle sera aussi contente de retrouver ses amis de Highbury qu'ils le seront eux-mêmes... Oui, elle sera ici vendredi ou samedi. Elle n'est pas encore en mesure de nous indiquer une date précise car le Colonel Campbell aura besoin de sa voiture l'un de ses deux jours. Ils sont tellement gentils de la faire conduire jusqu'ici ! Mais c'est leur habitude, vous savez. Eh oui, vendredi ou samedi prochain... C'est pour cette raison qu'elle nous a écrit, c'est pour cela que nous avons eu une lettre plus tôt que prévu, une surprise, en quelque sorte. Normalement, nous n'aurions pas dû avoir de ses nouvelles avant mardi ou mercredi.

— Oui, c'est bien ce qu'il me semblait. Je n'espérais pas entendre parler de Miss Fairfax aujourd'hui.

— Vous êtes si bonne ! Nous n'aurions pas reçu cette lettre ce matin s'il n'y avait eu ces circonstances particulières et si Jane n'avait pas dû arriver si tôt. Ma mère est tellement heureuse ! Cette chère enfant restera au moins trois mois chez nous, oui, trois mois, c'est ce qu'elle nous dit très clairement comme vous allez en avoir la preuve en lisant ceci. Les Campbell vont en Irlande. Mrs. Dixon a persuadé ses parents de venir lui rendre visite dès à présent. Ils n'avaient pas l'intention de partir avant l'été, mais leur fille est tellement impatiente de les revoir... Jusqu'à son mariage, en octobre dernier, elle ne les avait jamais quittés plus d'une semaine et il doit lui paraître fort étrange de vivre... J'allais dire à l'étranger... en tout cas dans une région si différente de celle qu'elle habitait auparavant. Elle a donc écrit de façon très pressante à sa mère, ou à son père, je ne sais plus mais nous allons le voir tout de suite en lisant ce que Jane nous en dit... Elle a donc écrit, tant en son nom qu'en celui de Mr. Dixon, pour persuader ses parents de venir à Dublin où elle les rejoindra avant de les emmener dans leur propriété de Baly Craig, un très bel endroit j'imagine. Jane a beaucoup entendu parler des beautés du site, par Mr. Dixon, je présume, car je ne sache pas que quelqu'un d'autre lui en ait parlé. Il était assez naturel que ce jeune homme aimât à évoquer les charmes de sa demeure pendant qu'il faisait sa cour, n'est-ce pas, et comme Jane accompagnait souvent les amoureux dans leurs promenades, le colonel Campbell ne voulant pas, et je ne l'en blâme point, que sa fille allât se promener seule avec ce garçon, elle a eu l'occasion d'entendre tout ce que Mr. Dixon pouvait raconter sur sa propriété d'Irlande. Je crois même qu'il leur a montré des dessins représentant les lieux, des vues qu'il avait exécutées lui-même. Ce jeune homme semble vraiment charmant et extrêmement aimable. Jane avait grande envie de connaître l'Irlande après tout ce qu'il en avait dit.

L'esprit subtil d'Emma conçut à ce moment-là un soupçon des plus excitants concernant Mrs. Dixon, Jane Fairfax et le fait que cette dernière ne se rendît point en Irlande. Cherchant insidieusement à en apprendre davantage, notre héroïne dit à Miss Bates :

— Vous devez être ravie de ce que Miss Fairfax puisse venir vous voir maintenant. L'amitié très vive qui l'unit à Mrs. Dixon ne devait guère vous laisser espérer qu'elle pourrait se dispenser d'accompagner le Colonel et Mrs. Campbell en Irlande.

— Vous avez raison, tout à fait raison, et nous nous sommes fort inquiétées à ce sujet car nous n'aurions pas aimé la savoir si loin de nous pendant de longs mois, dans l'impossibilité absolue de venir nous voir si jamais il se passait quelque chose. Enfin, vous voyez que tout s'arrange pour le mieux. Ils aimeraient fort — Mr. et Mrs. Dixon — qu'elle vînt avec le colonel Campbell, cela est certain et l'on ne peut rien imaginer de plus aimable et de plus pressant que leur invitation générale... d'après Jane, du moins, et vous allez pouvoir vous en rendre compte... Mr. Dixon semble aussi gentil que sa femme. C'est un charmant jeune homme, et depuis qu'il a rendu ce service à Jane... C'était à Weymouth, ils étaient allés faire un tour en bateau et la pauvre petite a failli être précipitée dans les flots par la faute d'un morceau de voilure qui s'est abattu sur elle... C'en était fait d'elle s'il ne l'avait retenue par sa robe avec une extraordinaire présence d'esprit. Je ne puis jamais y songer sans trembler, mais depuis que je connais cette histoire j'éprouve une immense affection pour Mr. Dixon.

— Et malgré les instances de ses amis, malgré son propre désir de voir l'Irlande, Miss Fairfax préfère vous consacrer son temps, à vous et à Mrs. Bates ?

— Oui, c'est elle qui l'a voulu et le colonel et Mrs. Campbell lui donnent raison. C'est exactement ce qu'ils lui auraient conseillé de faire si elle leur avait demandé leur avis, et pour tout dire, ils souhaitent qu'elle vienne respirer l'air du pays natal car elle n'est pas très bien depuis quelque temps.

— Je suis navrée de l'apprendre. Je pense que le colonel et Mrs. Campbell doivent en juger sagement mais Mrs. Dixon doit être affreusement déçue. Je crois me souvenir que Mrs. Dixon n'est pas très belle et ne supporte en tout cas point la comparaison avec Miss Fairfax ?

— Certes non. Vous êtes bien aimable de dire cela... mais vous avez raison, on ne peut les comparer. Miss Campbell a toujours été très quelconque mais elle est très élégante et extrêmement gentille.

— Oui, bien sûr.

— Jane a attrapé un mauvais rhume, la pauvre enfant. C'était il y a longtemps, le 7 novembre, comme vous allez le voir dans sa lettre, mais elle ne s'est jamais vraiment remise. C'est très long pour un rhume, n'est-ce pas ? Elle ne nous en avait pas parlé pour ne pas nous inquiéter... Cela lui ressemble bien ! Elle est tellement prévenante ! Pourtant, elle est si loin d'être en bonne santé que ses charmants amis de Campbell jugent préférable qu'elle vienne à la maison respirer un air qui lui réussit toujours à merveille. Ils ne doutent pas que trois ou quatre mois à Highbury ne suffisent à la rétablir, et si elle ne se sent pas bien, il vaut en effet certainement mieux qu'elle vienne ici plutôt que d'aller en Irlande.

Personne ne pourrait la soigner comme nous le ferons.

— Cet arrangement me paraît effectivement fort souhaitable.

— Ainsi que je vous le disais, elle devrait arriver vendredi ou samedi prochain et les Campbell quitteront Londres le lundi pour se rendre à Holyhead... vous allez voir, c'est dans la lettre de Jane. Tout cela est tellement soudain ! Vous imaginez mon émoi, ma chère Miss Woodhouse ! S'il n'y avait cette maladie ! Enfin, je crains qu'on ne doive s'attendre à la trouver très amaigrie et elle risque d'avoir bien mauvaise mine. A ce propos, il faut que je vous raconte la mésaventure qui m'est advenue. J'ai toujours soin de lire les lettres de Jane avant de les communiquer à ma mère, de crainte qu'il ne s'y trouve quelque mauvaise nouvelle. C'est Jane qui m'a conseillé d'agir ainsi et je n'y manque jamais. Ce matin, j'ai procédé avec ma prudence ordinaire mais j'en étais à peine au passage où elle évoque ses problèmes de santé que je me suis écriée, au comble de l'effroi : « Mon Dieu, cette pauvre Jane est malade ! » Ma mère, qui était aux aguets, m'a parfaitement entendue et s'est affolée. En poursuivant ma lecture, je me suis cependant aperçue que Jane n'était pas aussi souffrante que je l'avais tout d'abord imaginé et je suis arrivée à convaincre ma mère qu'il n'y avait rien de grave. Elle s'est calmée, mais je ne parviens pas à comprendre comment j'ai pu me laisser surprendre à ce point ! Si Jane ne se sent pas très vite mieux, nous appellerons le docteur Perry. La dépense m'importe guère, et bien que Mr. Perry aime trop Jane et soit trop généreux pour demander des honoraires, il n'est pas question, vous vous en doutez, que nous profitions de sa libéralité. Il a une famille à nourrir et l'on ne doit pas lui faire perdre son temps. Bon, je n'ai fait jusque-là que vous donner un aperçu de ce que nous raconte Jane mais nous allons maintenant passer à sa lettre... Vous verrez qu'elle dit cent fois mieux son histoire que je ne saurais jamais le faire.

— Je crains que nous ne soyons obligées de partir très vite, s'écria Emma en jetant un coup d'œil à sa compagne. Mon père nous attend, ajouta-t-elle déjà debout, et je ne comptais pas rester plus de cinq minutes. Si je suis venue vous voir, c'est que je n'aurais pas voulu passer devant chez vous sans monter prendre des nouvelles de Mrs. Bates, mais vous m'avez si agréablement retenue ! Il nous faut pourtant à présent prendre congé de vous.

Les plus vives instances de Miss Bates ne parvinrent pas à convaincre Emma de rester et elle partit heureuse d'avoir pu échapper à la lettre de Jane Fairfax tout en ayant appris l'essentiel de son contenu.

CHAPITRE XX

Jane Fairfax était orpheline et c'était l'unique enfant de la cadette de Mrs. Bates.

Le mariage du lieutenant Fairfax, du énième régiment d'infanterie, avec Miss Bates avait eu son heure de gloire et avait suscité, outre un grand intérêt, nombre d'espoirs et beaucoup de joie. Il n'en restait malheureusement rien que le triste souvenir de la mort du jeune homme dans une bataille aux colonies et de la fin cruelle d'une veuve minée par le chagrin autant que par la phtisie... et puis il y avait cette enfant.

C'est à Highbury qu'elle avait vu le jour, et lorsqu'elle avait perdu sa mère à l'âge de trois ans, elle était devenue la propriété, le fardeau chéri, la consolation et le grand amour de sa grand-mère et de sa tante. On en avait tout naturellement conclu qu'elle passerait sa vie avec ces deux femmes et ne recevrait pour éducation que le médiocre enseignement que permettent des revenus fort limités, et elle semblait destinée à grandir sans que des relations utiles ou une bonne instruction vinssent ajouter aux dons que lui avait légués la nature, à savoir un physique charmant, une certaine intelligence et des parentes aussi affectueuses que bien intentionnées.

La compassion d'un ami de son père avait cependant transformé son existense. Le colonel Campbell avait bien connu Fairfax dont il avait pu apprécier les talents d'officier autant que les qualités morales, et il se sentait une dette envers ce jeune homme qui l'avait soigné et lui avait même certainement sauvé la vie quand il avait eu le typhus. Le colonel ne se montra pas ingrat, bien que le pauvre Fairfax fût mort depuis longtemps lorsqu'il rentra en Angleterre et fut enfin en mesure de prouver sa reconnaissance. Il se renseigna, retrouva la fille de son ami et décida de s'occuper d'elle. Marié, il n'avait qu'un enfant, une fille qui avait à peu près l'âge de Jane, et il invita cette dernière à faire de longs séjours chez lui. Toute la famille se prit bientôt d'une immense affection pour la petite orpheline et Jane n'avait pas neuf ans lorsque la tendresse que sa fille portait à sa compagne et son propre désir d'obéir jusqu'au bout aux lois de l'amitié incitèrent le colonel Campbell à proposer de prendre entièrement à sa charge l'éducation de la fillette. Son offre fut acceptée et Jane fit dès ce moment partie de la famille, s'installant à Londres et ne faisant plus que de rares visites à sa grand-mère.

On projetait d'en faire un professeur, les quelques centaines de livres qu'elle hériterait de son père ne pouvant assurer son indépendance. Le colonel Campbell était pour sa part incapable de régler ce problème, car s'il avait, grâce à son salaire et à ses appointements, des revenus tout à fait suffisants, il ne jouissait par ailleurs que d'une modeste fortune qui devait entièrement revenir à sa fille. Il espérait malgré tout qu'une bonne éducation permettrait plus tard à sa chère Jane de gagner honorablement sa vie.

C'était là toute l'histoire de Jane Fairfax. Tombée en d'excellentes mains, elle n'avait eu qu'à se féliciter de la gentillesse des Campbell qui l'avaient parfaitement bien élevée. Elle avait toujours vécu dans la compagnie de gens intelligents et raffinés, et son cœur comme son esprit s'étaient développés au contact d'une discipline et d'une instruction bien pensées. Le colonel Campbell résidant à Londres, des maîtres de premier ordre avaient su cultiver le moindre des talents de sa protégée. Naturellement douée, Jane s'était révélée digne des soins de ses amis et elle manifestait déjà à dix-huit ou dix-neuf ans toutes les compétences nécessaires au métier de professeur, si tant est qu'un être aussi jeune puisse être véritablement qualifié pour s'occuper d'enfants. On l'aimait pourtant trop tendrement pour se séparer d'elle. Le colonel et Mrs. Campbell ne pouvaient se résigner à la voir partir et leur fille ne supportait même pas d'y songer. On reculait sans cesse la triste échéance, on prétendait qu'elle était trop jeune et Jane restait chez ses amis, comme une seconde fille et goûtant à tous les sages plaisirs d'une société raffinée. Elle menait une existence des plus agréables, partagée entre les joies du foyer et les mondanités, mais elle était trop intelligente pour se laisser griser au point d'oublier que l'avenir menaçait de lui arracher bientôt son bonheur.

L'affection de toute la famille et surtout l'amitié de Miss Campbell faisaient d'autant plus honneur aux deux parties que Jane était manifestement très supérieure à sa compagne pour la beauté comme pour les talents. Miss Campbell ne pouvait ignorer les avantages physiques de Jane et ses parents étaient forcés de constater que cette enfant qu'ils avaient recueillie était nettement plus intelligente que leur fille. Leur estime n'en pâtit cependant jamais jusqu'au mariage de Miss Campbell.

Celle-ci, grâce à ce hasard, cette chance qui défie toutes les prévisions en matière de mariage et donne du charme à l'être le plus ordinaire, s'attira l'affection d'un jeune homme riche et charmant, Mr. Dixon. Il tomba amoureux presque aussitôt après leur première rencontre et Miss Campbell se retrouva heureusement et fort avantageusement établie alors que Jane Fairfax avait toujours son pain à gagner.

Ce mariage était récent, trop récent pour que l'amie moins heureuse de la jeune épousée eût déjà pu tenter d'entrer dans la voie du devoir. Elle avait pourtant atteint l'âge qu'elle s'était elle-même fixée pour le faire. Elle avait depuis longtemps décidé que vingt et un ans sonneraient l'heure fatale et c'est avec la force d'âme d'une novice résignée à son triste sort qu'elle avait résolu d'accomplir le sacrifice à ce moment-là. Elle savait qu'il lui faudrait renoncer à tous les plaisirs de la vie et quitter de charmants amis et une société supérieure, et elle avait conscience qu'elle ne connaîtrait plus dès lors ni paix ni espérance, condamnée qu'elle serait à jamais à subir mille chagrins et mille humiliations.

Le colonel et Mrs. Campbell étaient trop raisonnables pour s'opposer à sa décision, même s'ils la déploraient de tout leur cœur. Jane n'avait nul besoin de travailler de leur vivant et leur maison serait toujours la sienne. Ils l'auraient volontiers gardée près d'eux s'ils n'avaient écouté que leurs désirs et leur égoïsme mais il valait mieux en finir le plus rapidement possible avec l'inéluctable. Peut-être commençaient-ils à comprendre qu'ils eussent agi avec plus de bonté et plus de sagesse en résistant à la tentation de s'accorder sans cesse des délais et en empêchant Jane de prendre goût à un confort et à une existence dont elle serait un jour inévitablement privée, mais en amis affectionnés, ils étaient encore heureux de pouvoir se raccrocher au premier prétexte venu pour ne point hâter une échéance fort douloureuse. Jane se s'était jamais vraiment bien portée depuis le mariage de leur fille et les Campbell ne voulurent point qu'elle travaillât avant d'avoir entièrement recouvré ses forces, sûrs qu'elle ne pourrait assumer une tâche qui, loin d'être compatible avec la fatigue et la nervosité de Jane, exigeait certainement, même dans les circonstances les plus favorables, beaucoup plus qu'un physique gracieux et une intelligence supérieure.

Pour ce qui est de ses raisons de ne point les accompagner en Irlande, Jane en avait fourni à sa tante un compte rendu, sinon complet, du moins conforme à la vérité. C'est effectivement de son propre chef qu'elle avait résolu de profiter de l'absence des Campbell pour venir passer à Highbury ce qui serait peut-être ses derniers mois de liberté en compagnie de ces aimables parentes qui la chérissaient si tendrement, et quelle qu'en ait pu être la ou les raisons, et qu'ils en aient eu une, deux ou trois, les Campbell avaient accepté cet arrangement sous le prétexte que leur protégée ne pouvait mieux agir qu'en allant respirer l'air du pays natal pour se remettre de sa fatigue. La jeune fille viendrait donc, c'était sûr, et la société de Highbury devrait se contenter d'accueillir, au lieu d'un Frank Churchill que l'on n'avait jamais vu, une Jane Fairfax qui ne pouvait, en fait de nouveauté, se vanter que de deux ans d'absence.

Emma était navrée. Elle se verrait pendant trois longs mois forcée de faire mille civilités à une personne qu'elle n'aimait point. Elle devrait se forcer mais elle savait que cela ne suffirait même pas. Les raisons de son antipathie pour Jane Fairfax restaient des plus obscures. Mr. Knightley l'avait accusée un jour de la détester parce qu'elle voyait en elle le type même de la jeune fille accomplie qu'elle eût tant rêvé de paraître, et bien qu'elle eût à l'époque ardemment réfuté cet argument peu flatteur, il lui arrivait parfois d'avoir des remords en faisant son examen de conscience. Elle ne pourrait cependant jamais être intime avec cette jeune fille. Elle ne savait pas exactement à quoi cela tenait, mais elle reprochait à Jane sa froideur, sa réserve et une certaine façon de se moquer éperdument de plaire ou de ne pas plaire. N'y avait-il pas aussi cette tante si affreusement bavarde ? Et puis, on faisait trop de bruit autour de Jane Fairfax, on avait évoqué avec une complaisance excessive l'amitié qui devait inéluctablement les lier, elle et Miss Woodhouse, sous prétexte qu'elles avaient le même âge et que tout donnait à penser qu'elles se plairaient beaucoup. C'étaient là les motifs de l'aversion d'Emma, et il faut avouer qu'elle n'en avait pas de meilleurs.

Notre héroïne nourrissait à l'égard de Jane une antipathie si peu justifiée, et elle s'exagérait toujours tellement ses prétendus défauts qu'elle ne pouvait jamais la revoir après une longue absence sans se rendre compte de l'injustice dont elle s'était rendue coupable. Cette fois-là, il y avait près de deux ans qu'Emma n'avait revu Jane lorsqu'elle alla lui souhaiter la bienvenue comme l'exigeaient les convenances, et elle fut tout spécialement frappée d'une beauté et d'une grâce qu'elle n'avait cessé de déprécier pendant un si long espace de temps. Jane était élégante, très élégante, et c'est une qualité qu'Emma prisait par-dessus tout. Elle était assez grande mais point trop, et sa silhouette était infiniment harmonieuse. Magnifiquement proportionnée, elle n'était ni grosse ni maigre, même si une certaine minceur accusait sa fatigue actuelle. Emma ne pouvait rester aveugle à tant de charmes, et il y avait aussi ce visage, ces traits ! Ils étaient tellement plus jolis que dans son souvenir ! Peut-être n'étaient-ils point d'une régularité parfaite, mais l'ensemble était vraiment ravissant. Quant à ses yeux, Emma n'en avait jamais nié la beauté. D'un gris profond, ils étaient frangés de longs cils noirs, avec des sourcils très bruns. Même le teint, auquel Emma avait toujours reproché de manquer de couleur, était si délicat et si lumineux qu'il n'avait nul besoin d'autre éclat. Le trait dominant de Jane était une extrême distinction, et notre héroïne ne pouvait que l'en admirer si elle ne voulait point trahir ses propres principes et se montrer malhonnête, l'élégance physique ou morale étant un fait si rare à Highbury que n'être pas vulgaire y constituait déjà un immense mérite.

En bref, Miss Woodhouse éprouva lors de ces retrouvailles avec Miss Fairfax une double satisfaction, celle de pouvoir la regarder, tout d'abord, et celle de lui rendre justice ensuite. Elle prit la ferme résolution de ne plus détester cette belle jeune fille, et prenant conscience de la situation de cette orpheline, du sort qu'aurait à subir tant de raffinement et de l'existence médiocre qui attendait cette malheureuse, elle n'éprouva plus pour elle qu'une immense pitié et un très grand respect. N'était-ce pas encore plus affreux si à toutes ces raisons de s'intéresser à Jane venait s'ajouter l'amour sans espoir que l'imaginative Emma lui prêtait tout naturellement ? Dans ce cas, rien n'était plus pitoyable et plus admirable que les sacrifices auxquels cette pauvre enfant avait consentis. Emma voulait oublier désormais qu'elle l'avait soupçonnée d'avoir volé à Mrs. Dixon la tendresse de son mari ou d'avoir commis quelque autre mauvaise action. Elle reprochait à son imagination de lui avoir suggéré des pensées aussi basses, et s'il était question d'amour, ce ne pouvait être que d'une affection sincère, univoque et absolument sans espoir. La malheureuse Miss Fairfax avait dû absorber inconsiemment ce terrible poison lorsqu'elle assistait aux conversations des amants, et c'est le meilleur, le plus pur des motifs qui la poussait à présent à s'interdire ce voyage en Irlande pour se séparer à jamais de cet homme et s'engager dès que possible dans la voie laborieuse du devoir.

Emma la quitta finalement avec des sentiments si radoucis et si charitables, que de retour chez elle, elle se prit à déplorer qu'il n'y eût à Highbury aucun jeune homme digne d'épouser Jane et de lui permettre ainsi d'accéder à l'indépendance.

Ces charmantes dispositions furent de courte durée. Avant même que notre héroïne ne se fût publiquement compromise en protestant de son amitié pour Jane Fairfax ou qu'elle eût autrement abjuré ses préjugés ou fautes passées qu'en déclarant à Mr. Knightley : « Elle est certes très belle et même plus que belle », Jane était venue passer une soirée à Hartfield avec sa grand-mère et sa tante et tout était à recommencer. Emma avait senti se réveiller tous ses vieux griefs. La tante s'était montrée aussi fatigante que d'habitude, plus encore, même, car à son admiration pour les talents de sa nièce venaient s'ajouter à présent de vives inquiétudes pour sa santé. On avait dû subir un compte rendu détaillé sur l'infime quantité de pain et de beurre que la jeune fille mangeait au petit déjeuner et la ridicule tranche de mouton dont elle se contentait pour dîner. Il avait aussi fallu s'extasier devant les bonnets et sacs à ouvrage que cette chère petite venait d'offrir à sa grand-mère et à sa tante, et quant à Jane elle-même, tous ses défauts étaient réapparus. On avait fait de la musique, Emma s'était vue obligée de jouer, et elle avait eu l'impression très nette que les remerciements et louanges de Miss Fairfax n'étaient que candeur affectée et que tant de noblesse ne visait en fait qu'à mettre en avant la supériorité de son propre jeu. Cette demoiselle s'était montrée par ailleurs, et c'était là le pire, si froide et si réservée ! Impossible de connaître ses véritable pensées ! Drapée dans son manteau de politesse, elle paraissait résolue à ne pas prendre le moindre risque et cette méfiance était aussi intolérable que suspecte.

Elle s'était montrée, si c'était possible, encore plus discrète au sujet de Weymouth et des Dixon, manifestement désireuse de rester dans le vague en ce qui concernait Mr. Dixon, la manière dont elle appréciait sa compagnie ou l'opinion qu'elle pouvait avoir sur son mariage avec Miss Campbell. Ce n'était qu'approbation doucereuse, sans un détail précis, mais cette attitude ne lui avait servi de rien, tant de prudence s'avérant totalement inutile. En devinant tout l'artifice, Emma en était revenue à ses premières conjectures. Jane avait certainement à cacher plus que son seul amour et Mr. Dixon avait peut-être été bien près de remplacer une amie par l'autre, ne choisissant finalement Miss Campbell que pour les douze mille livres qu'elle lui apportait en dot.

La réserve de Miss Fairfax s'étendait à d'autres sujets. La jeune fille s'était trouvée à Weymouth en même temps que Frank Churchill et l'on savait qu'elle le connaissait vaguement. Emma n'avait cependant pu lui tirer le moindre mot qui constituât une information exacte ou précise sur le jeune homme. « Etait-il beau ? » « La plupart des gens le tenaient certes pour un jeune homme fort élégant, du moins le pensait-elle. » « Semblait-il intelligent, cultivé ? » « Il était difficile d'en décider à la suite d'une fréquentation dans une ville d'eau ou de rencontres fortuites à Londres. Il n'était guère que les manières que l'on pût se permettre de juger en de telles conditions, et pour parler équitablement de quelqu'un, il fallait le connaître depuis beaucoup plus longtemps qu'elle ne connaissait Mr. Frank Churchill. Elle croyait cependant que tout le monde trouvait à ce garçon des façons charmantes. »

Emma fut incapable de pardonner à Jane Fairfax une pareille attitude.

CHAPITRE XXI

Emma en voulait peut-être à Miss Fairfax mais Mr. Knightley, qui avait également assisté à cette soirée, n'avait pour sa part décelé dans l'attitude des deux jeunes filles ni provocation ni ressentiment et n'y avait vu qu'attentions charmantes et civilités. Le lendemain, il exprima donc tout naturellement sa satisfaction lorsqu'il vint à Hartfield traiter une affaire avec Mr. Woodhouse. Il parla moins franchement que si le vieux monsieur ne s'était point trouvé là, mais le fit cependant avec assez de clarté pour se faire comprendre d'Emma. Il l'avait toujours trouvée injuste envers Jane et se réjouissait infiniment des progrès qu'elle lui semblait avoir réalisés.

— C'était une soirée fort réussie, dit-il dès qu'il se fût assuré que Mr. Woodhouse avait bien compris ses recommandations concernant l'affaire qui l'amenait et dès que l'on eût rangé les papiers. Oui, vraiment réussie. Vous et Miss Fairfax nous avez gratifiés d'un excellent concert et je ne connais point volupté plus grande que de rester tranquillement assis à se laisser divertir par de ravissantes jeunes filles qui vous jouent de la musique ou vous font la conversation. N'êtes-vous pas de mon avis, Mr. Woodhouse ? Je suis certain que Miss Fairfax était enchantée, Emma, et vous avez été parfaite. J'ai été fort heureux de voir que vous l'encouragiez à jouer car elle n'a point de piano chez sa grand-mère et a dû tout particulièrement apprécier cette occasion de faire un peu de musique.

— Je suis ravie d'avoir su mériter votre approbation, dit Emma en souriant, mais j'espère qu'il ne m'arrive pas trop souvent de manquer à mes devoirs d'hôtesse.

— Certes non, ma chère enfant, s'empressa de répondre Mr. Woodhouse, et cela ne vous arrive même jamais. Vous êtes la jeune fille la plus civile et la plus attentionnée qu'on puisse imaginer. Peut-être êtes-vous même un peu trop aimable, parfois... ces muffins, hier soir, n'aurait-il pas suffi de les faire passer une seule fois ?

— Non, répondit Mr. Knightley presque en même temps, vous n'êtes point accoutumée à manquer à vos devoirs de maîtresse de maison, et vos bonnes manières n'ont d'équivalent que votre intelligence... Je suis persuadé que vous me comprenez fort bien !

Elle lui lança un regard malicieux qui signifiait clairement « Je ne vous comprends que trop bien », mais se contenta de répondre :

— Miss Fairfax est très réservée.

— Je vous ai toujours dit qu'elle l'était... relativement, mais vous viendrez vite à bout de ce qui, dans sa froideur, n'est dû qu'à son extrême timidité. Quant à ce qui s'explique par sa discrétion, ce n'est rien moins que fort honorable.

— Elle serait timide ? Je ne m'en étais pas aperçu.

— Ma chère Emma, dit-il en changeant de chaise pour se rapprocher d'elle, j'espère que vous n'allez pas me dire que vous n'avez point passé une bonne soirée ?

— Oh, non ! j'ai admiré ma persévérance à poser des questions et je me suis fort amusée du peu d'informations que me valaient tant d'efforts.

— Je suis déçu, répondit-il simplement.

— J'espère que tout le monde a passé une excellente soirée, dit Mr. Woodhouse avec sa tranquillité coutumière. C'est mon cas, je l'avoue. J'ai eu certes un peu chaud à un moment donné, mais j'ai un peu, un tout petit peu reculé ma chaise et le feu ne m'a plus incommodé. Miss Bates était aussi bavarde et aussi gaie que d'ordinaire. Elle parle peut-être un peu vite mais elle est fort aimable, et Mrs. Bates aussi, à sa manière. J'aime tant nos vieux amis, et Miss Jane Fairfax est quant à elle si délicieuse, si ravissante et si bien élevée ! Cette soirée a dû lui paraître charmante puisque Emma était là, n'est-ce pas, Mr. Knightley ?

— Vous avez certainement raison, Monsieur, et je suppose qu'Emma était également ravie de voir Jane Fairfax.

Emma comprit que Mr. Knightley était inquiet, et désireuse de le rassurer au moins momentanément, elle déclara avec une sincérité dont personne n'eût pu douter :

— C'est une jeune fille tellement élégante qu'on ne peut s'empêcher de la regarder lorsqu'elle est là. Je suis sans cesse à l'admirer et je la plains de tout mon cœur.

Ce discours causa manifestement à Mr. Knightley plus de joie qu'il ne désirait le laisser paraître, mais avant qu'il eût pu répondre quoi que ce fût, Mr. Woodhouse déclara, songeant toujours aux Bates :

— Il est vraiment dommage que ces malheureuses se trouvent dans une situation aussi difficile et j'ai souvent désiré... mais ce que l'on peut faire est si peu

de choses ! De petits cadeaux insignifiants, des gâte-
ries… Nous venons de tuer un cochon et ma chère
Emma veut leur envoyer une longe ou un jambon.
C'est un morceau petit et fort délicat… Le porc de
Hartfield est exceptionnel mais c'est toujours du porc
et je pense qu'à moins d'être sûrs qu'elles l'accom-
moderont comme nous le faisons ici, en côtelettes
bien grillées et cuites sans une once de graisse car
l'estomac ne supporte point le porc rôti, nous ferions
mieux de leur envoyer le jambon. N'êtes-vous pas de
mon avis, ma chère enfant ?

— Je leur ai fait parvenir tout l'arrière-train,
Papa. J'étais certaine que vous m'approuveriez.
Vous savez, elles pourront saler le jambon, ce qui est
délicieux, et elles n'auront qu'à accommoder tout de
suite la longe à leur goût.

— C'est parfait, ma chérie, parfait. Je n'y aurais
jamais pensé mais c'était le mieux à faire. Pourvu
qu'elles ne salent pas trop le jambon ! Si elles ne le
salent pas trop, si elles le font bien cuire comme Serle
et si elles n'en mangent que très modérément avec un
navet bouilli et quelques carottes ou un peu de
panais, cela ne peut à mon avis leur faire le moindre
mal.

— Emma, dit Mr. Knightley, j'ai une nouvelle
pour vous. Vous aimez les nouvelles, et en venant ici
j'ai entendu parler d'un événement qui vous intéres-
sera sans doute.

— Une nouvelle ? Oh oui, j'adore cela ! De quoi
s'agit-il ? Pourquoi souriez-vous ? Qui vous en a
parlé ? C'était à Randalls ?

Il avait à peine eu le temps de répondre : « Non,
pas à Randalls, je ne suis pas passé près de Randalls », que la porte s'ouvrit, livrant passage à Miss
Bates et à Miss Fairfax. Miss Bates ne savait par quoi
commencer des remerciements qu'elle avait à formu-

225

ler ou des nouvelles qu'elle apportait à ses hôtes, et Mr. Knightley comprit bientôt qu'il avait manqué l'occasion de parler et ne pourrait donner de plus amples renseignement à Emma.

— Oh, mon cher Monsieur, comment allez-vous ce matin ? Chère Miss Woodhouse... Je suis vraiment confuse. Un si bel arrière-train de porc ! Vous êtes trop généreuse ! Connaissez-vous la nouvelle ? Mr. Elton se marie.

Emma était fort loin de songer à Mr. Elton et elle fut tellement abasourdie qu'elle ne put s'empêcher de sursauter et de rougir un peu à ces paroles.

— C'était ma nouvelle et je pensais qu'elle vous intéresserait, dit Mr. Knightley avec un sourire qui prouvait qu'il savait plus ou moins ce qui s'était passé entre Emma et Mr. Elton.

— Mais où avez-vous appris cela ? s'écria Miss Bates. Où, Mr. Knightley ? Il n'y a pas cinq minutes que j'ai reçu ce mot de Mrs. Cole, non, il ne peut y avoir plus de cinq minutes... Peut-être dix mais c'est un maximum car j'avais déjà mon bonnet, mon spencer et je m'apprêtais à sortir. C'était pour parler une fois de plus du porc avec Patty... Jane était dans le couloir, n'est-ce pas, Jane ? Ma mère craignait que nous n'eussions point de saloir assez grand et j'ai voulu aller m'en informer. Jane m'a dit : « Voulez-vous que je descende à votre place ? Il me semble que vous êtes un peu enrhumée et Patty vient justement de laver la cuisine ». « Oh, ma chérie », lui ai-je répondu, et c'est à ce moment-là qu'on nous a apporté ce fameux billet... Elle se nomme Miss Hawkins, c'est tout ce que sais, Miss Hawkins, et elle est de Bath. Mais où avez-vous appris la nouvelle, Mr. Knightley ? Mrs. Cole m'a écrit tout de suite après que Mr. Cole lui en a parlé. Oui, il s'agit d'une certaine Miss Hawkins.

— Je me trouvais en compagnie de Mr. Cole, pour affaires, il n'y a pas une heure et demie. Il venait juste de finir la lettre d'Elton quand on m'a introduit et il me l'a faite lire aussitôt.

— Eh bien, c'est absolument... C'est tout à fait passionnant ! Mon cher Monsieur, vous êtes vraiment trop généreux ! Ma mère m'a chargée de vous transmettre ses meilleurs compliments et elle tient à vous exprimer toute sa considération. Elle vous remercie mille fois et vous fait dire qu'elle est réellement confuse.

— Nous estimons le porc de Hartfield si supérieur à celui que l'on mange d'ordinaire, qu'Emma et moi ne pouvions éprouver de plus grand plaisir qu'en...

— Oh, mon cher Monsieur, comme dit ma mère, nos amis sont seulement trop bons pour nous. S'il existe des êtres qui sans jouir eux-mêmes d'une grande fortune voient tous leurs désirs satisfaits, il s'agit sans aucun doute de nous. Nous pouvons à juste titre prétendre que « notre sort repose sur un héritage de bonne grâce ». Ainsi, Mr. Knightley, vous avez vu cette lettre.

— Elle était brève, elle avait pour seul but d'annoncer le grand événement mais elle était bien sûr joyeuse et triomphante. (Il adressa à cet instant-là un regard espiègle à Emma.) Il a eu le bonheur de... J'ai oublié les termes exacts et du reste, personne ne devrait s'en souvenir. Comme vous le disiez tout à l'heure, il informait Mr. Cole qu'il allait épouser une certaine Miss Hawkins. D'après le style de la lettre, j'ai l'impression que cette affaire vient tout juste d'être réglée.

— Mr. Elton va se marier ! dit Emma dès qu'elle eut le loisir d'intervenir. Les bons vœux de tous l'accompagnent.

— Il est bien jeune pour s'établir, fit remarquer

Mr. Woodhouse. Il ferait mieux de ne pas se presser. Il me semblait très bien comme ça. Nous étions toujours enchantés de le recevoir à Hartfield.

— Nous aurons une nouvelle voisine, Miss Woodhouse, dit joyeusement Miss Bates. Ma mère est absolument ravie ! Elle dit qu'elle ne peut supporter de voir ce pauvre vieux presbytère sans maîtresse de maison. C'est vraiment une grande nouvelle. Jane, vous n'avez jamais vu Mr. Elton ! Il n'est pas étonnant que vous soyez si curieuse de le connaître.

A vrai dire, Jane n'avait pas du tout l'air torturé par la curiosité.

— Non, je n'ai jamais vu Mr. Elton, répondit-elle en sursautant. Est-il... est-il grand ?

— Qui répondra à cette question ? s'écria Emma. Mon père vous dira oui et Mr. Knightley non. Quant à Miss Bates et moi, nous dirions plutôt qu'il est de taille moyenne. Lorsque vous serez restée ici un peu plus longtemps, Miss Fairfax, vous comprendrez que Mr. Elton est l'homme idéal aux yeux des habitants de Highbury, et ce autant physiquement qu'intellectuellement.

— C'est bien vrai, Miss Woodhouse, et c'est le jeune homme le plus charmant que... Mais ma chère Jane, souvenez-vous, je vous ai dit hier qu'il était exactement comme Mr. Perry. Je suis persuadée que Miss Hawkins est une jeune fille tout à fait accomplie. L'extrême attention dont il témoigne toujours envers ma mère... Il l'oblige à s'asseoir sur le banc du presbytère pour qu'elle entende le mieux possible car ma mère est, vous le savez, un peu sourde... Oh, ce n'est rien, mais elle n'entend pas parfaitement. Jane dit que le colonel Campbell est un peu sourd. Il s'imaginait que les bains de mer pourraient lui faire du bien... des bains chauds... mais il paraît que cela n'a pas eu d'effets durables. Le colonel Campbell est notre bon ange, vous ne l'ignorez pas, et Mr. Dixon a l'air d'un jeune homme bien aimable et tout à fait digne de son beau-père. C'est un bonheur que de voir s'unir des braves gens, et ils ne manquent heureusement point de le faire. Nous aurons maintenant Mr. Elton et Miss Hawkins, et il y a les Cole qui sont d'excellentes personnes, et les Perry... Il n'existe à ma connaissance de couple plus heureux ou plus agréable que les Perry. A mon avis, Monsieur, ajouta-t-elle en se tournant vers Mr. Woodhouse, il est bien peu d'endroits où l'on puisse trouver une société comparable à celle de Highbury. Je dis toujours que c'est pour nous une véritable bénédiction d'avoir de tels voisins... Mon cher Monsieur, s'il est un mets que ma mère apprécie entre tous, c'est bien le porc... une longe de porc rôtie...

— Quant à savoir qui est Miss Hawkins, ce qu'elle est ou depuis quand il la connaît, ce n'est probablement pas possible, dit Emma. Il est évident que leur rencontre ne peut dater de très longtemps puisqu'il n'y a que quatre semaines que Mr. Elton s'en est allé.

Personne n'avait le moindre renseignement à fournir à ce sujet, et c'est après avoir de nouveau exprimé son étonnement qu'Emma poursuivit :

— Vous ne dites rien, Miss Fairfax, mais j'espère que cette nouvelle vous intéresse malgré tout. Vous avez été récemment mêlée de si près à ce genre d'affaire à la suite du mariage de Miss Campbell, que nous ne saurions vous pardonner de rester indifférente au sort de Mr. Elton et de Miss Hawkins.

— Cette histoire me passionnera certainement dès que j'aurai fait la connaissance de Mr. Elton, mais avant... Miss Campbell est mariée depuis plusieurs mois déjà et mes impressions se sont quelque peu émoussées, je l'avoue.

— Oui, comme vous le faisiez remarquer, il y a

exactement quatre semaines qu'il est parti, Miss Woodhouse, dit Miss Bates. Cela a fait quatre semaines hier. Une Miss Hawkins... A vrai dire, je m'étais plutôt imaginée qu'il choisirait une jeune fille du pays... non que j'aie jamais... Une fois, Mrs. Cole a fait allusion à... mais je lui ai aussitôt répondu : « Non, Mr. Elton est un jeune homme très bien mais... » En un mot, je ne crois pas être très perspicace en ce genre d'affaire et je ne prétends point l'être. Je ne vois que ce qui se passe sous mes yeux... En même temps, personne n'aurait pu s'étonner que Mr. Elton espérât... Miss Woodhouse me laisse bavarder avec tant de bonne grâce ! Elle sait que je ne voudrais pour rien au monde l'offenser. Comment va Miss Smith ? Elle semble tout à fait rétablie, à présent. Avez-vous eu récemment des nouvelles de Mrs. John Knightley ? Ah, ces chers petits ! Jane, savez-vous que j'ai toujours imaginé que Mr. Dixon ressemblait à Mr. John Knightley ? Je veux dire physiquement... grand, le même type d'homme, et assez taciturne, aussi.

— Vous vous trompez du tout au tout, ma tante. Ils ne se ressemblent pas le moins du monde.

— C'est fort étrange. Enfin, on ne se fait jamais à priori une idée très exacte des gens. On part sur une image et l'on s'y tient. Vous m'avez bien dit que Mr. Dixon n'était pas à proprement parler un « bel homme » ?

— Loin de là, même ! Il est quelconque, oui très quelconque comme je vous l'ai déjà dit.

— Mais ma chère, ne m'avez-vous pas également confié que Miss Campbell refusait d'admettre qu'il fût ordinaire et que vous-même...

— Oh, mes jugements n'ont point la moindre valeur... Je trouve toujours du charme aux êtres que j'estime et lorsque j'ai dit qu'il était quelconque, je ne faisais qu'exprimer ce que je crois être l'opinion générale.

— Bon, ma chère Jane, je pense qu'il va falloir partir. Le temps est incertain et votre grand-mère va s'inquiéter. Vous êtes trop obligeante, ma chère Miss Woodhouse, mais nous devons vraiment nous sauver. Ah, c'est une bien bonne nouvelle ! Je vais aller faire un petit tour chez Mrs. Cole, mais je ne m'arrêterai que quelques minutes. Jane, vous feriez mieux de rentrer tout de suite car je ne voudrais pas vous voir prise sous une averse. Il nous semble que ces quelques jours à Highbury lui ont déjà fait grand bien... Je vous remercie infiniment. Je n'irai pas voir Mrs. Goddard car elle n'aime le porc que bouilli... Enfin, lorsque nous préparerons le jambon, ce sera une autre affaire. Bonjour à vous, cher Monsieur. Oh, Mr. Knightley nous accompagne ! C'est tellement... Je suis sûre que vous aurez l'amabilité d'offrir votre bras à Jane si elle est fatiguée... Mr. Elton et Miss Hawkins... Bonjour à tous.

Demeurée seule avec son père, Emma fut obligée de prêter une oreille plus ou moins attentive à ses lamentations sur cette hâte des jeunes gens à se marier, et pire encore à se marier avec des étrangères. Tout en l'écoutant, elle entretenait une méditation personnelle sur les événements. La nouvelle lui semblait amusante et fort bien venue puisqu'elle apportait la preuve que Mr. Elton n'avait guère souffert, mais d'un autre côté, Emma était navrée pour Harriet. Celle-ci serait certainement très malheureuse et son amie pouvait seulement espérer lui éviter un choc trop brutal en étant la première à l'informer du mariage de Mr. Elton au lieu de laisser ce soin au premier venu. Harriet risquait d'arriver d'un moment à l'autre. Et si elle allait rencontrer Miss Bates en chemin ! Notre héroïne se résigna lorsqu'il se mit à pleuvoir, songeant que sa pauvre amie serait vraisemblablement retenue chez Mrs. Goddard et y apprendrait la nouvelle sans y être le moins du monde préparée.

L'averse fut violente mais brève et elle n'était pas terminée depuis cinq minutes qu'Harriet arrivait, l'air excité et fort agitée. Cela s'expliquait probablement par la course qu'elle venait de faire mais aussi par le chagrin dont son cœur débordait. En entrant, elle cria du reste un « Oh, Miss Woodhouse, devinez ce qui vient de se passer » qui dénonçait assez son trouble. Le coup étant porté, Emma jugea que la plus grande gentillesse dont elle pût faire preuve était d'écouter cette malheureuse, et se laissant aller, Harriet se lança dans son récit. Elle était partie de chez Mrs. Goddard une demi-heure plus tôt. Elle craignait la pluie, une averse subite, mais espérait arriver à temps à Hartfield... Elle s'était dépêchée autant que possible, mais passant devant la maison de sa couturière s'était dit qu'elle pouvait peut-être prendre cinq minutes pour voir où en était la robe qu'on était en train de lui confectionner. Oh, elle n'était certainement pas restée plus de trente secondes, mais il s'était mis à pleuvoir dès qu'elle s'était retrouvée dehors. Que faire ? Elle avait couru aussi vite que possible et s'était réfugiée chez Ford (Ford était le principal marchand de draps, nouveautés et mercerie de Highbury, et sa boutique était la plus grande et la plus élégante de la place). Elle était donc restée là dix bonnes minutes, sans songer à rien, quand tout à coup, quelqu'un s'était avisé d'entrer... Et devinez qui... Oh, c'était tellement étrange ! Mais c'est vrai qu'ils se servaient chez Ford... Oui, qui s'était avisé d'entrer, sinon Elisabeth Martin et son frère !

— Chère Miss Woodhouse, imaginez mon trouble ! J'ai cru m'évanouir, je ne savais que faire. J'étais assise près de la porte, Elisabeth m'a vue tout de suite, mais pas lui. Il s'occupait du parapluie. Je suis certaine qu'elle m'a vue, mais elle a détourné ses regards et elle a feint de ne pas m'avoir remarquée. Ils sont allés tous deux dans le fond du magasin et moi, je suis restée assise près de la porte. Ah, ma chère, j'étais si malheureuse ! Je devais être aussi blanche que ma robe. Je ne pouvais pas partir, vous savez, à cause de la pluie, mais j'aurais donné n'importe quoi pour être à cent lieues de là. Oh, ma chère Miss Woodhouse !... Enfin, j'imagine qu'à un moment il a jeté un coup d'œil dans le magasin et m'a aperçue, car au lieu de continuer à faire leurs achats, ils se sont mis à discuter à voix basse. Je suis sûre qu'ils parlaient de moi et je ne puis m'empêcher de croire qu'il cherchait à la persuader de venir me parler. N'êtes-vous pas de mon avis, Miss Woodhouse ? Elisabeth s'est avancée vers moi, et lorsqu'elle est arrivée à ma hauteur, m'a demandé comment j'allais. Elle semblait toute prête à me serrer la main... elle n'était pas comme d'habitude, elle était changée, je m'en suis aperçue, mais elle s'efforçait manifestement de paraître très amicale. Nous nous sommes serré la main et nous avons discuté un moment. Je ne sais même plus ce que je lui ai dit. J'étais tellement bouleversée ! Je me souviens qu'elle s'est déclarée navrée de ne plus me voir et j'ai trouvé cela presque trop gentil. Chère Miss Woodhouse, j'étais affreusement malheureuse ! Le temps a bientôt commencé à s'éclaircir et j'étais résolue à ne point m'attarder davantage lorsque... Oh, songez donc ! Je l'ai vu qui s'avançait vers moi ! Il marchait lentement, vous savez, comme s'il ne savait pas très bien ce qu'il devait faire. Enfin il est arrivé, il m'a parlé et je lui ai répondu... Je suis restée là un moment, en proie à d'inexprimables souffrances. J'ai tout de même fini par reprendre courage et j'ai dit qu'il ne pleuvait plus, que je devais partir. Je suis sortie, mais j'avais à peine fait trois mètres qu'il m'a rejointe pour me dire que si j'allais à Hartfield, je ferais mieux de passer derrière les écuries de Mr. Cole afin d'éviter le chemin direct certainement détrempé par la pluie. Oh, ma chère, j'ai cru mourir ! Je lui ai répondu que je lui étais fort obligée. Je ne pouvais faire moins, n'est-ce pas ? Puis il est reparti chercher Elisabeth et je suis passée derrière les écuries... Enfin, il me semble, car c'est à peine si je savais encore où j'étais et ce que je faisais. Oh, Miss Woodhouse, j'aurais donné n'importe quoi pour éviter cette rencontre ! Néanmoins j'ai ressenti une sorte de bonheur à le voir agir avec tant d'amabilité et de gentillesse. Elisabeth aussi... Oh, Miss Woodhouse, je vous en prie, parlez-moi, réconfortez-moi.

Emma aurait sincèrement voulu la rassurer mais elle s'en sentait incapable pour l'instant. Elle avait besoin de réfléchir quelques minutes car elle était elle-même assez troublée. La conduite de ce garçon et celle de sa sœur semblaient avoir été dictées par de louables sentiments et elle ne pouvait s'empêcher de les plaindre. Le récit d'Harriet faisait apparaître leur comportement comme un heureux mélange de tendresse blessée et de véritable délicatesse, mais après tout, Emma avait toujours considéré ces gens comme respectables et bien intentionnés et tant de mérites ne changeaient rien aux inconvénients d'une alliance entre les Martin et Harriet. Oui, il était ridicule de se laisser troubler de la sorte ! Le pauvre garçon devait évidemment être navré d'avoir perdu Harriet, ils devaient tous l'être d'ailleurs... Les blessures d'une ambition déçue avaient dû s'ajouter à celles du cœur. Les Martin n'avaient-ils point espéré s'élever grâce à Harriet ? Et puis, que valait le récit de cette enfant ? Elle se contentait de si peu, elle manquait tellement de discernement ! Pouvait-on se fier à des éloges qui venaient d'elle ?

Emma fit donc un effort pour réconforter autant que possible son amie, affectant résolument de considérer l'incident qui s'était produit comme absolument insignifiant et indigne du moindre intérêt.

— C'était sûrement pénible pour l'instant, dit-elle, mais vous semblez avoir agi au mieux et c'est fini, maintenant. Il est impossible, rigoureusement impossible que vous ayez à subir de nouveau une scène pareille puisqu'il s'agissait là de vos retrouvailles avec les Martin. Il est donc tout à fait inutile d'y songer davantage ?

Harriet répondit que c'était fort juste et qu'elle n'y songeait plus mais elle continua néanmoins d'en parler. Pour l'instant, elle était manifestement incapable de discuter d'un autre sujet, et pour lui faire oublier les Martin, notre héroïne se vit finalement contrainte de lui annoncer brutalement la nouvelle qu'elle désirait lui communiquer avec les plus tendres ménagements. Elle ne savait pas elle-même si elle devait se réjouir, se fâcher, rougir ou simplement rire de l'état d'esprit d'Harriet et de la fin lamentable de la grande passion de celle-ci pour Mr. Elton.

Ce dernier reprit pourtant peu à peu ses droits. Bien qu'en apprenant l'événement, Harriet n'eût pas été affectée comme elle l'eût été la veille ou même une heure plus tôt, elle manifesta bientôt un intérêt croissant pour la nouvelle. Au cours de sa conversation avec Emma, elle déclara successivement ressentir tous les sentiments possibles, de la curiosité à l'étonnement et au regret, et du chagrin à la joie qu'elle éprouvait pour cette Miss Hawkins qui avait tant de chance. Cela lui permit du moins de redonner aux Martin le simple rang qu'ils avaient à occuper dans son imagination.

Emma en arriva à se réjouir que cette rencontre se fût produite car elle avait eu l'utilité d'amortir le choc sans laisser pour autant de traces durables. Etant donné le nouveau mode de vie d'Harriet, les Martin ne pouvaient la rencontrer sans aller là où leur orgueil ou leur lâcheté les avaient jusque-là empêchés de revenir. Les sœurs Martin ne s'étaient en effet pas présentées une seule fois chez Mrs. Goddard depuis que Miss Smith avait repoussé les offres de leur frère et il pouvait s'écouler une année sans qu'il se produisît une autre rencontre fortuite et sans que ces anciens amis eussent le besoin ou l'occasion de se parler.

CHAPITRE XXII

La nature humaine est si bien disposée envers ceux ou celles dont la situation présente quelque intérêt, qu'une jeune fille est assurée de bénéficier de l'indulgence générale pour peu qu'elle meure ou se marie.

Il ne s'était pas écoulé une semaine depuis que le nom de Miss Hawkins avait été prononcé pour la première fois à Highbury que l'on apprenait, d'on ne sait quelles sources, que cette demoiselle était dotée de toutes les qualités physiques et intellectuelles du monde. On la savait belle, élégante, merveilleusement accomplie, extrêmement aimable, et lorsque Mr. Elton vint jouir en personne du triomphe que lui valaient ses heureux projets et voulut publier les mérites de sa fiancée, il dut se contenter de révéler le prénom de la belle et de fournir une liste des musiciens dont elle aimait tout particulièrement interpréter les œuvres.

Le Mr. Elton qui revenait à Highbury était un homme heureux. Il était parti repoussé, humilié, déçu dans des espoirs d'autant plus solides qu'il les croyait étayés par des encouragements positifs, et non content de voir lui échapper la jeune fille qu'il convoitait, s'était en outre trouvé rabaissé au niveau d'une alliance très inférieure. Il s'en était allé profondément offensé et revenait fiancé à une autre jeune fille, une demoiselle bien sûr fort supérieure à la première : c'est la règle en ce genre d'affaires où ce que l'on gagne vaut toujours mille fois ce que l'on a perdu. Mr. Elton était donc joyeux, content de lui, plein d'ardeur et de diligence, ne se souciant plus le moins du monde de Miss Woodhouse et se sentant prêt à défier Miss Smith.

Outre qu'elle était parfaitement belle et bonne, la charmante Augusta Hawkins jouissait d'une fortune personnelle de dix mille livres, détail aussi flatteur que pratique. Il était évident que Mr. Elton n'avait point gaspillé ses chances. N'avait-il point su conquérir une femme qui valait dix mille livres, ou peu s'en faut, et ne l'avait-il pas séduite avec une incroyable rapidité ? Sa première rencontre avec la jeune fille ne s'était-elle pas très vite soldée par des attentions qui prouvaient qu'on le distinguait ?... Mrs. Cole avait fait raconter au vicaire l'histoire de cet amour, de sa naissance, de ses progrès, et chaque détail était à la gloire du jeune homme. Les événements s'étaient précipités depuis leur première rencontre accidentelle jusqu'au dîner chez Mrs. Green et à la soirée chez Mrs. Brown. On avait chaque jour un peu plus souri, rougi, les accès de timidité rivalisant avec un trouble toujours croissant. La demoiselle n'avait pas été difficile à impressionner. Elle était si bien disposée envers Mr. Elton et elle s'était, en un mot et pour user d'un terme clair, montrée tellement empressée à le séduire, que la vanité et l'esprit pratique du jeune homme s'en étaient également vus comblés.

Il avait à la fois conquis la proie et l'ombre, l'amour et la fortune, et jouissait à présent du bonheur qu'il méritait si bien... Ne parlant plus que de lui ou de ses affaires, comptant sur des congratulations et peu soucieux des railleries éventuelles, il s'adressait à présent avec de grands sourires cordiaux et intrépides à ces jeunes filles d'Highbury qu'il eût, quelques semaines plus tôt, traitées avec beaucoup plus de prudence.

Le mariage serait bientôt célébré, les deux parties n'ayant à considérer que leurs désirs propres et ne se voyant retardées que par les inévitables préparatifs et lorsque Mr. Elton repartit pour Bath, on fut unanime à prédire qu'il ne rentrerait à Highbury qu'accompagné de sa jeune épouse, certain regard de Mrs. Cole n'étant point pour décourager cet espoir.

Emma n'avait guère qu'entrevu Mr. Elton durant le bref séjour qu'il avait fait à Highbury, mais elle se réjouissait d'être délivrée de ces retrouvailles. Les rares instants passés en sa compagnie avaient suffi à lui donner l'impression qu'il n'avait rien gagné à ce mélange de rancune et de prétention que toute sa personne respirait à présent, et la jeune fille s'étonnait à vrai dire d'avoir jamais pu le trouver le moins du monde agréable. En fait, la seule vue de cet homme était si indissolublement liée à des souvenirs particulièrement déplaisants qu'elle eût été ravie d'avoir l'assurance de ne plus jamais le rencontrer si d'un point de vue moral, elle n'avait toutefois considéré son voisinage comme une sorte de pénitence, de leçon, source de profitables mortifications pour sa propre conscience. Elle ne lui souhaitait que du bien mais il lui faisait de la peine et lui eût fait un plaisir immense en allant établir sa prospérité à vingt miles de là.

Le chagrin que pouvait lui causer la présence constante de cet homme à Highbury serait pourtant certainement atténué par son mariage. Bien des sollicitudes vaines en seraient évitées, et la situation serait beaucoup moins gênante, l'existence d'une Mrs. Elton fournissant une bonne excuse pour en finir avec les anciennes relations et en établir de nouvelles. Personne ne songerait à s'étonner qu'ils ne fussent plus aussi intimes, et grâce à ce mariage, ils pourraient de nouveau instaurer des rapports polis.

Pour ce qui est de la fiancée même, Emma ne s'en souciait guère. Elle était sans doute digne de Mr. Elton, suffisamment accomplie pour la société d'Highbury et probablement juste assez jolie pour paraître laide à côté d'Harriet. Emma était tranquille en ce qui concernait la famille de Miss Hawkins car elle était convaincue que Mr. Elton n'était arrivé à rien malgré ses folles prétentions et le mépris qu'il avait affiché à l'égard d'Harriet. Sur ce point précis, il semblait à peu près possible de cerner la vérité, car si l'on devait se contenter de pures conjectures quant aux mérites de la jeune fille, on pouvait assurément parvenir à savoir qui elle était. Mis à part ses dix mille livres de dot, elle n'avait apparemment rien de plus qu'Harriet. Elle n'apporterait à son époux ni un nom, ni des ancêtres, ni des parents prestigieux. Miss Hawkins était la fille cadette d'un négociant — car bien entendu, c'est de ce terme qu'il fallait user —, d'un négociant, donc, de Bristol. Pourtant, malgré cette flatteuse dénomination, le pauvre homme semblait n'avoir jamais traité que des affaires assez médiocres, comme en témoignaient les modestes profits qu'il avait retirés de toute une vie de travail. Miss Hawkins passait chaque année une partie de l'hiver à Bath, mais c'est à Bristol qu'elle vivait, au cœur même de la ville. Bien que son père et sa mère fussent morts depuis des années, il lui restait en effet encore un oncle à Bristol, et si ce monsieur travaillait dans la justice, on se gardait de donner sur lui des renseignements plus précis. C'est avec lui que Miss Hawkins avait vécu et notre héroïne le soupçonnait fort d'occuper quelque emploi de troisième ordre chez le premier avoué venu et d'être trop stupide pour s'élever. Tout le lustre de la famille provenait apparemment de la sœur aînée de Miss Hawkins. Elle avait fait un *très beau mariage* épousant un gentleman *de grand avenir* qui habitait près de Bristol et possédait deux voitures ! Ce détail marquait le point final de l'histoire et faisait la gloire de Miss Hawkins.

Si seulement Emma avait pu faire partager à Harriet son sentiment sur ce point ! Mais hélas, si elle était parvenue à lui mettre cet amour en tête, il n'était point aussi facile de le lui faire oublier ! On ne détruirait pas aisément le charme d'une passion qui savait occuper les nombreux moments de désœuvrement de la jeune fille, et si Mr. Elton pouvait se voir supplanté par un autre homme comme il le serait certainement et même sans aucun doute, un Mr. Martin lui-même étant capable de faire l'affaire, Emma craignait fort que rien d'autre ne pût guérir son amie. Harriet était de ces êtres qui, lorsqu'ils se sont épris une fois, ne cesseront plus jamais de tomber amoureux. Et maintenant, la pauvre enfant !... Elle était encore plus malheureuse depuis le retour de Mr. Elton. Elle l'apercevait constamment ici ou là, et alors qu'Emma ne l'avait rencontré qu'une fois, c'était à coup sûr deux ou trois fois par jour qu'Harriet tombait précisément sur lui, le manquait justement de peu, entendait sa voix ou le voyait de dos. Quelque chose venait toujours l'empêcher d'oublier le jeune homme et la surprise comme l'incertitude entretenaient un climat favorable à ses souvenirs. Elle ne cessait en outre d'entendre parler de Mr. Elton, car mises à part les heures passées à Hartfield, elle vivait en compagnie de gens qui ne trouvaient point de défauts au vicaire et se passionnaient pour ses affaires. On discutait constamment autour d'elle toutes les nouvelles ou conjectures imaginables concernant ce monsieur, passant et repassant en revue ce qui lui était arrivé, et risquait de lui arriver. On parlait de ses revenus, de sa domesticité, de ses meubles, même, et les éloges qu'on lui décernait renforçaient l'estime d'une Harriet qui sentait ses regrets et son chagrin s'accroître lorsqu'on évoquait devant elle la chance de Miss Hawkins. On faisait continuellement remarquer que Mr. Elton avait l'air d'adorer littéralement sa fiancée, son allure et sa façon de porter son chapeau étant interprétées comme autant de preuves évidentes du grand amour qu'il éprouvait pour elle.

Emma se serait fort divertie des perpétuelles hésitations d'Harriet s'il lui avait été permis d'en rire et si ces errances sentimentales n'avaient signifié beaucoup de chagrins pour son amie et de remords pour elle. C'était parfois Mr. Elton qui dominait dans le cœur d'Harriet et d'autres fois les Martin, les uns aidant à l'occasion à chasser le souvenir de l'autre, et vice versa. Les fiançailles de Mr. Elton avaient guéri le trouble qu'avait éveillé chez Harriet sa rencontre avec Mr. Martin, et le chagrin né de ces fiançailles s'était trouvé quelque peu adouci de la visite qu'Elisabeth Martin avait faite quelques jours plus tard chez Mrs. Goddard. Harriet n'était pas chez elle, ce jour-là, mais Elisabeth avait déposé pour elle un billet très émouvant où l'on avait su mêler quelques reproches à nombre de gentillesses. Cette lettre avait occupé l'esprit d'Harriet jusqu'au retour de Mr. Elton et elle n'avait cessé de réfléchir à la réponse qu'il convenait d'y apporter, souhaitant au fond d'elle-même en faire beaucoup plus qu'elle n'osait l'avouer. On avait oublié les Martin pendant tout le séjour de Mr. Elton, et lorsque celui-ci repartit pour Bath, Emma jugea fort opportun d'engager Harriet à rendre sa visite à Elisabeth afin de dissiper un peu la tristesse consécutive à ce départ.

Emma avait longuement réfléchi à la meilleure façon de répondre à la démarche de la jeune fille et aux impératifs que dictaient à la fois les convenances et la prudence. Elle avait médité le problème, hésité... C'eût été faire preuve d'ingratitude que de traiter avec mépris la mère et les sœurs de Mr. Martin alors qu'elles avaient invité Harriet... Non, il ne fallait point agir de la sorte et il fallait cependant éviter le risque de voir la jeune fille renouer avec les Martin.

Emma décida après mûre réflexion qu'Harriet devait retourner sa visite à Elisabeth tout en s'y prenant de manière à faire comprendre aux Martin, s'ils avaient un tant soit peu d'intelligence, qu'ils n'avaient désormais à espérer de Miss Smith qu'une sympathie purement formelle. Emma projetait donc d'emmener elle-même Harriet à Abbey Mill Farm, de l'y déposer, de continuer un peu sa promenade et de revenir chercher son amie si vite que l'on n'aurait point le loisir de réveiller des souvenirs dangereux ou de faire d'insidieuses requêtes. La brièveté de cette visite indiquerait assez clairement le degré d'intimité que l'on jugeait souhaitable à l'avenir.

Emma n'avait pas trouvé mieux, et si son cœur n'approuvait pas entièrement ce plan, elle était persuadée qu'il fallait l'adopter. On pouvait certes voir dans cette façon d'agir une ingratitude à peine maquillée, mais qu'adviendrait-il d'Harriet si on se laissait aller ?

CHAPITRE XXIII

Harriet ne se sentait guère le cœur à faire des visites. Une demi-heure avant l'arrivée d'Emma chez Mrs. Goddard, sa mauvaise étoile l'avait conduite à l'endroit même où l'on s'occupait à hisser une malle adressée au « Révérend Philip Elton, Le cerf Blanc, Bath » sur la carriole du boucher qui devait ensuite la porter à l'arrêt de la diligence, et tout ce qui ne concernait point cette malle ou sa destination laissait maintenant la jeune fille totalement indifférente.

Elle partit tout de même et lorsqu'elle fut arrivée devant la ferme et descendit de voiture au bout de la belle allée semée de fin gravier qui menait à la porte d'entrée entre deux rangs de pommiers en espaliers, elle sentit se réveiller en elle une douce émotion à la vue de ce qui lui avait donné tant de plaisir l'année précédente. En la quittant, Emma remarqua que son amie regardait tout autour d'elle avec une curiosité mêlée de crainte et elle décida de ne pas laisser durer cette visite plus du quart d'heure prévu. Elle poursuivit ensuite sa promenade, désireuse de profiter de ce petit moment de loisir pour aller voir une vieille servante qui s'était mariée et s'était établie à Donwell.

Ponctuelle, elle se retrouva devant le portail blanc

un quart d'heure plus tard, et, informée de son arrivée, Miss Smith la rejoignit sans tarder. Il n'était heureusement point d'inquiétant jeune homme pour l'escorter, et elle vint seule par l'allée de gravier, l'une des demoiselles Martin étant simplement apparue devant la porte, pour la raccompagner, semblait-il, avec une politesse cérémonieuse.

Harriet ne parvint pas tout de suite à faire à son amie un récit intelligible de sa visite. Elle était trop émue pour cela mais Emma lui soutira néanmoins suffisamment de renseignements pour se faire une idée du genre d'entrevue qui venait d'avoir lieu et pour comprendre le genre de chagrin qui pouvait étreindre le cœur de la jeune fille. Harriet n'avait vu que Mrs. Martin et ses filles. L'accueil avait été réservé, sinon froid, et l'on n'avait pratiquement échangé que les plus banals lieux communs jusqu'au moment où, juste à la fin de la visite, Mrs. Martin avait brusquement déclaré trouver Miss Smith grandie. La conversation était alors devenue plus intéressante et le ton plus chaleureux. En septembre dernier, on avait mesuré Harriet et ses deux amies dans ce même salon et les marques et les dates inscrites au crayon sur les boiseries de la fenêtre étaient encore visibles. C'est lui qui avait fait ces inscriptions. Tout le monde avait paru se rappeler le jour, l'heure, les circonstances précises, et il semblait que chacun éprouvât la même gêne et les mêmes regrets et fût également prêt à renouer les relations d'antan. Ces dames étaient presque de nouveau elles-mêmes (et notre héroïne soupçonnait Harriet d'avoir été mieux disposée que quiconque à se montrer cordiale et souriante) mais l'apparition de la voiture à ce moment-là avait mis un terme à cette scène touchante. Le caractère officiel de cette visite avait été concluant, comme sa brièveté. Accorder quatorze minutes à des femmes qui l'avaient gentiment reçue six semaines il n'y avait pas six mois ! Emma comprenait combien ces dames devaient, et à juste titre, en vouloir à Harriet et combien cette dernière devait souffrir. Cette histoire était lamentable et Miss Woodhouse eût donné ou supporté beaucoup pour que les Martin occupassent un autre rang dans le monde. Ils avaient tant de mérites qu'il aurait suffi qu'ils fussent *un tout petit peu supérieurs,* mais en l'occurrence, Emma ne pouvait agir différemment. Non, c'était impossible et elle ne pouvait se repentir, la rupture étant nécessaire. Cette affaire était regrettable et la jeune fille éprouvait elle-même tant de peine à ce moment-là qu'elle ressentit bientôt le besoin d'une petite consolation et décida de passer par Randalls pour y trouver le réconfort souhaitable. Elle était fatiguée de Mr. Elton et des Martin et le délassement que lui procurerait une visite à Randalls lui était indispensable.

C'était une excellente idée, mais lorsqu'elles arrivèrent, les jeunes filles s'entendirent opposer que « ni Monsieur ni Madame n'étaient à la maison ». Ils étaient sortis ensemble et le domestique pensait qu'ils s'étaient rendus à Hartfield.

— C'est trop bête ! s'écria Emma tandis qu'elles s'en retournaient. Et maintenant nous allons les manquer ! C'est vraiment trop agaçant et jamais je n'ai été aussi déçue.

Et elle se renversa dans un coin de la voiture pour grommeler à son aise ou se calmer, probablement les deux à la fois du reste, car c'est ainsi qu'agissent d'ordinaire les natures gracieuses. La voiture s'arrêta bientôt. Emma leva les yeux : C'était Mr. et Mrs. Weston qui désiraient lui parler. Elle éprouva un plaisir immense en les voyant et un plaisir encore plus grand à les entendre car Mr. Weston l'aborda en ces termes :

— Comment allez-vous, Miss Smith ? Comment allez-vous, Emma ? Nous venons de passer un moment en compagnie de votre père et nous avons été ravis de le trouver en aussi bonne forme. Frank arrive demain. J'ai reçu une lettre ce matin, et il sera là demain pour dîner, c'est certain. Aujourd'hui, il est à Oxford. Il vient passer deux grandes semaines avec nous. Je le savais bien ! S'il était venu à l'époque de Noël, il n'aurait pas pu rester plus de trois jours. Je me suis toujours réjoui qu'il ne vienne pas pour Noël. Maintenant, nous allons avoir un temps idéal, beau, sec, et sans surprises possibles, et nous pourrons profiter pleinement de la présence de Frank. Les événements ont tourné exactement comme on pouvait le désirer.

Il était impossible de rester froid devant pareille nouvelle ou de résister à la bonne humeur contagieuse de Mr. Weston, d'autant que les paroles ou les gestes de sa femme venaient confirmer les faits. Mrs. Weston se montrait certes moins bavarde et moins exubérante que son mari mais elle n'en manifestait pas moins une joie extrême. Savoir que *son amie* tenait pour certaine l'arrivée du jeune homme était aux yeux d'Emma une garantie suffisante et elle se réjouit sincèrement du bonheur des Weston. Cette excellente nouvelle arrivait à point pour réveiller agréablement une âme livrée à la lassitude. On oublierait le passé rebattu au milieu des mille nouveautés à venir et notre héroïne se prit à espérer l'espace d'un éclair que l'on ne parlerait plus désormais de Mr. Elton.

Mr. Weston évoqua une histoire d'invitation à Enscombe. C'est ce qui avait permis à son fils de demander à disposer librement d'une quinzaine de jours et à pouvoir choisir son itinéraire comme son mode de voyage. Emma écouta Mr. Weston en souriant et le félicita.

— Je l'amènerai bientôt à Hartfield, dit-il enfin.

Emma crut voir que sa femme lui donnait une petite tape en l'entendant prononcer ces paroles.

— Nous ferions mieux de partir, dit-elle, nous retenons ces jeunes filles.

— Bon, bon, je suis prêt. Et se retournant vers Emma : Mais il ne faut pas vous attendre à rencontrer un jeune homme extraordinaire. Vous connaissez seulement *ma* version des faits, souvenez-vousen, et en vérité, il n'a certainement rien d'exceptionnel.

Ses yeux étincelants disaient pourtant clairement à ce moment-là qu'il pensait exactement le contraire.

Emma feignit de ne point comprendre et prit un air de parfaite innocence pour répondre de la façon la plus vague possible.

— Demain, pensez à moi vers quatre heures, ma chère Emma, dit Mrs. Weston en partant, et c'est avec une certaine anxiété qu'elle prononça ces mots qui n'étaient destinés qu'à la seule Emma.

— Quatre heures ! Soyez certaine qu'il sera là vers trois heures, rectifia vivement Mr. Weston, et c'est ainsi que s'acheva cette agréable entrevue.

Emma se sentait tellement mieux qu'elle en éprouvait même véritablement du bonheur. Tout lui paraissait différent, maintenant. James et les chevaux ne lui semblaient plus aussi apathiques, elle songea en regardant les haies que les sureaux ne tarderaient pas à fleurir et crut même déceler chez Harriet comme un air de printemps, un tendre sourire, lorsqu'elle se retourna vers elle.

— Mr. Frank Churchill passera-t-il par Bath pour

venir d'Oxford ? demanda-t-elle cependant, ce qui n'augurait rien de bon.

On ne pouvait néanmoins espérer que la connaissance de la géographie et la tranquillité d'esprit vinssent tout d'un coup à la jeune fille et notre héroïne était d'humeur à se fier à l'action du temps en ces deux domaines.

Le matin du grand jour arriva et la fidèle amie de Mrs. Weston n'oublia ni à dix heures ni à onze qu'il lui fallait penser à elle à quatre heures.

— Ma chère, chère amie, se disait-elle en descendant de sa chambre, vous qui êtes tellement anxieuse, tellement soucieuse du bien-être de tous, le vôtre mis à part, je vous imagine, avec vos petits gestes nerveux, entrant encore et toujours dans sa chambre pour vous assurer que tout est parfait.

L'horloge sonna midi tandis qu'elle traversait le hall.. « Il est midi, je n'oublierai pas de penser à vous dans quatre heures et demain, vers cette heure-ci ou un peu plus tard, je pourrai peut-être envisager de vous rendre visite à tous trois. Je suis sûre que nous verrons bientôt ce garçon ici. »

Elle ouvrit la porte du salon et aperçut deux messieurs installés en compagnie de son père... C'étaient Mr. Weston et son fils. Ils n'étaient arrivés que depuis quelques minutes et Mr. Woodhouse en était encore aux compliments de bienvenue et aux félicitations qui avaient succédé aux explications de Mr. Weston sur l'arrivée prématurée de son fils, lorsqu'Emma fit son apparition, venant ainsi partager la surprise et la joie générales.

Ce Frank Churchill dont on parlait depuis si longtemps et qui les passionnait tous tellement était enfin là, devant elle !... On le lui présentait enfin et elle ne trouvait pas qu'on l'eût vanté à l'excès. C'était un jeune homme vraiment séduisant. Sa taille, son air, sa tenue étaient également exceptionnels et ses manières avaient beaucoup de l'esprit et de la vivacité de celles de son père. Il avait l'air vif et intelligent. Elle sentit tout de suite qu'il lui plairait et il faisait pour sa part preuve d'une aisance, d'une civilité et d'un empressement à parler qui la convainquirent qu'il était venu faire sa connaissance et qu'ils se connaîtraient en effet beaucoup mieux d'ici peu.

Il était arrivé à Randalls la veille au soir et notre héroïne fut enchantée d'apprendre que dans sa hâte de voir les Weston, il s'était résolu à changer son plan primitif et à voyager plus tôt, plus tard, et plus vite à seule fin de gagner une demi-journée.

— Je vous l'avais dit hier, s'écria Mr. Weston triomphant, je vous avais dit à tous qu'il serait là plus tôt que prévu. Je me souvenais de mes propres habitudes. Il est insupportable de traîner lorsqu'on voyage et l'on ne peut s'empêcher d'aller plus vite que prévu. Le plaisir de surprendre des amis qui ne vous attendent pas encore vaut largement les petits efforts que cela peut coûter.

— Il est fort agréable de pouvoir se le permettre, ajouta Frank Churchill, mais il est peu de maisons où je prendrais pareille liberté. J'étais cependant certain de pouvoir le faire puisque je venais *chez nous*.

À ces mots, « chez nous », son père le regarda avec une complaisance encore accrue et notre héroïne comprit dès lors que ce garçon savait se rendre agréable, la suite venant de plus renforcer cette certitude. Le jeune homme se déclara en effet enchanté de Randalls. Il en trouvait la maison admirablement agencée et consentait à peine à reconnaître qu'elle était trop petite. Il s'extasiait devant le site, le chemin de Highbury, Highbury lui-même et ne tarissait pas d'éloges sur Hartfield. Il affirmait avoir toujours éprouvé pour cette région l'intérêt que peut seul éveiller en vous le pays natal et rêvait depuis longtemps paraît-il de la visiter. Emma, soupçonneuse, ne manqua point de s'étonner qu'il n'eût jamais trouvé le moyen de satisfaire ce charmant désir, mais elle se dit que si c'était un mensonge, c'était après tout un joli mensonge, et fort bien amené. Les façons de Frank Churchill ne semblaient nullement étudiées ou exagérées et son comportement comme sa manière de parler donnaient en vérité l'impression d'une joie sincère.

On s'entretint essentiellement de ces sujets qui conviennent aux prises de contact, le jeune homme se contentant pour sa part de poser des questions : « Emma montait-elle à cheval ? Faisait-elle d'agréables promenades à cheval ou à pied ? Le voisinage était-il nombreux ? La société de Highbury se suffisait peut-être à elle-même ? Il avait aperçu des maisons ravissantes ? Des bals, donnait-on des bals ? Faisait-on de la musique ? »

Quand il fut renseigné sur ces divers points et que ses relations avec Emma furent devenues un peu plus intimes, il s'efforça cependant de trouver un moyen de parler de sa belle-mère tandis que son père et Mr. Woodhouse conversaient ensemble. Frank décerna à Mrs. Weston de si beaux éloges, il témoigna envers elle d'une admiration si chaleureuse et se déclara si reconnaissant du bonheur qu'elle donnait à son père et de la gentillesse avec laquelle elle l'avait reçu, lui, que son interlocutrice y vit une preuve supplémentaire de son talent à plaire et le signe qu'il la jugeait pour sa part digne d'être conquise. Il ne risqua pas un éloge que Mrs. Weston, Emma le savait fort bien, ne méritât point, mais on se demandait comment il pouvait être aussi bien renseigné sur sa belle-mère. Il voyait clairement ce qui pouvait faire plaisir à Miss Woodhouse mais ne pouvait hasarder quant au reste que de simples conjectures. On ne pouvait, disait-il, que se féliciter du mariage de son père. Tous ses amis devaient s'en réjouir et l'on devait considérer comme les bienfaiteurs de Mrs. Weston ceux qui avaient rendu possible cette union bénie.

Il en arriva presque à remercier Emma des mérites de Miss Taylor, sans paraître pourtant oublier que selon les règles ordinaires on devait plutôt supposer que c'était Miss Taylor qui avait formé le caractère de Miss Woodhouse et non pas Miss Woodhouse celui de Miss Taylor. En fin de compte, et comme s'il était résolu à préciser exactement sa pensée pour mieux cerner le problème qui le préoccupait, il s'étonna de la jeunesse et de la beauté de sa belle-mère.

— J'étais préparé à ses façons élégantes et charmantes, mais tout bien considéré, j'avoue que je ne m'attendais point à trouver mieux qu'une dame d'un certain âge passablement jolie. J'ignorais absolument que Mrs. Weston fût une jeune et jolie femme.

— Pour moi, vous ne lui trouverez jamais assez de perfections, répondit Emma, et vous lui donneriez dix-huit ans que je vous écouterais avec ravissement, mais si elle était là, elle vous querellerait d'user de pareils termes. Ne lui laissez surtout pas imaginer que vous avez parlé d'elle comme d'une jolie femme.

— J'espère être incapable de commettre une telle sottise, dit-il. Non, (avec un salut galant) soyez certaine qu'en présence de Mrs. Weston, je saurai fort bien deviner qui je puis louer sans risquer d'être taxé d'exagération.

Emma se demanda s'il soupçonnait lui aussi les espoirs qui reposaient sur leur rencontre et si elle devait interpréter ses compliments comme des preuves de son acquiescement à ces projets ou comme des signes d'embarras. Il lui faudrait le connaître plus intimement pour comprendre sa façon d'être et pour l'instant elle était simplement sensible à son charme.

Elle n'ignorait pas ce qui occupait l'esprit de Mr. Weston. Elle le surprit plusieurs fois en train de leur jeter de ses yeux vifs un regard heureux et elle acquit bientôt la certitude que lorsqu'il parvenait à s'empêcher de les regarder, il les écoutait encore.

Emma était ravie que son père fût à cent lieues de soupçonner le complot qui se tramait contre lui et qu'il manquât totalement de perspicacité ou de pénétration. Il était heureusement aussi incapable de prévoir un mariage que d'y apporter son approbation, et bien qu'il ne manquât jamais de critiquer les fous qui se fiançaient, il n'éprouvait jamais la moindre appréhension avant que l'affaire ne fût conclue. Il ne pouvait apparemment mésestimer l'intelligence de deux êtres au point de les soupçonner de vouloir se marier et il lui fallait la preuve de leur culpabilité. Emma bénissait quant à elle un aveuglement qui se révélait fort pratique car son père pouvait maintenant, sans arrière-pensée déplaisante et sans envisager une éventuelle trahison de son hôte, donner libre cours à sa civilité naturelle et bienveillante en s'informant du voyage de Frank Churchill et de la façon dont il s'était tiré de la triste obligation d'avoir à passer deux nuits sur la route, exprimant également le désir ardent et sincère que le jeune homme n'eût pas attrapé quelque rhume... ce dont on ne pourrait pas vraiment être sûr avant qu'une autre nuit ne se fût écoulée.

Jugeant que sa visite avait assez duré, Mr. Weston se leva pour prendre congé. Il devait aller à la Couronne pour régler une affaire à propos de son foin et se rendre ensuite chez Ford, Mrs. Weston l'ayant chargé d'une multitude de courses. Il ne voulait cependant presser personne, mais son fils, trop bien élevé pour relever l'allusion, se leva également et lui dit :

— Puisque vous avez une affaire à régler, Monsieur, j'en profiterai pour rendre visite à une personne qu'il me faudra de toute façon aller voir un jour ou l'autre. Autant le faire tout de suite. J'ai l'honneur de connaître l'une de vos voisines (se tournant vers Emma), une jeune fille qui réside à Highbury ou dans ses environs immédiats. Son nom est Fairfax. Je suppose que je n'aurai pas de mal à trouver la maison, bien que cette demoiselle n'habite pas, je crois, chez les Fairfax. Ce serait plutôt Barnes, ou Bates... Connaissez-vous quelqu'un qui réponde à l'un de ces noms ?

— Bien sûr, s'écria Mr. Weston ! Mrs. Bates ! Nous sommes passés devant chez elle. J'ai aperçu Miss Bates à sa fenêtre. C'est vrai que vous connaissez Miss Fairfax... Je me souviens maintenant que vous l'avez rencontrée à Weymouth. C'est une bien jolie jeune fille. De toutes manières, allez la voir.

— Il n'est pas indispensable que j'y aille ce matin, dit le jeune homme. Un autre jour conviendrait tout aussi bien, mais à Weymouth, nous avions des relations telles que...

— Oh, allez-y aujourd'hui, allez-y aujourd'hui, ne remettez point cette visite. Il n'est jamais trop tôt pour faire son devoir et je dois d'autre part, Frank, vous donner le conseil d'éviter soigneusement de lui manquer le moins du monde d'égards *à Highbury*. Vous l'avez rencontrée chez les Campbell où elle était l'égale de ceux qu'elle fréquentait, mais ici elle vit chez une pauvre vieille grand-mère qui a tout juste de quoi vivre. Vous auriez l'air de la mépriser en n'allant pas lui rendre visite au plus tôt.

Le jeune homme parut convaincu.

— Je l'ai entendue dire qu'elle vous connaissait, dit Emma. C'est une jeune fille très élégante.

Il acquiesça, mais d'un « oui » si indifférent qu'Emma en vint à douter de sa sincérité. Il fallait néanmoins que les gens à la mode eussent une idée bien particulière de l'élégance pour juger que Jane Fairfax n'en était que médiocrement dotée.

— Si vous n'avez jamais été frappé par ses maniè-res, vous le serez certainement aujourd'hui, dit-elle, car vous la verrez à son avantage. Regardez-la, écoutez-la... Non, je crains que vous n'entendiez même pas le son de sa voix, car elle est affligée d'une tante qui ne sait pas tenir sa langue deux secondes.

— Vous connaissez bien Miss Jane Fairfax, n'est-ce pas, Monsieur ? demanda Mr. Woodhouse qui était, comme toujours, le dernier à intervenir dans la conversation. En ce cas, permettez-moi de vous assurer que c'est une jeune fille tout à fait charmante. Elle est ici en visite chez sa grand-mère et chez sa tante, des personnes fort respectables que je connais depuis toujours. Je suis sûr qu'elle seront très heu-reuses de vous voir et l'un de mes domestiques vous accompagnera pour vous montrer le chemin.

— Il n'en est pas question, mon cher Monsieur, mon père saura bien me guider.

— Mais votre père ne va pas aussi loin. Il s'arrête à la Couronne, de l'autre côté de la rue, et les maisons sont si nombreuses que... Non, vous pour-riez vous trouver embarrassé et cette rue est un vrai bourbier dès qu'on s'éloigne du trottoir. Mon cocher vous indiquera l'endroit le plus pratique pour tra-verser.

Mr. Frank Churchill persista à refuser en s'effor-çant de garder son sérieux et son père lui apporta cordialement son appui en s'écriant :

— Mon cher ami, c'est tout à fait inutile, Frank

sait reconnaître une flaque d'eau quand il en aperçoit une... Quant à la maison de Miss Bates, il peut y aller d'un saut depuis la Couronne.

On leur permit finalement de partir seuls et les deux messieurs prirent congé, l'un d'un signe de tête et l'autre avec une révérence fort gracieuse. Très satisfaite de cette première rencontre, Emma put désormais penser à toute heure du jour à ses amis de Randalls sans éprouver l'ombre d'une inquiétude.

CHAPITRE XXIV

Mr. Frank Churchill revint le lendemain matin, accompagnant une Mrs. Weston qu'il semblait aimer aussi passionnément qu'il appréciait Highbury. Il était gentiment resté avec elle à la maison jusqu'à l'heure où elle avait coutume d'aller prendre un peu d'exercice et il s'était prononcé pour Highbury dès qu'elle lui avait demandé de choisir le but de leur promenade. « Il ne doutait point que l'on pût faire de charmantes promenades n'importe où dans les environs, mais pour sa part, ses suffrages iraient toujours à la même s'il n'écoutait que son désir. Highbury, ce Highbury où l'on respirait un si bon air, ce Highbury si gai, si heureux l'attirerait toujours irrésistiblement. » Par Highbury, Mrs. Weston comprenait Hartfield et elle ne doutait pas que le jeune homme l'entendît de la sorte. Ils s'y rendirent donc ensemble sans plus tarder.

Emma ne s'attendait guère à recevoir leur visite car Mr. Weston était venu faire un petit tour pour entendre louer les charmes de son fils et ne lui avait rien dit des projets de sa femme et de Frank. Notre héroïne en fut d'autant plus agréablement surprise lorsqu'elle les vit arriver bras dessus bras dessous. Elle avait envie de revoir le jeune homme et désirait

257

surtout l'observer en compagnie de Mrs. Weston, l'opinion qu'elle pourrait avoir de lui dépendant en grande partie de sa conduite à l'égard de sa belle-mère. Elle aurait été absolument incapable de lui pardonner la moindre faute sur ce point mais elle fut totalement rassurée en les voyant ensemble. Frank ne se contentait pas de remplir son devoir avec de jolis mots ou de dithyrambiques compliments et rien n'était plus honnête ou plus gracieux que la façon dont il en usait envers Mrs. Weston. Chacun de ses actes ou chacune de ses paroles exprimait clairement son désir de considérer celle-ci comme une amie et de s'assurer son affection, et notre héroïne eut tout le temps de se former un jugement équitable, puisque ses deux visiteurs demeurèrent en sa compagnie durant toute la matinée. Ils allèrent se promener tous les trois pendant une heure ou deux, commençant par faire le tour des pépinières de Hartfield avant de pousser jusqu'à Highbury. Le jeune homme était enchanté de tout ce qu'il voyait et son enthousiasme pour Hartfield eût satisfait Mr. Woodhouse lui-même. Lorsqu'on eut décidé de poursuivre la promenade plus avant, il avoua son désir de mieux connaître le village dans son ensemble, le jugeant digne d'intérêt ou d'éloges bien plus souvent qu'Emma n'aurait jamais pu s'y attendre.

Sa curiosité relevait parfois des sentiments les plus délicats. Il pria ces dames de lui montrer la demeure où son père avait habité si longtemps et qui avait été le foyer du père de son père. Il se souvint aussi d'une vieille femme qui s'était occupée de lui quand il était petit et se mit en quête de la chaumière dans laquelle elle vivait. Toutes ses aspirations ou remarques ne chantaient certes point aussi clairement ses mérites, mais on y lisait tant de sympathie pour Highbury que

Mrs. Weston et Emma ne purent s'empêcher de leur trouver une sorte de noblesse.

Emma observait le jeune homme, et les sentiments qu'il manifestait à présent la persuadèrent qu'on ne pouvait équitablement le soupçonner de s'être volontairement abstenu de venir, d'être véritablement responsable de ses négligences ou d'avoir multiplié les promesses fallacieuses. Mr. Knightley ne lui avait pas rendu justice, cela ne faisait dorénavant plus l'ombre d'un doute.

Ils firent une première pause à la Couronne, un établissement tout à fait insignifiant bien que ce fût le principal hôtel des environs. On y gardait deux paires de chevaux de poste, pour la commodité des habitants du voisinage plus que pour d'éventuels voyageurs, et les compagnes de Frank ne se seraient certes jamais attendues à ce qu'il s'intéressât à cet hôtel et les retînt là. En passant devant, elles lui racontèrent cependant l'histoire d'une grande pièce que l'on devinait aisément avoir été rajoutée après coup. Elle avait été construite bien des années plus tôt pour servir de salle de bal et on l'avait parfois utilisée comme telle à l'époque où la société des environs était plus nombreuse et appréciait la danse. Ces beaux jours étaient malheureusement depuis longtemps révolus et la salle n'avait désormais point de plus noble destination que d'abriter un club de whist où fréquentaient les gentlemen ou quasi gentlemen de la place. L'intérêt de Mr. Frank Churchill fut immédiatement éveillé, cette pièce retenant son attention en tant que salle de bal. Au lieu de continuer son chemin, il s'arrêta donc plusieurs minutes devant les deux fenêtres à guillotine qui se trouvaient être ouvertes et regarda à l'intérieur pour juger des possibilités des lieux. Il regrettait fort que l'on n'utilisât plus cette salle à ses fins originelles, ne lui voyant pas le moindre défaut et refusant obstinément d'admettre ceux que lui suggéraient ses compagnes. « Non, non, elle était assez longue, assez large, assez belle. Elle pouvait contenir le nombre idéal de danseurs et les habitants de Highbury auraient dû y donner un bal tous les quinze jours au moins pendant l'hiver. Pourquoi Miss Woodhouse n'avait-elle pas ressuscité les bons vieux usages ? Elle qui pouvait faire tout ce qu'elle voulait à Highbury ? On évoqua la pénurie de familles convenables dont souffrait la ville et l'impossibilité d'attirer des gens des environs, même proches, mais le jeune homme ne se laissa point fléchir. Il ne pouvait croire que toutes les belles demeures qu'il apercevait ne parvinssent à fournir un contingent suffisant de danseurs, et même quand on lui eut décrit chaque famille, il refusa d'admettre les inconvénients d'une pareille hétérogénéité ou les problèmes que risquait de poser l'obligation pour chacun de reprendre son rang le lendemain matin. Il raisonnait comme un jeune homme qui raffole de danse et notre héroïne fut assez surprise de constater à quel point le tempérament des Weston l'emportait chez lui sur les habitudes des Churchill. Ce garçon semblait avoir hérité toute la vie, l'esprit, la gaieté et les goûts mondains de son père et rester totalement étranger à l'orgueil ou à la réserve de ceux d'Enscombe. Pour ce qui est de l'orgueil, il en manquait à vrai dire peut-être un peu trop et son indifférence à la hiérarchie sociale frisait parfois l'indélicatesse. Il ne pouvait cependant imaginer la gravité de ce qu'il tenait pour dénué d'importance et il se laissait pour l'heure emporter par son enthousiasme.

On finit par le persuader d'abandonner la Couronne et comme nos promeneurs arrivaient presque en face de la maison des Bates, Emma se rappela la visite que Frank projetait la veille, lui demandant s'il s'en était acquitté.

— Oui, oh oui, répondit-il. J'allais justement vous en parler. Un vrai succès ! J'ai vu ces trois dames, et je vous ai été fort reconnaissant de m'avoir mis en garde. Si cette tante si bavarde m'avait pris par surprise, je n'aurais certainement jamais survécu à l'épreuve. En l'occurrence, je me suis simplement trouvé amené à faire une visite beaucoup plus longue que prévu. Dix minutes eussent largement suffi et je n'avais aucune raison de m'attarder davantage. J'avais dit à mon père que je serais rentré avant lui, mais pas moyen de m'échapper, pas une minute d'accalmie ! Lorsque mon père, ne me trouvant nulle part, est venu me rejoindre, je me suis aperçu à mon plus grand étonnement que j'étais là depuis trois quarts d'heure, et de tout ce temps, cette bonne dame ne m'avait pas laissé la moindre chance de fuir.

— Et comment avez-vous trouvé Miss Fairfax ?

— Elle a mauvaise mine, très mauvaise mine... enfin, s'il est permis à une jeune fille d'avoir mauvaise mine. Ce terme n'est guère admis dans le monde, n'est-ce pas, Mrs. Weston ? Les dames n'ont jamais mauvaise mine, et sérieusement Miss Fairfax est naturellement si pâle qu'elle donne toujours l'impression d'être souffrante. Elle manque vraiment de couleurs.

Emma refusa d'acquiescer à cette remarque et se mit à défendre chaleureusement le teint de Miss Fairfax. « Il n'était certes jamais très coloré mais il n'était pas maladif. Et puis la peau de Miss Fairfax était si douce et si délicate que le visage de la jeune fille y gagnait une élégance peu commune. » Mr. Churchill l'écouta avec toute la déférence due et il reconnut avoir entendu nombre de gens tenir le même discours tout en se voyant forcé d'avouer que rien ne valait à ses yeux le bel éclat de la santé. De jolies couleurs parvenaient à donner du charme à des traits ordinaires et lorsqu'un visage était déjà beau, il en devenait... Il s'abstint heureusement de préciser sa pensée.

— Bon, dit Emma, il est inutile de discuter des goûts de chacun, mais j'espère au moins que son teint mis à part, vous la trouvez belle ?

Il hocha la tête en riant :

— Je ne puis dissocier Miss Fairfax de son teint.

— Est-ce que vous la rencontriez souvent à Weymouth ? Fréquentiez-vous la même société ?

Ils approchaient à ce moment-là de chez Ford et Frank s'écria :

— Ah, voici certainement ce fameux magasin où d'après mon père chacun ici se rend chaque jour que Dieu fait. Mr. Weston avoue venir lui-même six jours sur sept à Highbury et avoir toujours à faire chez Ford. Je vous en prie, entrons si cela ne vous dérange pas. Je voudrais prouver que je suis vraiment d'ici, que je suis un vrai citoyen de Highbury, et pour cela je dois absolument acheter quelque chose chez Ford. Voilà, je vais sacrifier ma liberté ! Je suppose que l'on vend des gants, chez Ford ?

— Oh oui, des gants et tout le reste. J'admire sincèrement votre patriotisme. Avant même d'arriver, vous étiez déjà fort populaire en tant que fils de Mr. Weston, mais si vous dépensez une demi-guinée chez Ford, c'est votre seul mérite qui vous vaudra la sympathie de tous.

Ils entrèrent, et tandis que l'on descendait pour les déposer ensuite sur le comptoir les paquets bien ficelés de « Castor des hommes » et de « York tan », Frank Churchill reprit :

— Mais je vous demande pardon, Miss Wood-house, vous me parliez, vous me disiez quelque chose au moment où j'ai eu cet élan d'*amor patriae*. Reprenez, je vous en prie. Je vous assure que toutes les gloires publiques ne me consoleraient point d'avoir négligé le plus petit bonheur privé.

— Je vous demandais simplement si vous fréquentiez beaucoup Miss Fairfax et ses amis, à Weymouth.

— Maintenant que j'ai compris votre question, je vous avouerai que je la trouve très déloyale. C'est toujours à la dame qu'il appartient d'apprécier le degré d'intimité qui existe entre elle et vous, et Miss Fairfax a déjà dû vous donner sa version des faits. Je ne voudrais surtout pas me compromettre en prétendant à plus qu'il ne plaît à cette demoiselle d'accorder.

— Sur mon honneur, votre circonspection égale presque la sienne ! Mais ses récits laissent toujours tant de place à la divination, elle est tellement réservée et si peu désireuse de fournir le moindre renseignement que vous pouvez, je crois, raconter tout ce qui vous plaît sur vos relations avec elle.

— Le puis-je réellement ? En ce cas, je vous dirai la vérité et rien ne me convient mieux. Je l'ai souvent rencontrée à Weymouth. Je connaissais déjà vaguement les Campbell à Londres et nous avions des amis communs à Weymouth. Le colonel Campbell est un homme charmant et Mrs. Campbell une femme aimable et pleine de cœur. Ce sont tous des personnes que j'aime beaucoup.

— J'en conclus que vous connaissez la situation de Miss Fairfax et la vie qui l'attend ?

— Oui (plutôt hésitant), je le crois.

— Vous abordez des sujets délicats, Emma, dit Mrs. Weston en souriant, souvenez-vous que je suis là... Mr. Frank Churchill ne sait trop que répondre lorsque vous évoquez la situation de Miss Fairfax et je pense préférable de m'éloigner un peu.

— Quand je pense à *Mrs. Weston,* dit Emma, je ne pense jamais qu'à la femme qui fut toujours mon amie, la plus chère de mes amies...

Frank parut comprendre et estimer à sa juste valeur un pareil sentiment.

Lorsqu'ils eurent quitté le magasin après avoir acheté les fameux gants, Frank Churchill demanda à Emma :

— Avez-vous déjà entendu jouer la jeune fille dont nous parlions ?

— Si je l'ai entendue ! répliqua-t-elle. Vous oubliez qu'elle est presque d'ici ! Je l'ai entendue chaque année de mon existence depuis nos débuts à chacune. Elle joue d'une façon ravissante.

— C'est aussi votre avis, n'est-ce pas ? Je voulais connaître l'opinion d'un juge averti. Il me semblait qu'elle jouait bien, ou plutôt avec un certain goût, mais je ne suis pas spécialiste en la matière. J'aime la musique mais je ne me sens pas plus le talent que le droit de juger des performances de quelqu'un. J'ai souvent entendu vanter son jeu et j'ai en mémoire une anecdote qui prouve qu'on la tient pour une excellente interprète. J'ai rencontré un homme, fort musicien lui-même, amoureux d'une autre femme, fiancé et sur le point de se marier, qui ne demandait jamais à cette autre femme de s'installer au piano si la demoiselle en question pouvait s'y installer à sa place... Il ne semblait jamais avoir la moindre envie d'écouter l'une s'il pouvait entendre l'autre. J'y ai vu là une preuve des plus concluantes, cet homme étant réputé pour ses talents musicaux.

— Une preuve, en vérité ! dit Emma très amusée. Mr. Dixon est grand amateur de musique, n'est-ce pas ? D'ici une demi-heure, nous en saurons grâce à vous plus long sur ces gens que nous n'eussions pu espérer en apprendre de Miss Fairfax en six mois.

— Oui, c'est bien de Mr. Dixon et de Miss Campbell que je parlais et cette preuve m'a convaincu.

— Oui, et elle est à vrai dire tellement éclatante que cela ne m'aurait pas du tout plu si j'avais été Miss Campbell. Je ne pourrais jamais pardonner à un homme d'être plus mélomane qu'amoureux, d'avoir l'oreille plus sensible que l'œil et de préférer à mes sentiments d'exquises sonorités... Comment Miss Campbell semblait-elle apprécier tout cela ?

— Elles sont très intimes, vous savez.

— Piètre consolation ! dit Emma en riant. On aimerait mieux se voir préférer un étranger qu'un ami intime ! Avec un inconnu, on a des chances de ne pas voir se reproduire une scène aussi déplaisante, mais quelle malédiction d'avoir constamment près de soi une compagne qui fait tout mieux que vous ! Pauvre Mrs. Dixon ! Enfin, je suis ravie qu'elle soit allée s'établir en Irlande.

— Vous avez raison, ce n'était guère flatteur pour Miss Campbell mais elle n'avait nullement l'air d'en souffrir.

— Tant mieux !... ou tant pis, je ne sais pas. Mais qu'il s'agisse chez elle de douceur ou de sottise, d'amitié excessive ou de pure indifférence, il est au moins, d'après moi, une personne qui aurait dû se sentir gênée : Miss Fairfax. Oui, elle aurait dû, elle, souffrir d'une marque de distinction aussi inconvenante que dangereuse.

— Quant à cela, je ne...

— Oh, n'allez pas imaginer que j'attende de vous ou de quiconque une analyse des sentiments de Miss Fairfax ! Je crois qu'à part elle, nul ne les connaît... mais le fait qu'elle continuât de jouer à chaque fois que Mr. Dixon le lui demandait prête aux interprétations les plus diverses.

— Ils semblaient tous vivre en si parfaite intelligence, poursuivit-il vivement, mais, se reprenant, il ajouta : « Cependant, il m'est impossible de définir réellement leurs relations et ce qui pouvait se cacher derrière les apparences. Tout ce que je puis affirmer, c'est que vus de l'extérieur, leurs rapports étaient d'une totale harmonie. Mais vous connaissez Miss Fairfax depuis son enfance et vous devez être meilleur juge que moi de son caractère et de la façon dont elle peut se conduire dans une situation délicate.

— Je la connais certes depuis toujours, nous avons été enfants et jeunes filles ensemble, et il est tout naturel de penser que nous devrions être intimes et que nous aurions dû nous lier d'amitié lorsqu'elle venait voir ses parentes, mais ce n'est pas le cas. Je ne sais pas au juste pourquoi. Peut-être est-ce en partie ma faute et peut-être sont-ce mes propres démons qui m'ont poussée à prendre en aversion une jeune fille que sa tante, sa grand-mère et tous leurs amis ont toujours idolâtrée et vantée à l'excès. Et cette réserve ! Je ne suis jamais parvenue à m'attacher à un être aussi parfaitement glacé.

— C'est effectivement un trait de caractère fort déplaisant, parfois pratique, sans aucun doute, mais toujours désagréable. La réserve représente peut-être une sécurité mais ce n'est jamais un charme. On ne peut aimer une personne trop froide.

— Sauf si sa réserve se dissipe pour nous. Le charme alors peut n'en devenir que plus grand... mais je n'ai jamais eu suffisamment besoin d'une amie ou d'une compagne agréable pour prendre la peine de combattre la froideur de quiconque. Il est hors de question que Miss Fairfax et moi soyons jamais intimes. Je n'ai pas la moindre raison de penser du mal d'elle, non pas la moindre... sauf peut-être que cette extrême et sempiternelle prudence en paroles ou en actes, cette peur de donner un avis précis sur quiconque sont de nature à faire soupçonner qu'elle a quelque chose à cacher.

Il acquiesça, et après cette longue promenade commune, après cette discussion qui révélait une telle convergence d'opinions, Emma en vint à s'extasier que ce ne fût là que leur deuxième rencontre tant elle avait l'impression de le connaître intimement. Frank Churchill ne correspondait pas tout à fait à ses prévisions. Par certains côtés, il se révélait moins homme du monde, moins enfant gâté de la fortune et par conséquent plus séduisant qu'elle ne l'avait espéré. Elle fut particulièrement frappée du jugement qu'il porta sur la maison de Mr. Elton qu'il avait voulu aller voir ainsi que l'église. Il refusa de partager la sévérité de ses deux compagnes. Non, il ne pouvait croire que cette maison fût inconfortable ou que son propriétaire fût à plaindre, et d'après lui, un homme en mesure de la partager avec la femme aimée ne pourrait jamais mériter la moindre compassion. Il devait y avoir là suffisamment de place pour vivre agréablement et celui qui désirait plus n'était qu'un imbécile.

Mrs. Weston lui répondit en riant qu'il ignorait de quoi il parlait. Lui-même habitué à une demeure spacieuse, il n'avait jamais réfléchi à tous les avantages et commodités que cela implique et il ne pouvait donc juger des inconvénients d'une maison petite. Emma était cependant persuadée qu'*il savait fort bien* de quoi il parlait, voyant dans son discours la manifestation d'une charmante inclination à s'établir et à se marier tôt, tout cela pour les motifs les plus louables. Il ne devait certes pas se rendre compte des répercussions que peuvent avoir dans la vie domestique l'absence d'une chambre pour la bonne ou l'exiguïté d'une office de maître d'hôtel, mais conscient qu'Enscombe ne saurait pas le rendre heureux il était sans aucun doute prêt à abandonner dès que possible son existence fastueuse pour pouvoir s'établir avec l'élue de son cœur.

CHAPITRE XXV

Emma sentit baisser son estime pour Frank Churchill lorsqu'elle apprit le lendemain qu'il était parti pour Londres à seule fin de se faire couper les cheveux. Pris d'une soudaine lubie au petit déjeuner, il avait commandé une voiture de poste et s'en était allé pour la journée sans motif plus sérieux que de se faire coiffer. Il n'y avait certes rien de coupable à faire trente-deux miles dans ce but, mais cela dénotait apparemment une fatuité et une puérilité qui ne pouvaient que choquer Emma. Ce caprice contrastait singulièrement avec la sagesse, le sens de l'économie ou même les sentiments désintéressés que la jeune fille avait cru discerner en lui, et il prêtait désormais le flanc à bien des critiques. La vanité, l'extravagance, l'amour du changement et l'instabilité ne jouaient-ils pas un rôle, positif ou négatif, dans ses agissements et ne pouvait-on lui reprocher son insouciance à l'égard du bon plaisir de Mr. Weston et son indifférence au qu'en-dira-t-on ? Se contentant de le traiter de freluquet, son père s'amusa beaucoup de l'histoire, mais Mrs. Weston n'apprécia pour sa part nullement cette équipée, comme en témoigna clairement sa façon de passer sur l'incident sans se permettre d'autre commentaire qu'un : « Tous les jeunes gens ont leurs lubies. »

Emma s'aperçut pourtant qu'en dehors de ce petit problème, son amie nourrissait pour Frank la plus vive estime. Mrs. Weston se montrait en effet fort empressée à faire l'éloge d'un compagnon aussi charmant qu'attentionné et se plaisait à évoquer l'aimable caractère de ce garçon. Il semblait d'un naturel très gai, très vivant, et elle ne trouvait rien à redire à ses idées dont la plupart étaient même fort justes. Il aimait à parler de son oncle et le faisait toujours avec une chaleureuse estime... « Ce serait, disait-il, le meilleur homme du monde s'il ne subissait une influence néfaste », et pour sa tante, sans pouvoir vraiment lui porter de l'affection, il reconnaissait avec gratitude sa gentillesse et semblait tenir à ne parler d'elle qu'en termes respectueux. Tout cela était des plus prometteur, et hormis cette malencontreuse idée d'aller se faire couper les cheveux à Londres, rien ne laissait supposer qu'il fût indigne de l'insigne honneur qu'Emma lui concédait : Ne poussait-elle pas en effet la condescendance jusqu'à le croire sinon positivement amoureux d'elle, du moins tout près de l'être, la seule médecine à cette passion étant l'indifférence d'une jeune fille toujours aussi résolue à ne point se marier ? N'allait-elle pas en bref jusqu'à s'avouer que leurs amis communs les destinaient l'un à l'autre ?

Mr. Weston vient ajouter pour sa part à ce tableau flatteur un mérite d'un certain poids en faisant comprendre à Emma que Frank l'admirait beaucoup et la trouvait très belle et tout à fait charmante. Elle ne pouvait décidément juger avec sévérité un jeune homme qui méritait tant d'éloges et elle finit par se dire que Mrs. Weston avait eu raison de faire remarquer que tous les jeunes gens ont leurs petites lubies.

De toutes les nouvelles relations de Mr. Frank Churchill, il ne s'en trouvait qu'une pour ne point faire montre d'une telle indulgence. Les paroissiens de Donwell ou de Highbury se plaisaient généralement à juger sans méchanceté ce garçon et l'on se montrait généreux pour les petits excès de ce beau jeune homme qui savait si bien sourire et tirer une révérence. Il y avait cependant un homme qui ne se laissait pas attendrir et demeurait capable de censurer, et cet homme était Mr. Knightley. C'est à Hartfield qu'il apprit l'histoire du départ pour Londres et s'il ne fit tout d'abord aucun commentaire, Emma l'entendit bientôt murmurer pour lui-même : « Hum, c'est bien le garçon insignifiant et stupide que j'imaginais ! » Emma fut sur le point de s'indigner mais une minute d'observation lui suffit pour comprendre qu'il n'avait réellement prononcé ces paroles que pour se soulager et n'y avait pas mis la moindre provocation. La jeune fille n'insista pas.

Bien qu'ils fussent porteurs de mauvaises nouvelles, Emma jugea fort opportune la visite que lui rendirent ce matin-là Mr. et Mrs. Weston, car il se produisit pendant qu'ils se trouvaient à Hartfield un incident où notre héroïne eut besoin de leurs conseils, et comble de chance, ils lui donnèrent justement celui qu'elle attendait.

Le problème était le suivant : les Cole habitaient Highbury depuis un certain nombre d'années. Ils étaient fort aimables, amicaux, généreux, simples, mais d'un autre côté, gens de commerce, ils étaient d'origine modeste et sans grande distinction. Lorsqu'ils étaient arrivés dans le pays, ils avaient mené la vie paisible que leur permettaient leurs revenus, ne fréquentant qu'une société restreinte et n'engageant guère de frais pour recevoir. Depuis un an ou deux, leur situation s'était cependant grandement améliorée, les profits qu'ils tiraient de leur maison de Londres s'étant considérablement accrus et la fortune leur souriant en toutes choses. Leurs prétentions avaient augmenté en même temps que leurs biens et ils avaient voulu une demeure plus vaste et des amis nombreux. Ils avaient donc fait agrandir leur maison et avaient engagé des domestiques supplémentaires, multipliant les frais de toute sorte. A l'époque dont nous parlons, ils venaient en deuxième position après ceux de Hartfield pour la fortune et le train de vie. Leur amour des mondanités et leur salle à manger flamblant neuve laissaient à penser qu'ils donneraient des dîners et certaines personnes, des célibataires surtout, s'étaient déjà trouvées invitées chez les Cole. Emma ne pensait pas qu'on eût un jour l'audace d'inviter les familles les plus prestigieuses de la place, à savoir ceux de Donwell, ceux de Hartfield ou ceux de Randalls. Pour elle, elle était tout à fait résolue à refuser de dîner chez les Cole s'ils l'en priaient jamais, et elle songeait qu'en ce cas elle regretterait seulement que les habitudes de son père rendissent un refus moins significatif qu'il n'était souhaitable. Ces Cole étaient des personnes très respectables à leur manière, mais il fallait leur apprendre qu'ils n'avaient point à décider des conditions dans lesquelles leurs supérieurs pouvaient leur rendre visite. Elle craignait cependant d'être la seule à vouloir leur donner semblable leçon, n'ayant en ce domaine pas la moindre confiance en Mr. Knightley ou Mr. Weston.

Il y avait si longtemps qu'elle avait décidé de la réponse à opposer à tant de présomption qu'elle se trouva très différemment disposée quand l'insulte l'atteignit enfin. Ceux de Donwell et de Randalls avaient déjà reçu leur invitation mais rien n'était arrivé pour Emma et son père. « Je suppose, disait

Mrs. Weston pour justifier cette exclusion, qu'ils n'oseront pas prendre cette liberté avec vous. Ils n'ignorent pas que vous ne dînez jamais dehors. » Emma ne se sentait pas tout à fait satisfaite de cette explication et elle comprit qu'elle désirait avoir la possibilité de refuser. Elle songea souvent par la suite à ceux qui assisteraient à ce dîner et en vint à se demander si elle n'aurait pas été tentée d'accepter de s'y rendre puisqu'il réunirait justement les êtres dont la société lui était la plus chère. Harriet et les Bates étaient conviées à la soirée qui aurait lieu après le repas. Les deux amies en avaient discuté la veille en se promenant dans les environs de Highbury et Frank avait ardemment déploré l'absence de Miss Woodhouse à cette réception. « Cette soirée ne risquaitelle pas de finir par un bal ? » Cette simple éventualité avait encore accru l'irritation de la jeune fille, et se voir abandonnée à sa solitaire splendeur lui était apparu comme une bien piètre consolation, même s'il fallait interpréter cet oubli comme un compliment.

C'est précisément l'arrivée de l'invitation des Cole pendant la visite des Weston qui rendit ce jour-là leur présence tellement opportune. En effet, bien que le premier geste d'Emma en lisant la lettre fut de déclarer « qu'il fallait bien sûr refuser », elle mit ensuite tant de hâte à leur demander ce qu'elle devait faire que ses amis lui conseillèrent aussitôt d'accepter.

Emma reconnut que tout bien considéré, elle avait une certaine envie d'assister à ce dîner : les Cole s'exprimaient si poliment, leur lettre témoignait d'un respect si sincère et d'une telle considération pour son père ! « Ils auraient bien aimé solliciter plus tôt cet honneur, mais ils avaient attendu de recevoir de Londres un paravent qui, l'espéraient-ils, garantirait Mr. Woodhouse de tout courant d'air et l'inciterait

donc à les honorer plus volontiers de sa présence ».
Emma se révéla somme toute assez facile à convaincre et quand on eut brièvement décidé de la façon
dont on pourrait s'arranger sans pour autant négliger
Mr. Woodhouse à qui Mrs. Goddard ou Mrs. Bates
viendraient sans nul doute tenir compagnie, on
entreprit de persuader le vieux monsieur qu'il devait
consentir à ce que sa fille sortît dîner l'un de ces
prochains jours et passât toute une soirée loin de lui.
Quant à ce qu'il honorât lui-même l'invitation,
Emma ne lui permit point d'y songer car on se
coucherait trop tard et la compagnie serait trop
nombreuse. Mr. Woodhouse finit par se résigner.

— Je n'aime pas les dîners, dit-il, je ne les ai
jamais aimés. Emma non plus, d'ailleurs. Nous
détestons nous coucher tard. Je suis navré que Mr. et
Mrs. Cole nous aient invités. Ne serait-il pas mille
fois préférable qu'ils vinssent prendre le thé avec
nous un après-midi, cet été ? Ils pourraient nous
rendre visite pendant leur promenade, ce qui leur
serait aisé étant donné la sagesse de nos horaires. Ils
pourraient même être rentrés avant que ne tombe
l'humidité du soir. Je n'exposerais pour rien au
monde des amis à ces terribles rosées des soirs d'été.
Enfin, puisqu'ils ont tellement envie d'avoir Emma à
dîner et que vous y serez tous les deux ainsi que
Mr. Knightley, je ne puis décemment l'empêcher d'y
aller pourvu que le temps ne soit ni trop humide, ni
trop froid, ni venteux. Il se tourna ensuite vers
Mrs. Weston et lui dit d'un air de tendre reproche :
Ah, Miss Taylor, si vous ne vous étiez pas mariée,
vous seriez restée à la maison avec moi !...

— Allons, Monsieur, répliqua Mr. Weston, c'est
moi qui vous ai arraché Miss Taylor et il m'incombe
donc de la remplacer si je le puis. Si vous le

souhaitez, je vais aller sur-le-champ chez Mrs. Goddard.

L'idée que l'on dût faire quelque chose *sur-le-champ* accrut cependant la panique de Mr. Woodhouse au lieu de l'apaiser. Heureusement, ces dames savaient comment calmer le vieil homme, n'ignorant point que Mr. Weston devait rester tranquille et qu'il fallait régler sans hâte les derniers détails.

Ce traitement réussit à merveille et Mr. Woodhouse fut bientôt suffisamment rasséréné pour parler comme d'habitude. « Il serait enchanté de voir Mrs. Goddard. Il avait beaucoup d'estime pour elle et Emma devait absolument lui adresser une lettre d'invitation. James se chargerait de porter le billet, mais ne devait-on pas avant tout songer à répondre à Mrs. Cole ? »

— Vous lui présenterez mes excuses aussi poliment que possible, ma chère enfant. Vous lui direz que je ne suis qu'un pauvre malade qui ne sort jamais et que je me vois par conséquent dans l'obligation de décliner leur gracieuse invitation. Vous commencerez bien sûr par leur faire tous mes compliments... Mais vous vous en tirerez fort bien et je n'ai pas besoin de vous dicter votre conduite. Il ne faudra pas oublier d'avertir James que nous aurons besoin de la voiture mardi. Cela me rassurera de vous savoir avec lui. Nous ne sommes pas allés là-bas depuis qu'on a refait la route mais je n'en suis pas moins persuadé que James vous amènera à bon port. Lorsque vous arriverez, dites-lui à quelle heure il doit revenir vous chercher. Je vous conseillerais de lui demander de venir tôt, car vous serez certainement fatiguée dès après le thé.

— Mais vous ne voudriez pas que je m'en aille avant d'être fatiguée, Papa ?

— Oh, non, ma chérie, mais vous serez vite

épuisée. Cette foule de gens qui parleront tous en même temps et ce bruit infernal vous laisseront sans forces.

— Mais mon cher Monsieur, si Emma s'en va, cela signifiera la dispersion générale, s'écria Mr. Weston.

— Ce ne serait pas un grand mal, répliqua Mr. Woodhouse, plus une soirée s'achève tôt, et mieux cela vaut.

— Mais vous ne songez pas à la façon dont les Cole interpréteraient une pareille conduite ! Emma les insulterait en partant aussitôt après le thé. Ce sont de braves gens, et s'ils ne sont pas très exigeants quant aux égards qui leur sont dus, ils ne peuvent cependant ignorer qu'un départ précipité n'a rien de flatteur pour des hôtes. Si c'est Miss Woodhouse qui agit de la sorte, ce sera pire encore. Vous ne voudriez pas décevoir et humilier les Cole, j'en suis certain, Monsieur. Ce sont de si braves gens, des amis si sincères, et cela fait si longtemps, dix ans pour tout dire, que vous les avez pour voisins...

— Je ne voudrais pour rien au monde les chagriner, Mr. Weston, et je vous suis fort obligé de me rappeler à l'ordre. Je serais vraiment navré de leur causer la moindre peine. Je sais qu'ils sont infiniment respectables. Mr. Perry m'a confié que Mr. Cole ne buvait jamais une goutte de bière. Jamais on ne le croirait à le voir, mais il est malade du foie. Oui, Mr. Cole est gravement malade... Oh, non, je ne voudrais surtout pas qu'ils soient malheureux par ma faute. Nous ne devons pas négliger cet aspect du problème, ma chère Emma, et je suis convaincu que vous resteriez un peu plus longtemps que vous n'en avez envie plutôt que de courir le risque de blesser Mr. et Mrs. Cole. Vous ne songerez même plus à votre fatigue, et vous serez en parfaite sécurité parmi tous vos amis, vous savez.

— Oui, Papa, je ne crains rien pour moi-même et je resterai aussi longtemps que Mrs. Weston, soyez-en assuré, mais c'est pour vous que je m'inquiète... Je crains que vous ne m'attendiez. Je suis certaine que vous passerez une excellente soirée en compagnie de Mrs. Goddard. Elle aime le piquet, savez-vous, mais je crains qu'après son départ, vous ne restiez là, tout seul, à m'attendre, au lieu d'aller vous coucher comme d'habitude. Cette seule idée suffirait à gâcher ma soirée et vous devez me promettre de ne point m'attendre.

Il le fit, mais à la condition qu'elle lui promît en retour de bien se réchauffer si elle avait froid en arrivant à la maison et de manger quelque chose si elle avait faim, exigeant également que la femme de chambre fût là pour s'occuper de sa maîtresse au retour et que Serle et le maître d'hôtel fussent prêts à vérifier que tout était en ordre dans la maison.

CHAPITRE XXVI

Frank Churchill revint de Londres. On ne sut jamais à Hartfield s'il avait retardé ce soir-là le dîner de son père, Mrs. Weston désirant trop lui assurer l'affection de Mr. Woodhouse pour trahir une faute qui pouvait demeurer secrète.

Le jeune homme rentra donc, les cheveux coupés et prêt à rire avec la meilleure grâce du monde de sa propre sottise, sans paraître pourtant en concevoir véritablement de la honte. Il ne se sentait aucune raison de soupirer après les longs cheveux qui lui eussent permis de dissimuler un trouble quelconque et n'avait pas davantage à regretter sa dépense. Notre héroïne le retrouva donc plus sûr de lui et plus enjoué que jamais et elle tira de sa rencontre avec lui la conclusion suivante :

— J'ignore si c'est très moral, mais il est certain que nombre de sottises perdent de leur gravité lorsqu'elles sont le fait d'êtres intelligents qui les commettent impudemment. La méchanceté reste toujours la méchanceté mais ce n'est point le cas de l'extravagance. Tout dépend de celui qui en use... Non, Mr. Knightley, ce jeune homme n'est point un garçon futile ou un évaporé car il n'aurait pas agi comme il vient de le faire. Il se serait glorifié de son exploit ou en aurait rougi et aurait fait montre d'une ostentation de freluquet ou des faux-fuyants d'un esprit trop faible pour assumer ses propres sottises.

Emma vivait dans l'aimable perspective de revoir Frank le mardi et de passer en sa compagnie plus de temps qu'elle n'avait jamais eu l'occasion de le faire jusque-là. Elle pourrait ainsi mieux juger le personnage en général et mieux saisir le sens de sa conduite envers elle, ce qui lui permettrait de deviner plus aisément le moment opportun pour opposer à ce garçon la froideur désirable. Elle s'amuserait certainement aussi beaucoup à imaginer les remarques des invités qui les verraient ce soir-là pour la première fois ensemble.

Elle était décidée à passer une excellente soirée, bien que la demeure des Cole en fût le théâtre et qu'elle fût incapable d'oublier que même au temps de leur amitié, elle avait toujours considéré comme l'une de ses pires tares la malheureuse propension de Mr. Elton à dîner avec Mr. Cole.

Emma n'avait aucun souci à se faire pour son père car Mrs. Bates et Mrs. Goddard devaient venir lui tenir compagnie. Avant de partir chez les Cole, notre héroïne eut donc pour devoir ultime et fort agréable d'aller présenter ses respects à ces dames qui s'étaient déjà installées au salon avec Mr. Woodhouse après avoir dîné. Les malheureuses ayant dû pendant le dîner consentir bien des sacrifices involontaires à un Mr. Woodhouse trop inquiet de leur santé, Emma essaya de les dédommager en leur servant de grosses tranches de gâteau et de grands verres de vin pendant que son père était occupé à vanter tendrement la beauté de sa robe. Emma n'avait point manqué de faire préparer un repas abondant pour ses invitées, mais elle eût été curieuse de savoir ce qu'elles avaient eu le loisir d'en goûter.

Elle suivit jusqu'à chez Mr. Cole une autre voiture en laquelle elle fut bientôt ravie de reconnaître celle de Mr. Knighley, la jeune fille reprochant toujours à cet homme énergique, actif, et indépendant qui ne possédait point de chevaux et n'avait jamais que peu d'argent disponible, d'être par trop enclin à se déplacer n'importe comment et à négliger d'user d'une voiture plus souvent qu'il ne convenait au maître de Donwell Abbey. Elle eut l'occasion de lui exprimer sa chaleureuse approbation car il s'arrêta pour l'aider à descendre de voiture.

— Voici une arrivée digne de vous, digne du gentleman que vous êtes, dit-elle, et je suis enchantée de vous voir.

Il la remercia tout en remarquant :

— Quelle chance que nous soyons arrivés en même temps car je doute fort que vous vous fussiez aperçue que j'étais plus gentleman que d'ordinaire si nous ne nous étions retrouvés qu'au salon.

— Et moi je suis sûre que je m'en serais aperçue car les gens ont toujours un petit air gêné ou pressé quand ils viennent de manquer aux devoirs de leur rang. Vous croyez peut-être vous en tirer honorablement, mais ces fautes de goût se traduisent chez vous par un air de bravade et d'indifférence affectée. Cela m'a toujours frappée lorsque je vous rencontrais dans ce genre de circonstances mais, ce soir, vous n'avez rien à prouver, vous ne craignez pas qu'on vous soupçonne d'avoir honte et vous n'avez donc pas besoin de vous faire plus grand que les autres... Oui, ce soir, je suis vraiment heureuse de faire mon entrée à votre bras.

— La petite sotte ! répondit-il sans y mettre pourtant la moindre colère.

Les autres invités donnèrent à Emma autant de motifs de satisfaction que Mr. Knightley. On la reçut avec un respect chaleureux qui ne pouvait que lui plaire et selon ses désirs on la traita en personnage important. Lorsque Mr. et Mrs. Weston arrivèrent, ils lui adressèrent les regards les plus tendres et les plus admiratifs, et leur fils se précipita vers elle avec un enthousiasme qui la désignait clairement comme sa favorite. Elle s'aperçut qu'il était placé près d'elle au dîner et ne douta pas un instant que ce ne fût le résultat de son habileté.

L'assistance était assez nombreuse car elle comptait des étrangers, personnes fort honorables que les Cole avaient le bonheur de connaître, et l'élément masculin de la famille de Mr. Cox, l'avoué de Highbury. Les dames d'un rang plus modeste devaient arriver dans la soirée avec Miss Bates, Miss Fairfax et Miss Smith, mais on était déjà trop nombreux au dîner pour qu'une conversation générale demeurât possible. Cela permit à Emma d'accorder toute son attention à son charmant voisin tandis que d'autres convives parlaient de politique ou de Mr. Elton. La jeune fille prêta cependant l'oreille en saisissant le nom de Jane Fairfax, Mrs. Cole paraissant raconter à son sujet une histoire fort intéressante. Emma écouta un instant et jugea bientôt que la conversation valait d'être suivie, son imagination, sa chère imagination, se voyant flattée de la plus divertissante manière : Mrs. Cole rapportait qu'étant allée chez Miss Bates, elle avait eu l'extrême surprise d'y trouver un piano au salon. C'était un instrument très élégant, pas un piano à queue mais un grand piano carré. Mrs. Cole n'avait point caché son étonnement et s'était employée à questionner Miss Bates tout en lui faisant ses compliments. Celle-ci lui avait simplement expliqué que ce piano était arrivé la veille de chez Broadwood, et ce à leur plus grande surprise car ni la tante ni la nièce ne s'attendaient à recevoir pareil colis. C'était dans ce mystère que résidait tout le sel de l'histoire. D'après Miss Bates, Jane avait tout d'abord été aussi désorientée qu'embarrassée, ne voyant pas du tout qui avait bien pu lui faire envoyer cet objet, mais elle était bientôt tombée d'accord avec sa tante pour affirmer que ce présent n'avait qu'une seule origine possible, le colonel Campbell.

— Je ne vois pas d'autre solution, ajouta Mrs. Cole, et je m'étonne seulement qu'elles aient jamais eu le moindre doute à ce sujet. Il paraît pourtant que Jane a reçu une lettre des Campbell il y a quelques jours à peine et qu'ils n'y soufflaient mot de ce fameux piano... Elle les connaît bien, c'est certain, mais pour ma part je ne vois pas en quoi leur silence serait incompatible avec leur intention de lui faire ce cadeau. Ils devaient vouloir lui faire la surprise.

L'auditoire de Mrs. Cole unanime à l'approuver, et tous ceux qui s'entretenaient de cette affaire se montrèrent également convaincus que seul le colonel Campbell avait pu faire ce cadeau à Jane, ce dont on se réjouissait d'ailleurs sincèrement. Chacun s'empressant de donner son avis, notre héroïne en profita pour réfléchir tout en continuant à écouter Mrs. Cole.

— Je vous assure qu'il y a bien longtemps que je n'avais reçu une aussi bonne nouvelle. J'ai toujours déploré que Jane Fairfax n'eût point d'instrument à sa disposition alors qu'elle joue si divinement. C'était vraiment une honte, surtout si l'on songe au nombre de maisons où l'on gaspille de magnifiques pianos... Pour nous, ce cadeau est comme un camouflet. Hier encore je disais à Mr. Cole que je rougissais de voir ce grand piano à queue au salon alors que je suis incapable de distinguer une note de l'autre et que nos petites filles, qui débutent tout juste dans la musique, n'en feront peut-être jamais rien. Pendant ce temps, continuai-je, cette pauvre Miss Fairfax ne peut exercer son immense talent sur le moindre instrument, pas même la plus pitoyable épinette. Oui, c'est là le discours que je tenais hier à Mr. Cole et il est tombé d'accord avec moi. Il aime pourtant tellement la musique qu'il n'a pu s'empêcher de faire cette acquisition, espérant que certains de nos bons voisins auraient de temps à autre l'obligeance d'en faire un meilleur usage que nous. Sincèrement, c'est la raison pour laquelle nous avons acheté ce piano, et sans cela nous devrions avoir honte. Nous espérons fort que Miss Woodhouse se laissera convaincre de l'essayer ce soir.

Miss Woodhouse acquiesça poliment puis se tourna vers Frank Churchill, jugeant qu'elle n'en apprendrait pas davantage de Mrs. Cole.

— Pourquoi souriez-vous ? dit-elle.

— Je ne souris pas. Et vous, pourquoi souriez-vous ?

— Moi ? Je suppose que je souris de plaisir à la pensée que le colonel Campbell soit si riche et si généreux. C'est un cadeau magnifique...

— Oui, magnifique.

— Je m'étonne qu'il n'y ait pas songé plus tôt...

— Peut-être Miss Fairfax n'était-elle jamais restée aussi longtemps absente ?

— ... Ou qu'il n'ait pas mis à sa disposition le piano de Londres qui ne doit plus servir à personne.

— C'est un piano à queue et il a dû penser qu'il serait trop grand pour l'appartement de Miss Bates.

— Vous aurez beau *dire* ce que vous voudrez, votre comportement prouve que vous nourrissez là-dessus des *idées* étrangement proches des miennes.

— Je ne sais pas... Je crois plutôt que vous me

prêtez plus de perspicacité que je ne le mérite. Je souris parce que vous souriez et je me montrerai certainement soupçonneux si je m'aperçois que vous l'êtes... Pour l'instant, je ne vois cependant pas où est le problème. Si le Colonel n'est pas à l'origine de ce cadeau, qui cela peut-il être ?

— Que diriez-vous de Mrs. Dixon ?

— Mrs. Dixon ? Très juste en effet, je n'avais pas songé à Mrs. Dixon... Elle sait aussi bien que son père combien Jane Fairfax risque d'apprécier ce présent et peut-être que la façon de procéder, le mystère, l'effet de surprise, conviennent mieux à une jeune fille qu'à un homme mûr... Oui, ce doit être Mrs. Dixon... Ne vous avais-je pas dit que vos soupçons seraient les miens ?

— S'il en est ainsi, il faut aller plus loin et parler de Mr. Dixon.

— Mr. Dixon ? Fort bien, oui, c'est assurément Mr. et Mrs. Dixon qui ont eu cette excellente idée. Nous évoquions l'autre jour la vive admiration qu'éprouve Mr. Dixon pour le jeu de Miss Fairfax, vous en souvenez-vous ?

— Oui, et ce que vous m'en avez dit n'a fait que me conforter dans une idée qui m'était déjà venue. Je ne voudrais pas avoir l'air de douter des bonnes intentions de Mr. Dixon ou de Miss Fairfax, mais je ne puis m'empêcher de croire qu'après avoir demandé à Miss Campbell de l'épouser, cet homme a eu le malheur de tomber amoureux de Miss Fairfax ou s'est aperçu qu'il ne la laissait point indifférente. On pourrait forger mille hypothèses sans jamais trouver la bonne, mais je suis persuadée que Miss Fairfax avait une excellente raison de venir à Highbury au lieu d'aller en Irlande. Elle est obligée de mener ici une existence de privations et de pénitences alors que là-bas elle aurait passé son temps à se divertir. Quant au prétexte de venir respirer l'air du pays natal, il me semble bien dérisoire. En été, passe encore, mais quelle action pourrait bien avoir l'air d'un quelconque pays natal au mois de janvier, février ou mars ? En l'occurrence, un bon feu et une voiture confortable s'avèrent plus utiles aux personnes fragiles et c'est exactement, je crois, ce qui conviendrait en ce moment à cette demoiselle. Je ne vous demanderai pas de partager tous mes soupçons, bien que vous vous y soyez si noblement engagé, mais je tenais à vous les faire connaître.

— Ma foi, ils n'ont apparemment rien d'insensé. Je puis répondre de ce que Mr. Dixon préférait résolument le jeu de Miss Fairfax à celui de sa fiancée.

— Et puis il lui a sauvé la vie ! En avez-vous jamais entendu parler ? C'était au cours d'une promenade en bateau... Elle a failli passer par-dessus bord et il l'a rattrapée.

— En effet, j'y étais... Je faisais partie des invités.

— Vraiment ? Bon, mais vous n'avez rien remarqué, bien sûr, car cette idée paraît toute nouvelle pour vous. Si j'avais été là, j'aurais certainement découvert quelque chose.

— Je le crois, en effet, mais pour moi, pauvre de moi, je n'ai rien vu sinon que Miss Fairfax a failli tomber du bateau et que Mr. Dixon l'a rattrapée... Ç'a été l'affaire d'un instant, et bien que le choc et la peur eussent ensuite été affreux et plus durables encore — en vérité, il a dû falloir une bonne demi-heure avant que tout le monde eût recouvré son calme —, l'émotion générale a sur le coup été si vive que si l'un d'entre nous s'était inquiété plus que les autres, personne n'aurait pu s'en apercevoir. Je ne prétends point par là que vous n'eussiez rien découvert, cela est évident.

Leur conversation se trouva interrompue à ce moment-là car on les invita à partager l'ennui d'un temps mort entre deux services et ils se virent obligés de se montrer aussi cérémonieux et disciplinés que le reste de l'assemblée. Lorsque la table fut de nouveau approvisionnée, que chaque plat fut à la place qui convenait et que tous les convives furent de nouveau agréablement occupés, Emma reprit cependant :

— Pour moi, l'arrivée de ce piano est un argument décisif. J'avais envie d'en savoir plus long mais je n'en ai que trop appris. Soyez certain qu'on nous dira bientôt qu'il s'agit d'un cadeau de Mr. et Mrs. Dixon.

— Mais si les Dixon prétendent tout ignorer de ce piano, nous serons bien forcés d'en conclure qu'il vient des Campbell, n'est-ce pas ?

— Non, je suis sûre qu'il ne vient pas des Campbell et Jane Fairfax le sait aussi. Dans le cas contraire, jamais cette jeune fille et sa tante ne se seraient posé la moindre question et Jane n'aurait point hésité si elle avait pu songer aux Campbell... Peut-être ne vous ai-je pas convaincu, mais je suis pour ma part persuadée que Mr. Dixon joue dans cette affaire un rôle plus important qu'on ne le pense.

— Vous m'offensez à me suspecter d'incrédulité car je ne résiste point à vos arguments. Supposant que vous vous contentiez de croire comme les autres que le colonel Campbell était le donateur, je n'ai tout d'abord vu dans ce cadeau qu'une attention toute paternelle, fort naturelle au demeurant, puis lorsque vous avez évoqué Mrs. Dixon, j'ai jugé plus logique qu'une femme eût payé ce tribut à l'amitié la plus chaleureuse... J'avoue n'y voir à présent qu'une preuve d'amour.

Il n'était nul besoin d'insister, le jeune homme

paraissant aussi convaincu que sincère, et notre héroïne abandonna cette question. On parla d'autre chose et le dîner se passa. On prit ensuite le dessert, les enfants firent leur entrée et l'on s'occupa d'eux, on les admira tout en poursuivant une conversation normale. On ne dit guère de choses intelligentes et guère de vraies sottises, sans que cette dernière catégorie dominât cependant la première... Non, il n'y eut rien de pire que des remarques banales, de mornes redites, des nouvelles défraîchies et des plaisanteries lourdes.

Les dames n'étaient pas au salon depuis très longtemps lorsque les invitées de la réception commencèrent à arriver par petits groupes. Emma guettait l'arrivée de sa protégée, et si elle ne put se réjouir vraiment de sa dignité ou de son élégance, elle n'en apprécia pas moins sa douceur, son air épanoui et son naturel tout en se félicitant de la légèreté, de la gaieté et du prosaïsme qu'elle affichait au milieu des transes d'une tendresse déçue. A voir Harriet assise là, qui eût pu deviner en effet les flots de larmes qu'elle avait récemment versés ? Se trouver en société, se savoir bien habillée tout en admirant l'élégance d'autrui, être confortablement installée, sourire, être jolie et ne rien avoir à dire suffisait pour l'instant au bonheur de cette charmante enfant. Jane Fairfax lui était sans nul doute fort supérieure mais Emma soupçonnait qu'elle eût sans hésiter échangé ses sentiments contre ceux d'Harriet et n'eût point reculé devant l'humiliation d'avoir désespérément aimé un Mr. Elton — oui, même un Mr. Elton —, si cela lui avait épargné cette volupté périlleuse de se savoir trop tendrement chérie du mari de sa meilleure amie.

L'assemblée était ce soir-là trop nombreuse pour qu'Emma fût obligée d'avoir le moindre contact avec Jane Fairfax. Comprenant trop l'importance du secret pour juger élégant de paraître le moins du monde intéressée ou curieuse, elle n'avait aucune envie de parler du piano et se tint donc volontairement à distance. Les autres, par contre, abordèrent presque aussitôt ce délicat sujet et notre héroïne vit que Miss Fairfax était affreusement gênée des félicitations qu'on lui adressait et rougissait de honte en nommant son « excellent ami, le colonel Campbell ».

Poussée par la bienveillance autant que par son amour de la musique, Mrs. Weston se passionnait tout spécialement pour le grand événement, et son ancienne élève ne put s'empêcher de rire de l'acharnement qu'elle mettait à en parler. Ayant une foule de précisions à demander sur le timbre, les touches ou la pédale de ce fameux piano, la pauvre femme ne parut pas du tout se rendre compte que Miss Fairfax désirait rester là-dessus la plus discrète possible comme Emma s'en aperçut sans peine.

Certains messieurs les rejoignirent bientôt au salon et Frank Churchill fut le tout premier d'entre eux. Faisant son entrée avant les autres, il les éclipsa aussi par son élégance et son charme. En passant[1], il adressa ses compliments à Miss Bates et à sa nièce mais se dirigea aussitôt après vers Miss Woodhouse, n'acceptant de s'asseoir que lorsqu'il eut trouvé une place à ses côtés. Emma devina aisément les conclusions que l'assistance devait en tirer. Ce jeune homme s'intéressait à elle et personne ne pouvait manquer de s'en apercevoir. Emma le présenta à Miss Smith et elle saisit ensuite la première occasion pour s'informer de ce que chacun d'entre eux pouvait penser de l'autre : Mr. Churchill n'avait jamais vu

1. En français dans le texte.

visage plus adorable et la naïveté [1] de la jeune fille le ravissait ; quant à elle, si ce n'était lui faire un trop grand compliment, elle lui trouvait sur de nombreux points une ressemblance avec Mr. Elton. Maîtrisant l'indignation que ce discours fit naître en elle, Emma détourna simplement la tête sans rien dire.

Notre héroïne et son nouvel ami ne se privèrent pas ce soir-là d'échanger des sourires d'intelligence en regardant Miss Fairfax mais ils jugèrent plus prudent d'éviter de s'exprimer de façon plus intelligible. Frank confia à Emma combien il s'était senti impatient de quitter la salle à manger. Il détestait traîner à table et se trouvait toujours le premier à se lever lorsque cela lui était possible. Son père, Mr. Knightley, Mr. Cox et Mr. Cole étaient pour leur part restés afin de régler des problèmes concernant la paroisse. Frank précisa que malgré son désir de venir au salon, il avait passé un moment plutôt agréable avec ces messieurs, qui lui semblaient pour la plupart fort distingués et très intelligents, et il parla en bref si joliment de Highbury et de ses habitants qu'Emma commença à se rendre compte qu'elle avait un peu trop tendance à sous-estimer le petit monde où elle vivait. Elle questionna Frank sur la société du Yorkshire et lui demanda s'ils avaient de nombreux voisins là-bas et le genre de personnes que ce pouvait être. Elle comprit à sa réponse qu'on ne menait pas à Enscombe une existence des plus mouvementées, qu'on s'y contentait d'évoluer dans un cercle de familles huppées dont aucune n'habitait tout près et que même dans le cas où l'on avait accepté une invitation et fixé une date, il demeurait fréquent que Mrs. Churchill ne se sentît pas au dernier moment de taille ou d'humeur à faire une visite. A Enscombe, on

1. En français dans le texte.

avait en outre pour règle de ne jamais aller voir d'inconnus, et si Frank avait bien entendu des relations personnelles, il se heurtait toujours à mille difficultés et se voyait même parfois obligé de déployer une habileté extraordinaire dès qu'il voulait partir ou inviter un ami à passer la soirée chez lui.

Emma se rendait parfaitement compte qu'Enscombe et l'existence retirée que l'on y menait ne pouvaient satisfaire les goûts d'un jeune homme mondain et elle jugea tout à fait naturel qu'il appréciât les charmes d'un Highbury qu'il voyait sous son meilleur jour. Frank était manifestement un personnage important à Enscombe. Il ne s'en vantait certes pas, mais tout laissait à penser qu'il arrivait à faire céder sa tante quand son oncle n'avait pas le moindre pouvoir, et lorsque Emma le lui fit remarquer en riant, il reconnut espérer la faire un jour céder sur tout hormis deux ou trois points précis. Evoquant l'un de ces domaines où son influence demeurait nulle, il parla de son désir d'aller à l'étranger. Il avait avoué à sa tante sa folle envie de voyager mais elle n'avait pas voulu en entendre parler. C'était l'année précédente, ajouta-t-il, mais il commençait *à présent* à se sentir moins désireux de partir.

Emma devina sans peine qu'il était un autre chapitre sur lequel Mrs. Churchill se révélait intraitable, celui des devoirs de Frank envers son père, mais le jeune homme n'en souffla mot.

— Je viens de faire une affreuse découverte, reprit-il après un instant de silence, c'est qu'il y aura demain une semaine que je suis ici... J'en suis déjà à la moitié de mon séjour, et je n'ai jamais vu le temps passer aussi vite ! Je commençais juste à m'amuser, je commençais juste à connaître Mrs. Weston et ses amis et... Oh, je déteste penser à tout ça !

— Peut-être commencez-vous aussi à regretter d'avoir gaspillé l'une de ces précieuses journées à vous faire couper les cheveux ?

— Non, dit-il en souriant, je ne le regrette absolument pas. Je n'ai point de plaisir à voir mes amis lorsque je ne suis pas sûr d'être présentable.

Les autres messieurs étaient maintenant arrivés au salon et notre héroïne se vit obligée de négliger un peu Frank pour écouter ce que lui racontait Mr. Cole. Lorsque celui-ci fut parti et qu'Emma put en revenir à Mr. Churchill, elle le surprit en train d'observer attentivement Miss Fairfax qui se trouvait à l'autre bout du salon.

— Que se passe-t-il ? lui demanda-t-elle.

Il sursauta.

— Merci de me réveiller, répondit-il. Je crains d'avoir été grossier, mais vraiment Miss Fairfax s'est coiffée d'une manière étrange... tellement étrange que je ne puis détourner mes regards de sa personne. Je n'ai jamais rien vu d'aussi outré [1]... ces boucles ! C'est elle qui a dû avoir cette idée, personne n'a la même coiffure. Il faut que j'aille lui demander si c'est une mode irlandaise... Irai-je ? Oui, j'irai, je jure que je vais y aller, et vous verrez comment elle le prend et si elle rougit.

Il se leva sans plus attendre et Miss Woodhouse le vit bientôt parler à Miss Fairfax, sans pouvoir cependant juger de l'effet de ses discours sur la jeune fille, Frank s'étant malencontreusement placé juste devant son interlocutrice et la dissimulant totalement aux regards d'Emma.

Mrs. Weston s'installa sur la chaise de Frank avant que celui-ci ait eu le temps de revenir prendre sa place.

1. En français dans le texte.

— C'est là tout l'avantage d'une société nombreuse, dit-elle, on peut s'asseoir à côté de qui l'on veut et discuter tout à fait librement... Ma chère Emma, je brûlais de vous parler. Suivant votre exemple, j'ai fait des découvertes et j'en ai tiré des conclusions que je veux vous soumettre tant qu'elles sont encore fraîches : savez-vous comment Miss Bates et sa nièce sont arrivées ?

— Comment ? Mais elles étaient invitées, n'est-ce pas ?

— Oui, mais comment sont-elle venues, par quel moyen ?

— A pied, je suppose. Comment auraient-elles pu venir autrement ?

— En effet... Or, je me suis dit tout à l'heure qu'il serait cruel de laisser Jane Fairfax rentrer à pied si tard et par un pareil froid. Comme je la regardais, et bien que je ne l'aie jamais vue plus belle, j'ai remarqué qu'elle semblait avoir très chaud et risquait donc tout particulièrement d'attraper un rhume en sortant. Pauvre petite ! Je n'ai pu supporter cette idée et j'en ai parlé à Mr. Weston dès qu'il est entré au salon et dès que j'ai pu le joindre. Je lui ai proposé de ramener Miss Fairfax en voiture, et il s'est empressé d'acquiescer comme vous vous en doutez. Pensant que cela la rassurerait, je suis donc allée sur-le-champ trouver Miss Bates pour l'informer que la voiture était à sa disposition. Ah, la brave femme ! Elle m'a témoigné une reconnaissance infinie, soyez-en sûre. Après m'avoir dit que la chance lui souriait plus qu'à quiconque en ce monde, elle a cependant ajouté, avec mille remerciements, qu'il était inutile de nous déranger puisque Mr. Khnightley devait les ramener chez elles... J'ai été fort surprise, très heureuse certes, mais fort surprise. Une telle attention, tant de prévenance ! C'est le genre de choses auxquelles si peu d'hommes penseraient ! En un mot et d'après ce que je sais de ses habitudes, je suis tout près de croire que c'est pour ces dames qu'il a pris sa voiture. Il ne se serait jamais fatigué à chercher deux chevaux s'il avait été seul en cause et tout cela n'était certainement qu'un prétexte pour leur prêter assistance.

— C'est probable, dit Emma, oui, rien n'est plus probable. De tous les hommes que je connais, Mr. Knightley est à coup sûr le plus susceptible d'avoir ce genre d'attention et de se montrer aussi gentil, aussi serviable, aussi prévenant et aussi désintéressé. Il n'est peut-être pas très galant mais il est humain et la piètre santé de Jane Fairfax a dû lui faire considérer cette affaire comme un problème d'humanité. Mr. Knightley sait en outre mieux que quiconque se montrer aimable sans faire preuve d'ostentation. Je n'ignorais pas qu'il fût venu en voiture car nous sommes arrivés ensemble, et je l'ai même raillé à ce sujet, mais il n'a rien dit qui pût le trahir.

— Eh bien, répondit Mrs. Weston en souriant, vous lui prêtez en l'occurrence une générosité plus pure et plus désintéressée que je ne le fais moi-même, car un soupçon m'est venu tandis que Miss Bates me parlait et je ne parviens pas à m'en délivrer. Plus j'y songe et plus il me paraît légitime... En bref, un mariage entre Mr. Knightley et Miss Fairfax ne me paraît nullement impossible. Vous voyez où me mène votre fréquentation ! Que dites-vous de mon idée ?

— Mr. Knightley et Jane Fairfax ! s'écria Emma. Mais comment avez-vous pu y songer, ma chère Mrs. Weston ? Mr. Knightley... Mr. Knightley ne doit pas se marier ! Vous ne voudriez tout de même pas priver le petit Henry de son héritage ? Je ne saurais consentir à ce que Mr. Knightley se mariât et je suis convaincue qu'il ne le fera pas. Je suis vraiment très étonnée que vous ayez pu concevoir une hypothèse aussi folle.

— Je vous ai expliqué ce qui m'avait amenée à y songer, ma chère Emma. Je ne désire nullement cette union et je n'ai pas la moindre envie de léser le petit Henry mais ce sont les événements qui m'ont suggéré pareille éventualité. De toute manière, vous ne voudriez pas empêcher Mr. Knightley de se marier au nom d'un petit garçon de six ans qui ignore tout de ce genre de choses ?

— Si. Je ne pourrais pas supporter de voir Henry supplanté. Mr. Knightley se marier ! Non, cette idée ne m'a même jamais traversé l'esprit et ce n'est pas maintenant que... Et Jane Fairfax, en plus, aller choisir Jane Fairfax entre toutes les femmes !

— Oui, il l'a toujours beaucoup estimée et vous le savez fort bien.

— Mais ce mariage serait absurde !

— Je ne prétends point qu'il soit raisonnable, je dis qu'il est probable.

— Je ne vois pas pourquoi il le serait, à moins que vous n'ayez pour fonder votre certitude d'autres raisons que celles dont vous m'avez parlé. La bonté de Mr. Knightley et son humanité suffisent amplement à expliquer cette histoire de chevaux. Vous savez qu'indépendamment de Miss Fairfax il respecte beaucoup les Bates et se plaît à leur témoigner des égards... Je vous en prie, Mrs. Weston, ne vous mêlez point de marier les gens car vous vous y prenez bien mal ! Jane Fairfax maîtresse de l'abbaye ! Oh non, non ! Ce serait un scandale ! Pour rien au monde je ne voudrais le voir commettre une telle folie !

— Cette union serait peut-être risquée mais ce ne serait pas une folie. Si l'on excepte l'inégalité des fortunes et une différence d'âge un peu excessive, je n'y vois rien qui puisse nous choquer.

— Mais Mr. Knightley ne désire pas se marier ! Je suis sûre qu'il n'y songe pas le moins du monde. N'allez surtout pas lui mettre une pareille idée en tête. Pourquoi se marierait-il ? Il est aussi heureux que possible, tout seul. Il a sa ferme, ses moutons, sa bibliothèque et toute une paroisse à administrer... et puis il adore les enfants de son frère. Non, il n'a nullement besoin de se marier, ni pour occuper son temps ni pour occuper son cœur.

— Ma chère Emma, il restera célibataire aussi longtemps qu'il en jugera comme vous, mais s'il aime Jane Fairfax...

— C'est ridicule ! Il ne soucie pas de Jane Fairfax... non, je suis persuadée qu'il n'est pas amoureux d'elle. Il fera certes toujours son possible pour elle ou pour sa famille, mais...

— Eh bien, dit Mrs. Weston en riant, le plus grand bien qu'il puisse leur faire est peut-être d'assurer à Jane un établissement respectable.

— Ce serait peut-être une chance pour elle mais pour lui, ce serait une catastrophe. Cette alliance serait si grotesque et si dégradante ! Comment pourrait-il supporter d'avoir une Miss Bates pour parente ? Comment pourrait-il supporter de la voir hanter l'abbaye en l'accablant toute la journée de remerciements pour la gentillesse dont il a fait preuve en épousant Jane ? « Tant d'amabilité et tellement d'obligeance ! Mais n'avait-il pas toujours été un charmant voisin ? » Et il aurait ensuite à subir d'interminables discours sur le vieux jupon de Mrs. Bates qui « n'était pas si vieux, oh non, et qui pourrait même durer encore fort longtemps, car ces jupons sont en vérité d'une solidité qui... »

— Quelle honte, Emma ! Cessez de l'imiter, vous

me faites rire malgré moi. Je ne pense pas que Miss Bates dérangerait beaucoup Mr. Knightley, je vous l'assure. Ces petits détails le laissent totalement indifférent. Il la laisserait parler et se contenterait de hausser le ton pour couvrir sa voix lorsqu'il aurait quelque chose à dire. De toute façon, la question n'est pas de savoir si cette union est souhaitable mais s'il la désire, lui, et pour ma part je pense que c'est le cas. Je l'ai entendu, et vous aussi sûrement, parler d'elle en des termes tellement élogieux ! Songez donc à tout l'intérêt qu'il lui porte, à l'inquiétude qu'il manifeste pour sa santé, à son chagrin devant l'existence médiocre qui l'attend... Je l'ai entendu évoquer ces problèmes avec tant de chaleur ! Il admire tellement sa voix et ses talents de pianiste ! N'a-t-il point déclaré, et j'étais témoin, qu'il ne se lassait pas de l'écouter ? Oh, j'allais oublier une idée qui m'est venue... Ce piano que Jane a reçu et dans lequel nous nous sommes tous contentés de voir un cadeau des Campbell ne pourrait-il pas venir de Mr. Knightley ? Je ne puis m'empêcher de le soupçonner, car selon moi, c'est le type même de personne à agir de la sorte, même sans être amoureux.

— Cela ne prouverait donc pas qu'il soit amoureux d'elle ! De toute façon, je suis convaincue que ce n'est pas lui... Mr. Knightley déteste les mystères.

— Mais il a souvent déploré qu'elle n'eût point de piano, et à mon avis, il en a parlé plus souvent qu'il n'aurait dû le faire.

— Fort bien, mais s'il avait eu l'intention d'offrir ce cadeau à Miss Fairfax, il l'en aurait informée.

— Son silence s'explique peut-être par les scrupules que lui a dictés sa délicatesse, ma chère Emma. Je suis convaincue que ce piano vient de lui et j'ai trouvé notre ami bien silencieux lorsque Mrs. Cole nous a raconté cette histoire au dîner.

— Vous vous emballez, Mrs. Weston, et vous ne prenez pas le temps de vérifier ce que vous avancez, comme vous m'avez si souvent reproché de le faire. Je ne perçois pas le moindre signe d'attachement entre ces deux personnes et je ne pense pas que Mr. Knightley ait joué un rôle dans cette affaire du piano. C'est d'une preuve que j'aurais besoin pour croire que Mr. Knightley songe à épouser Jane Fairfax.

Elles discutèrent encore un certain temps de ce problème et notre héroïne gagna un peu de terrain devant une Mrs. Weston plus habituée qu'elle à céder. Elles se virent obligées d'interrompre leur conversation lorsque l'agitation qui régnait au salon leur fit comprendre qu'on avait fini de prendre le thé et qu'on apprêtait le piano. Mr. Cole s'approcha à ce moment-là pour prier Emma de leur faire l'honneur de l'essayer et Frank Churchill, que la jeune fille avait complètement oublié dans l'ardeur de sa conversation avec Mrs. Weston, vint ajouter ses supplications à celles du maître de maison. Jugeant à tous égards préférable de passer la première, Emma répondit très gracieusement à leur désir.

Elle connaissait trop bien ses propres limites pour avoir d'autre ambition que de s'en tirer honorablement. Elle ne manquait ni de goût ni d'esprit lorsqu'elle interprétait ces airs charmants qui ravissent la plupart des gens et fut agréablement surprise d'entendre une voix se joindre à la sienne : c'était Frank Churchill qui exécutait en sourdine mais fort joliment le contre-chant, et lorsque ce fut terminé, il vint comme il se devait présenter des excuses à la jeune fille. Il s'ensuivit les banalités d'usage. On accusa Frank d'avoir une voix délicieuse et une connaissance parfaite de la musique, et il le nia bien entendu, jurant effrontément qu'il n'y entendait rien et chantait affreusement mal. Miss Woodhouse et son compagnon exécutèrent un autre morceau et notre héroïne insista ensuite pour céder la place à Miss Fairfax dont le jeu et la voix, elle le savait bien et n'avait jamais tenté de se le dissimuler, étaient infiniment supérieurs aux siens.

C'est avec des sentiments mêlés qu'Emma s'installa pour l'écouter, et elle s'assit un peu à l'écart du groupe qui se trouvait autour du piano. Frank Churchill chanta une fois de plus et l'on apprit qu'il lui était déjà arrivé d'accompagner Miss Fairfax à Weymouth. Emma aperçut tout à coup Mr. Knightley parmi les auditeurs les plus attentifs et en oublia à demi le spectacle pour tomber dans une méditation sur les soupçons de Mrs. Weston, le double chant de Frank et de Miss Fairfax ne venant plus qu'épisodiquement interrompre le fil de ses réflexions. Les arguments qu'elle opposait à l'éventuel mariage de Mr. Knightley n'avaient rien perdu de leur force. Elle n'y voyait que des inconvénients. Mr. John Knightley, et sa chère Isabelle du même coup, en concevraient une déception affreuse et ce mariage causerait en outre un réel préjudice aux enfants. Ne s'ensuivrait-il pas pour eux tous un changement de situation des plus humiliants et des dommages matériels évidents ? Son père se verrait également privé de l'un de ses plus grands plaisirs et elle ne pouvait pour sa part supporter l'idée de voir Jane Fairfax régner sur Donwell Abbey. Une Mrs. Knightley devant laquelle tout le monde devrait plier !... Non, Mr. Knightley ne devait point se marier et le petit Henry devait rester l'héritier de Donwell.

Mr. Knightley se retourna justement à ce moment-là et il vint s'asseoir à côté d'Emma. Ils ne parlèrent tout d'abord que du jeu de Jane, et si son compagnon fit montre d'une très vive admiration, notre héroïne se dit qu'elle ne l'aurait pas remarqué sans Mrs. Weston. Désirant l'éprouver, elle entreprit cependant de féliciter Mr. Knightley de la gentillesse dont il faisait preuve en reconduisant Miss Bates et sa nièce, mais il coupa court et elle interpréta sa réponse comme une preuve de sa répugnance à insister sur sa propre amabilité.

— J'ai souvent regretté de ne point oser utiliser notre voiture pour rendre service à des amis, dit-elle. Ce n'est pas que je n'en aie pas envie mais vous savez combien mon père répugnerait à faire atteler à cette fin.

— C'est hors de question, tout à fait hors de question, répliqua-t-il, mais je sais que vous n'en êtes pas responsable, et il sourit avec un plaisir si sincère en exprimant cette conviction qu'elle ne put s'empêcher de franchir un pas supplémentaire :

— Ce cadeau des Campbell, dit-elle, ce piano, prouve vraiment leur gentillesse.

— Oui, répondit-il sans la moindre gêne, mais ils auraient mieux fait d'avertir Miss Fairfax de son arrivée. Il est stupide de vouloir faire des surprises à quelqu'un car cela pose souvent tout un tas de problèmes sans que le plaisir en soit le moins du monde augmenté. Je me serais attendu à plus de jugement de la part du colonel Campbell.

Dès ce moment-là, Emma aurait pu jurer que Mr. Knightley n'était pour rien dans ce cadeau, mais elle mit un peu plus de temps à se convaincre qu'il n'était pas amoureux et n'éprouvait pour Jane aucune tendresse particulière. La voix de Jane perdit de sa limpidité lorsque la jeune fille eut fini d'interpréter sa deuxième chanson.

— Cela suffit, pensa-t-il tout haut, vous avez bien assez chanté pour ce soir. Maintenant reposez-vous !

L'assistance demanda pourtant une autre chanson

à Jane… Une de plus, rien qu'une. Ils ne voulaient surtout pas fatiguer Miss Fairfax et ne la priaient d'interpréter qu'un petit morceau supplémentaire. On entendit Frank Chruchill dire à la jeune fille :

— Je pense que vous pourriez vous en tirer sans problème, la première voix est si facile à interpréter ! Il n'y a que la deuxième qui exige un effort particulier.

Mr. Knightley se mit en colère.

— Ce garçon ne pense qu'à faire valoir sa propre voix, s'écria-t-il indigné. Il faut empêcher cela ! Et touchant le bras de Miss Bates qui passait tout près de lui : « Miss Bates, êtes-vous folle de laisser votre nièce chanter quand elle est enrouée à ce point ? Allons, faites quelque chose, vous voyez bien qu'ils n'auront pas pitié d'elle.

Très inquiète pour Jane, Miss Bates prit à peine le temps de le remercier et s'empressa d'aller mettre un terme à ces exercices vocaux. Ce fut la fin du concert ce soir-là, Miss Woodhouse et Miss Fairfax étant les seules demoiselles de la place à pratiquer la musique. Il ne s'était cependant pas écoulé cinq minutes que quelqu'un proposa de danser. On ne sut jamais exactement qui avait eu cette idée le premier mais Mr. Cole et son épouse se montrèrent tellement enthousiastes que l'on débarrassa la salle en un clin d'œil pour faire la place nécessaire. Célèbre pour ses talents à jouer les contredanses, Mrs. Weston s'installa au piano et débuta par une irrésistible valse tandis que Frank Churchill s'adressait fort galamment à Emma et la priait d'être sa cavalière avant de la mener sur la piste de danse.

Tout en attendant que les couples se forment et malgré les compliments de Frank sur son jeu et sa voix, Emma trouva le temps d'observer ce que faisait Mr. Knightley. L'épreuve serait décisive car

Mr. Knightley ne dansait généralement pas, et s'il s'empressait ce soir-là d'inviter Miss Fairfax, on pourrait plus ou moins y voir un présage. Il ne semblait pas décidé à passer aux actes pour le moment, et s'entretenait même avec Mrs. Cole de l'air indifférent qui lui était coutumier. Un autre de ces messieurs invita Jane Fairfax et Mr. Knightley poursuivit imperturbablement sa conversation avec la maîtresse de maison.

Emma refusa de s'inquiéter davantage pour un Henry dont les intérêts lui paraissaient saufs et elle se mit à danser avec une gaieté et un plaisir sincères. On n'avait pu réunir que cinq couples mais le caractère impromptu de ce bal en fit un moment délicieux, notre héroïne se sentant d'autant plus satisfaite qu'elle avait un cavalier charmant. Il faut avouer qu'ils formaient, elle et Mr. Churchill, un couple absolument admirable.

Il fallut malheureusement arrêter au bout de deux danses car il se faisait tard et Miss Bates voulut bientôt rentrer de peur que sa mère ne s'inquiète. Les danseurs firent bien quelques tentatives pour prolonger la soirée mais ils se virent bien malgré eux dans l'obligation de remercier Mrs. Weston et d'en rester là.

— Peut-être cela vaut-il mieux, dit Frank Churchill en escortant Emma jusqu'à sa voiture. J'aurais été forcé d'inviter Miss Fairfax et je n'aurais certainement guère apprécié ses façons languissantes après vous avoir eu pour cavalière.

CHAPITRE XXVII

Emma ne regretta point le lendemain d'avoir accepté l'invitation des Cole et elle éprouva même un certain plaisir à se remémorer les détails de cette soirée. Elle avait peut-être renoncé à la dignité d'un isolement plein de grandeur mais elle se voyait amplement dédommagée par la splendeur de sa popularité. Les Cole étaient certainement enchantés et ces honorables personnes méritaient bien qu'on leur fît plaisir, Emma s'étant par ailleurs assuré en allant chez eux une célébrité que l'on n'oublierait pas de sitôt.

Le bonheur atteint rarement à la perfection, même dans le souvenir, et il était deux points sur lesquels notre héroïne n'était pas pleinement satisfaite : elle se demandait tout d'abord si elle n'avait point enfreint les règles de la solidarité féminine en trahissant devant Frank Churchill ses soupçons sur les sentiments de Jane Fairfax. Elle n'avait pas agi loyalement, cela était certain, mais sa conviction était si profonde qu'elle n'aurait jamais pu s'empêcher d'y faire allusion et la facilité avec laquelle Frank avait cédé devant ses théories constituait en outre un tel hommage à sa pénétration qu'elle en avait du mal à croire qu'elle eût mieux fait de tenir sa langue.

Ses autres motifs d'insatisfaction concernaient également Jane Fairfax mais la jeune fille ne nourrissait point là l'ombre d'un doute. Elle regrettait sincèrement et lucidement l'infériorité de son jeu et de sa voix, et déplorant de tout son cœur son enfance oisive, elle s'exerça pendant une heure et demie avec acharnement.

Elle fut interrompue par l'arrivée d'Harriet et se fût véritablement sentie réconfortée si les éloges de cette dernière avaient pu la convaincre.

— Oh, si seulement je pouvais jouer comme vous ou comme Miss Fairfax !

— Ne nous mettez point sur le même rang, Harriet. Mon jeu ne ressemble pas plus au sien qu'une lampe ne ressemble au soleil.

— Oh, ma chère Miss Woodhouse ! Je trouve pour ma part que vous jouez bien mieux qu'elle, oui, vous jouez aussi bien et c'est assurément vous que je préfère. Tout le monde a vanté votre talent hier soir.

— Les connaisseurs n'auront point manqué de voir la différence. Pour tout dire, Harriet, mon jeu vaut tout juste d'être loué tandis que le sien est au-dessus de tout éloge.

— Eh bien quant à moi, on ne me convaincra jamais que votre talent n'égale pas le sien ou qu'il existe entre vous la moindre différence perceptible. Mr. Cole a beaucoup admiré votre goût, hier, et Mr. Frank Churchill en a longuement parlé lui aussi, précisant même qu'il appréciait le goût plus que la virtuosité.

— Oui, mais Jane Fairfax possède ces deux qualités à la fois, Harriet.

— En êtes-vous certaine ? Je me suis rendu compte de son habileté mais j'ignorais qu'elle eût le moindre goût... personne n'en a soufflé mot. Et puis je déteste qu'on chante en italien car on n'y comprend rien. Vous savez, si elle joue si bien, c'est qu'elle y est obligée. Il lui faudra enseigner la musique, n'est-ce pas ? Les Cox se demandaient hier soir si elle avait l'intention de s'engager dans une famille riche. Comment avez-vous trouvé les Cox ?

— Comme d'habitude, extrêmement vulgaires.

— Ils m'ont raconté quelque chose, dit Harriet en hésitant un peu, mais cela n'a aucune importance...

Emma se sentit obligée de lui demander de quoi il s'agissait, bien qu'elle craignît que cela n'eût un rapport avec Mr. Elton.

— Ils m'ont dit que Mr. Martin avait dîné chez eux samedi.

— Ah !

— Il est venu voir leur père pour je ne sais quelle affaire et on l'a finalement invité à dîner.

— Ah !

— Ils ont longuement parlé de lui, surtout Ann Cox. J'ignore ce qu'elle entendait par là mais elle m'a demandé si je comptais retourner chez les Martin l'été prochain.

— Elle cherchait à se montrer impertinente et grossière comme une Ann Cox se doit de l'être.

— D'après elle, il a été tout à fait charmant, le soir où il a dîné chez eux. Il était placé à côté d'elle à table. Miss Nash pense que l'une ou l'autre des Cox serait ravie de l'épouser.

— C'est fort probable. Je crois que ce sont sans conteste les filles les plus vulgaires de Highbury.

Harriet avait des courses à faire chez Ford et notre héroïne jugea plus prudent de l'accompagner. Une nouvelle rencontre avec les Martin était toujours possible et Miss Woodhouse sentit qu'il ne fallait point courir de risque étant donné l'état d'esprit dans lequel se trouvait alors son amie.

Harriet se laissant systématiquement tenter par

tout ce qu'elle voyait et changeant d'avis à tout propos était toujours extrêmement longue à se décider et notre héroïne l'abandonna à ses tergiversations et à ses mousselines pour aller tromper son ennui à la porte du magasin. On ne pouvait attendre grand-chose du spectacle des rues d'Highbury, même dans son quartier le plus animé, et Miss Woodhouse ne nourrissait point des espoirs très brillants. Au mieux, elle verrait peut-être Mr. Perry traverser de son pas vif, Mr. Cox pénétrer dans son étude, les chevaux de Mr. Cole rentrer de leur exercice quotidien ou quelque petit courrier errer sur une mule obstinée et elle estima donc n'avoir pas à se plaindre lorsqu'elle aperçut le boucher avec son plateau, une petite vieille fatiguée qui s'en revenait des courses avec son panier plein, deux roquets qui se disputaient un os répugnant et toute une troupe d'enfants qui rôdaient autour de la vitrine de la boulangerie en admirant le pain d'épice qui s'y trouvait exposé. Tout cela la divertit assez pour lui donner envie de rester plus longtemps à la porte mais il faut dire aussi que la gaieté et la tranquillité d'esprit aident à supporter de n'avoir rien de passionnant à regarder et font trouver un intérêt aux spectacles les plus banals.

La scène s'anima lorsque Emma regarda dans la direction de Randalls car la jeune fille aperçut Mrs. Weston et son beau-fils qui s'en venaient à Highbury, et plus précisément d'ailleurs à Hartfield. Ils s'arrêtent d'abord devant chez Mrs. Bates dont la demeure se trouvait un peu avant le magasin de Ford, et ils se préparaient à frapper lorsqu'ils remarquèrent Emma. Ils traversèrent aussitôt la rue pour rejoindre la jeune fille et les souvenirs agréables que la soirée de la veille semblait avoir laissés dans l'esprit de chacun firent de cette rencontre un moment particulièrement délicieux. Mrs. Weston informa Emma qu'elle se proposait d'aller rendre une visite aux Bates dans l'espoir d'entendre le fameux piano.

— Mon compagnon prétend qu'hier soir j'ai formellement promis à Miss Bates d'aller la voir ce matin, dit-elle, mais pour ma part je ne m'en souviens absolument pas et j'ignorais totalement avoir fixé une date... Enfin, puisqu'il le dit, j'y vais tout de suite.

— J'espère que vous me permettrez de vous tenir compagnie et d'attendre Mrs. Weston à Hartfield pendant qu'elle s'acquittera de ses devoirs envers Miss Bates, dit Frank Churchill.

Mrs. Weston parut déçue :

— Je pensais que vous aviez l'intention de m'accompagner. Les Bates en seraient ravies.

— Moi ! Je ne ferais que vous déranger... mais peut-être, peut-être gênerai-je également Miss Woodhouse. Elle n'a pas l'air de souhaiter ma présence. Ma tante se débarrasse toujours de moi quand elle fait des courses. Elle dit que je l'agace au plus haut point et j'ai l'impression que Miss Woodhouse n'est pas loin de penser la même chose... Je ne sais vraiment pas quoi faire.

— Je ne suis pas ici pour moi, dit Emma, je ne fais qu'attendre mon amie. Elle en aura sûrement bientôt fini et nous rentrerons, mais je crois malgré tout que vous feriez mieux d'accompagner Mrs. Weston pour aller écouter le piano de Miss Fairfax.

— Fort bien, si vous me conseillez de le faire... mais (avec un sourire) que dirai-je si le colonel Campbell s'est adressé à un ami négligent et si ce piano s'avère médiocre ? Je ne serai d'aucun secours à Mrs. Weston et elle s'en tirera très bien toute seule. Elle serait capable de rendre charmante la vérité la plus désagréable alors que je suis l'être le plus lamentable du monde dès que les circonstances m'obligent à faire un mensonge poli.

— Je n'en crois rien, répondit Emma, je suis même persuadée que vous pouvez être aussi hypocrite que votre voisin en cas de nécessité... De toute façon, nous n'avons pas la moindre raison de penser que cet instrument est médiocre et c'est même le contraire si j'en crois ce que disait Miss Fairfax hier soir.

— Allons, venez avec moi si cela ne vous paraît pas trop pénible, dit Mrs. Weston. Inutile de rester très longtemps. Nous rejoindrons ensuite ces jeunes filles à Hartfield. Je désire vraiment que vous m'accompagniez chez les Bates. Elles seront tellement heureuses de cette preuve d'attention... et puis j'étais tellement persuadée que vous comptiez venir avec moi !

Frank Churchill ne pouvait résister plus longtemps et c'est avec l'espoir d'être récompensé par une visite à Hartfield qu'il retourna devant la porte de Mrs. Bates avec Mrs. Weston. Emma les regarda entrer puis rejoignit Harriet devant les comptoirs débordants de fabuleux trésors. Il lui fallut user de tous ses pouvoirs de persuasion pour convaincre sa jeune amie qu'il était inutile de s'attarder sur les mousselines imprimées si elle en cherchait de l'unie et qu'un ruban bleu, aussi beau fût-il, n'irait jamais avec une étoffe jaune. On finit cependant par régler tous ces menus problèmes, jusqu'à celui de l'adresse où envoyer le paquet.

— Dois-je le faire porter chez Mrs. Goddard, Mademoiselle ? demanda Mrs. Ford.

— Oui... non... oui, chez Mrs. Goddard... seulement le modèle se trouve à Hartfield. Non, envoyez-le à Hartfield, s'il vous plaît. Mais alors, Mrs. Goddard voudra voir le tissu, et je pourrais après tout amener le modèle à la maison... mais le ruban, j'en aurai besoin tout de suite, et il vaudrait donc mieux le livrer à Hartfield... Oui, le ruban au moins. Vous

pouvez me faire deux paquets, n'est-ce pas,
Mrs. Ford?

— Harriet, il est inutile que Mrs. Ford se fatigue à
faire deux paquets.

— Vous avez raison.

— Mais cela ne m'ennuie pas du tout, Mademoiselle, répondit obligeamment Mrs. Ford.

— Oui, mais en fait je préférerais un seul
paquet... Vous enverrez donc le tout chez Mrs. Goddard, s'il vous plaît... Je ne sais pas... Non, je crois
que je pourrais aussi bien le faire apporter à Hartfield et l'avoir chez moi ce soir, n'est-ce pas, Miss
Woodhouse? Que me conseillez-vous?

— De ne pas accorder une seconde de plus à cette
question. Envoyez le tout à Hartfield, s'il vous plaît,
Mrs. Ford.

— Oui, c'est nettement préférable, déclara Harriet tout à fait satisfaite. Je n'aurais pas aimé le
recevoir chez Mrs. Goddard.

On entendit à ce moment-là des voix qui se
rapprochaient de la boutique... enfin, il s'agissait
plutôt d'une voix et de deux dames, et les jeunes
filles se retrouvèrent bientôt face à face avec
Mrs. Weston et Miss Bates.

— Ma chère Miss Woodhouse, je traverse juste
pour vous prier de nous faire l'honneur de venir
passer un moment en notre compagnie, dit Miss
Bates. Je voudrais avoir votre avis sur le piano...
enfin, votre avis et celui de Miss Smith. Comment
allez-vous, Miss Smith? Moi? Je vais très bien, je
vous remercie... J'ai demandé à Mrs. Weston de
m'accompagner pour être assurée de la victoire.

— J'espère que Mrs. Bates et Miss Fairfax vont...

— Fort bien, je vous suis très obligée. Ma mère se
porte à merveille et Jane n'a pas attrapé froid hier
soir. Comment va Mr. Woodhouse?... Je suis telle-

ment heureuse de ces bonnes nouvelles... Mrs. Weston m'a dit que vous étiez chez Ford... « En ce cas, je dois absolument y aller, lui ai-je répondu, car je suis certaine que Miss Woodhouse me permettra de l'inviter à monter un instant. Ma mère sera tellement ravie de la voir... et cette réunion est tellement charmante qu'elle ne voudra point refuser de se joindre à nous. » « Oh oui, priez-la de venir, s'est écrié Frank Churchill, car il serait intéressant de connaître l'avis de Miss Woodhouse sur ce piano. » « Mais j'aurais plus de chances de réussir si l'un d'entre vous m'accompagnait », ai-je poursuivi, et ce garçon m'a répondu : « Qu'à cela ne tienne, attendez seulement que j'aie fini mon travail et je viens avec vous. » Car le croiriez-vous, Miss Woodhouse, il est en train de réparer les lunettes de ma mère. C'est vraiment très aimable à lui. Les vis sont tombées ce matin, savez-vous, et ma mère ne pouvait plus se servir de ses lunettes. Elle ne pouvait plus les mettre car les branches ne tenaient plus. Quelle obligeance de sa part !... et à ce propos, tout le monde devrait avoir deux paires de lunettes, oui, vraiment, et c'est exactement ce que pense Jane. Je voulais les porter chez John Sanders à la première heure, mais j'en ai été empêchée toute la matinée par une chose ou par une autre. Je ne vous donnerai pas de détails car c'est inutile, mais à un moment donné, Patty est venue par exemple m'informer qu'il fallait faire ramoner la cheminée... « Oh, Patty, lui ai-je répondu, ne venez point m'attrister avec de mauvaises nouvelles ! Voici que les branches des lunettes de votre maîtresse sont cassées ! » Après, il y a eu les pommes au four. C'est Mrs. Wallis qui nous les a fait porter par son garçon... les Wallis sont toujours très polis et très obligeants envers nous... J'ai entendu dire qu'il arrivait à Mrs. Wallis d'être mal élevée et grossière mais ils ont toujours témoigné envers nous de la plus extrême gentillesse. Ce ne peut être par intérêt, vous savez, car nous ne consommons pas beaucoup de pain. Nous ne sommes que trois, et quatre en ce moment avec notre chère Jane, mais elle ne mange rien... Vous seriez effrayée de la voir au petit déjeuner. Je fais mon possible pour que ma mère ne s'aperçoive pas de son manque d'appétit et je m'efforce donc de parler constamment d'une chose ou d'une autre pendant le petit déjeuner. Jane commence pourtant à avoir faim dans l'après-midi et il n'est rien qu'elle préfère aux pommes au four. Je sais que cela ne peut lui faire que du bien car j'en ai parlé à Mr. Perry l'autre jour. Je l'ai rencontré par hasard dans la rue. Je ne doutais certes point que ce ne fût un aliment très sain car j'ai entendu maintes fois Mr. Woodhouse en vanter les vertus... D'après lui, c'est la seule façon d'accommoder les pommes sans courir de risques... Nous mangeons pourtant très souvent des chaussons aux pommes. Eh bien, Mrs. Weston avez-vous gagné ? J'espère que ces dames vont nous faire le plaisir de monter.

Emma se déclara ravie à l'idée de voir Mrs. Bates et ces dames finirent par quitter la boutique sans que Miss Bates les retint autrement qu'en disant :

— Comment allez-vous, Mrs. Ford ? Je vous demande pardon, je ne vous avais pas vue. Il paraît que vous avez reçu de Londres une collection de nouveaux rubans absolument ravissants ! Jane est revenue enchantée, hier soir. Merci, les gants vont très bien... ils sont seulement un peu larges au poignet mais Jane est en train de les arranger.

— De quoi parlais-je ? reprit-elle quand elles se retrouvèrent dans la rue.

Emma se demanda ce que la bonne dame allait pouvoir choisir dans un ensemble aussi hétéroclite.

— Je crois que je ne parviens pas à me souvenir de ce dont je parlais... Ah si ! Les lunettes de ma mère ! Mr. Frank Churchill est tellement aimable ! « Oh, m'a-t-il dit, je me crois capable de réparer ces branches, j'adore ce genre de travail ! » Cela prouve qu'il est... Sincèrement, je dois avouer que malgré tout ce que je savais de lui avant de le connaître et tout ce que je pouvais espérer, il dépasse de loin... Je vous félicite, Mrs. Weston, je vous félicite de tout mon cœur. Il correspond en tout point à ce que les parents les plus affectionnés pourraient... « Oh, m'a-t-il dit, je puis remettre ces vis et j'adore ce genre de travail ! » Je n'oublierai jamais ce qu'il a fait là, et quand j'ai sorti les pommes du placard dans l'espoir que nos amis auraient l'obligeance d'en goûter quelques-unes, il a déclaré : « Oh, pour ce qui est des fruits, il n'est rien de plus délicieux que les pommes au four et celles-ci sont les plus belles que j'aie vues de ma vie ». Vous savez, c'était tellement... et rien qu'à son air on voyait qu'il ne s'agissait point d'un simple compliment. En fait, ces pommes sont véritablement exquises et Mrs. Wallis sait leur faire honneur. Seulement, nous ne les avons passées que deux fois au four alors que Mr. Woodhouse nous a fait jurer de toujours les cuire trois fois... J'espère que Miss Woodhouse aura la gentillesse de ne pas nous dénoncer... Ces fruits sont parfaits pour une cuisson au four, cela ne fait aucun doute. Ils viennent de Donwell. Mr. Knightley est tellement généreux ! Il nous en envoie chaque année un plein sac, et nulles pommes de conserve n'égalent les siennes, c'est certain. Je crois que Mr. Knightley possède deux pommiers de cette espèce. D'après ma mère, le verger de Donwell était déjà célèbre au temps de sa jeunesse. Mais j'ai vraiment été très confuse l'autre jour, car Mr. Knightley est venu nous voir alors que

Jane était en train de manger de ces pommes. Nous en avons discuté, je lui ai confié que Jane adorait ces fruits et il m'a demandé si notre provision n'était pas épuisée. « Je suis persuadé que c'est le cas, a-t-il ajouté, et je vais vous en envoyer d'autres car il m'en reste plus que je ne pourrai jamais en consommer. William Larkins m'a poussé à en garder plus que d'ordinaire, cette année, et je vais vous en faire apporter avant qu'elles ne s'abîment. » Je l'ai prié de n'en rien faire. Je ne pouvais prétendre en avoir encore beaucoup car en vérité il ne nous en restait que six que nous réservions à Jane, mais il s'était déjà montré si généreux que je pouvais supporter l'idée qu'il nous en offrît d'autres. Jane était de mon avis, et lorsque Mr. Knightley a été parti elle m'a presque querellée... Non, je retire ce terme de querelle car nous ne sommes jamais disputées elle et moi, mais elle était vraiment navrée que j'eusse avoué la vérité. D'après elle, j'aurais dû faire croire à Mr. Knightley qu'il nous restait beaucoup de pommes... « Mais ma chère Jane, lui ai-je répondu, j'ai fait mon possible, je vous l'assure ! » William Larkins est arrivé le soir même avec un grand panier de pommes. C'étaient les mêmes et il y en avait au moins un demi-boisseau. J'étais vraiment ravie et je suis descendue remercier William Larkins. Je lui ai tout raconté, vous vous en doutez ! Je connais William depuis si longtemps et je suis toujours si heureuse de le voir... Enfin, j'ai ensuite appris par Patty que Mr. Knightley nous avait envoyé là ses dernières pommes. C'est William Larkins qui l'avait confié à Patty. Son maître n'a paraît-il plus une seule pomme de cette espèce et plus une seule pomme à cuire. William ne semblait pas attacher beaucoup d'importance à cette histoire tant il se réjouissait de l'impressionnante quantité de fruits que son maître a vendus cette année... Pour sa part, il ne songe qu'aux intérêts de Mr. Knightley, mais d'après lui, Mrs. Hodges était extrêmement mécontente et terriblement choquée à l'idée que son maître serait privé de tarte aux pommes ce printemps. William a répété tout cela à Patty tout en lui conseillant de ne point s'en soucier et de ne pas nous en parler, car Mrs. Hodge se montre selon lui très souvent revêche... Après tout, et vu le nombre de sacs qu'ils ont vendus cette année, il lui importait peu de savoir qui mangerait le reste. Patty m'a raconté toute l'affaire et je me suis vraiment sentie confuse ! Pourvu que Mr. Knightley ne soit pas au courant... il serait tellement... je voulais que Jane ignorât des détails aussi gênants mais je lui en ai malheureusement parlé sans m'en rendre compte.

Miss Bates venait juste d'achever son récit lorsque Patty ouvrit la porte et les visiteuses montèrent l'escalier sans avoir à prêter l'oreille au moindre discours cohérent, la bonne dame se contentant de les poursuivre de ses bavardages totalement décousus :

— S'il vous plaît, prenez garde, Mrs. Weston, il y a une marche au tournant... Attention, Miss Woodhouse ! La cage d'escalier est assez sombre... Ah, si elle pouvait être moins sombre et plus large ! Je vous en prie, soyez prudente, Miss Smith. Je suis vraiment navrée, Miss Woodhouse, vous vous êtes cogné le pied, n'est-ce pas ? N'oubliez pas la marche au tournant, Miss Smith.